FRIEDRICH TORBERG

Wien oder Der Unterschied

FRIEDRICH TORBERG

Wien oder Der Unterschied

Ein Lesebuch

LANGEN MÜLLER

Herausgegeben von
David Axmann und Marietta Torberg

Torbergs manchmal eigenwilliger literarischer Stil
wurde durchwegs beibehalten.

Satz: Filmsatz Schröter GmbH, München
Gesetzt aus 10/12 Punkt Stempel Garamond
auf Macintosh in QuarkXpress
Druck: Jos. C. Huber KG, Dießen
Binden: R. Oldenbourg, München
Printed in Germany
ISBN 3-7844-2699-9

Inhalt

Sport

Wien 1934–1938

Sehnsucht nach Österreich

Kaffeehaus

Literatur und Theater

Franz und Alma Werfel

Judentum

Anhang

19. November 1963

An die
Schriftleitung der »Illustrierten Wochen-Zeitung«
Wien I.
Pressehaus

Sehr geehrte Schriftleitung!

Ich gestatte mir zwei kleine Richtigstellungen zu dem in Ihrer Ausgabe vom 16. November erschienenen Artikel »Die Juden in Wien«, den ich mit großem Interesse gelesen habe.

Sie schreiben, daß ich mit bürgerlichem Namen Rotberg heiße. Dies ist ein Irrtum. Es wird Ihnen sicherlich schon aufgefallen sein, daß Juden, wenn sie ihren Namen ändern bzw. – wie das bei mir der Fall war – germanisieren, immer den ersten Buchstaben ihres ursprünglichen Namens beibehalten, was sich durch zahlreiche Beispiele beweisen läßt (Kortner – Kohn, Salten – Salzmann, Schalk – Schloimesohn usw.); zum Teil geht diese Gepflogenheit auf einen alten talmudischen Aberglauben zurück, hat aber darüber hinaus auch rein praktische Gründe, da die behördliche Namensänderung auf diese Weise billiger kommt, die Monogramme auf den Taschentüchern nicht geändert werden müssen und dergleichen Ersparungsgründe mehr, in denen ich nichts Schlechtes erblicken kann. Daher lautet mein bürgerlicher Name nicht Rotberg, sondern – was Ihnen auf Grund des Gesagten gewiß klar sein wird und auch besser paßt – Teitelbaum.

Der zweite Irrtum betrifft die Wiedergabe einer Äußerung, die ich vor einiger Zeit getan haben soll. Ich habe nie gesagt, daß ich es »für unmöglich« halte, »plötzlich von heute auf morgen kein Jude mehr zu sein«. Vielmehr halte ich das auch von gestern auf übermorgen für unmöglich. Unter uns gesagt, halte ich es überhaupt für unmöglich, etwas nicht zu sein, was man ist, oder umgekehrt.

Indem ich Sie bitte, die vorstehenden Zeilen, selbst wenn Sie dieselben vielleicht für eine rabulistische Spitzfindigkeit halten, in Ihrer gesch. Zeitung veröffentlichen zu wollen, verbleibe ich, im voraus bestens dankend,

hochachtungsvoll

(Friedrich Torberg-Teitelbaum)

Sport

Warum ich stolz darauf bin

(1959)

Im reifen Alter von zehn Jahren wurde ich Hakoah-Anhänger. Wie sehr das mein späteres Leben beeinflußt hat, weiß ich nicht. Meine Stellung zum Judentum hat es nicht nur beeinflußt, sondern bestimmt. Ich hatte das unschätzbare Glück, als Zeuge von Hakoah-Siegen aufzuwachsen, zusammen mit der Hakoah groß zu werden. Ich hatte das unschätzbare Glück, mich niemals, keine einzige Sekunde lang, meines Judentums »schämen« zu müssen. Wofür hätte ich mich denn schämen sollen? Dafür, daß die Juden mehr Goals schossen und schneller schwammen und besser boxten als die Andern? Ich war ein Kind, als ich das alles zu merken bekam. Ich war von Kindesbeinen an stolz darauf, Jude zu sein. Und dieser Stolz, den ich für nichts auf der Welt hergeben würde, bleibt mir für alle Zeiten mit dem Namen Hakoah verbunden.

Als ich dreizehn Jahre alt wurde, durfte ich endlich Mitglied der Hakoah werden. Bis dahin hatten sich meine Eltern heftig dagegen gesträubt, noch heftiger als gegen meine sportlichen Ambitionen überhaupt. Sie fanden das alles nicht recht schicklich. Ein wohlerzogener Junge aus gutem Haus hatte Tennis beim WAC zu spielen, nicht Fußball bei der Hakoah. Aber als sie mich fragten, was ich mir zur Bar Mizwah wünschte, antwortete ich ohne nachzudenken: »Ich möchte der Hakoah beitreten.« Und da konnten sie nicht gut Nein sagen.

Übrigens wurde ich gar nicht Mitglied der Fußballsektion. Denn damals – 1921 – war die Fußballsektion von der sportbegeisterten jüdischen Jugend Wiens so überlaufen, daß sie zeitweilig keine neuen Mitglieder aufnahm. Wer unbedingt in einer jüdischen Mannschaft Fußball spielen wollte, mußte mit einem der zahlreichen unterklassigen Klubs – Kadimah oder Hasmonea oder Hechawer – vorlieb nehmen. Und wer unbedingt Mitglied der Hakoah werden wollte, mußte sich bei einer andern Sektion anmelden. Die Schwimmsektion nahm noch Anmeldungen entgegen. Ich wurde Mitglied der Schwimmsektion, die gerade erst in Schwung kam und noch im Boerhave-Bad im III. Bezirk trainierte.

Auch ich begann, da ich nun einmal Mitglied war, zu trainieren, – ohne rechte Hingabe, denn meine wahre Liebe galt dem Fußballspiel. Aber wenigstens die Anfangsgründe des Sportschwimmens habe ich von der Hakoah mitbekommen. Die Erfolge, die ich später zu verzeichnen hatte, fielen in meine Prager Jahre und in die Aufstiegszeit des dortigen Hagibor, dessen Wasserballer im Jahre 1928 als erste jüdische Mannschaft einen tschechoslowakischen Meistertitel errangen. Unser Gegner im Finale war der auch nach internationalen Begriffen sehr starke PTE Bratislava, der ein paar ungarisch geschulte Klassespieler wie Steiner, Schmuck und Krotz in seinen Reihen hatte. Wir siegten 2:0 und ich schoß beide Tore. Es war, glaube ich, der schönste Tag meines Lebens.

Trotzdem beziehen sich meine eigentlich »heroischen« Jugenderinnerungen, in denen ich mit alten Freunden auch heute noch schwelgen kann, nicht auf die Siege, an denen ich aktiv beteiligt war, nicht auf die Leistungen, mit denen ich zum Ruhm der jüdischen Sportbewegung beitragen durfte. Sie beziehen sich fast durchwegs auf die Siege der Hakoah-

Fußballmannschaft, die an Popularität, ja an Weltgeltung alles übertraf, was von Juden in andern Sportzweigen geleistet wurde.

Meine Erinnerungen reichen bis in die sogenannte »Pionierzeit« zurück, als die damals noch zweitklassige Hakoah sich auf erbärmlichen Vorstadtplätzen mit erbärmlichen Pülcherklubs und deren Anhängern herumschlagen mußte, und als es für einen zehn- oder elfjährigen Buben beinahe lebensgefährlich war, sich als Hakoah-Anhänger zu deklarieren. Aus dieser Zeit stammt eine Geschichte, die ich schon vor Jahren einmal niedergeschrieben habe und die mir seither in allen möglichen (meist entstellten) Varianten wiederbegegnet ist. Ich gebe hiemit die endgültige und einzig authentische Fassung zu Protokoll.

Die Hakoah hatte auf dem Platz des Brigittenauer A. C. zum Frühjahrs-Meisterschaftsspiel gegen die Hausherren anzutreten, die in der Tabelle an vorletzter Stelle lagen, um einen Punkt vor Vorwärts 06. Wenn die Brigittenauer gegen Hakoah verloren, hatte Vorwärts 06 noch eine Chance, sich vor dem Abstieg in die dritte Klasse zu retten. Infolgedessen erschien der gesamte Vorwärts-Anhang in der Brigittenau, um für Hakoah zu ›drucken‹. Das Spiel stand die längste Zeit 0:0. Trotz ständiger Feldüberlegenheit konnte der Hakoah-Sturm gegen die massive Verteidigung der Brigittenauer keine richtigen Torchancen herausarbeiten. Da, endlich, bekam Norbert Katz, der wieselflinke Hakoah-Linksaußen, einen weiten Vorleger, den er nur noch erlaufen mußte, um dann ungehindert auf das Brigittenauer Tor losspurten zu können. Gewaltiges Anfeuerungsgebrüll erhob sich, in das natürlich auch der Vorwärts-Anhang einstimmte. Besonders ein an der Barriere lehnender Vorwärts-Anhänger schrie sich die Kehle heiser. Nun pflegt man in solchen Situationen den angefeuerten Spieler beim Namen zu rufen – aber den kannte der Anfeuerer nicht. Und die übliche Bezeichnung, die er für Juden im allgemeinen parat hatte – nämlich »Saujud« –, schien ihm in diesem Augenblick doch nicht recht am Platze. »Hoppauf!« brüllte er also, und nochmals »Hoppauf!« – und dann kam ihm eine Erleuchtung. Sein nächster Zuruf lautete:

»Hoppauf, Herr Jud!«

Eine andre Geschichte spielt einige Jahre später, schon in der Glanzzeit der Hakoah, in jener legendären Epoche, die etwa durch den 5:0-Sieg über Westham United in London gekennzeichnet ist, oder durch das 6:5 gegen Slavia-Prag (die zur Halbzeit 5:1 geführt hatte) – vor allem aber durch die Erringung des österreichischen Meistertitels im Jahre 1925.

Auch diese Geschichte hat übrigens mit einer seltsamen Konstellation in der Meisterschaftstabelle zu tun. Vor der letzten Runde lag die jetzige Austria, damals noch »Amateure« genannt, um einen Punkt vor Hakoah an erster Stelle. Hakoahs letzter Gegner war der Wiener Sportklub, der seinerseits keine Meisterschaftschancen mehr hatte. Die hatte außer den Amateuren nur noch die Hakoah. Aber sie mußte, um Meister zu werden, den Sportklub unbedingt schlagen. Schon ein Unentschieden hätte den Amateuren zur Meisterschaft genügt. Und folglich kamen diesmal die Amateur-Anhänger, um für den Sportklub zu drucken. Für den Sportklub und gegen Hakoah – was sowieso nach ihrem Geschmack war, denn der Amateur-Anhang bestand zum größten Teil aus jener Sorte Juden, die sich lieber Israeliten nannten und folglich der Hakoah mit besonderer Antipathie gegenüberstanden.

Das Match fand auf dem Simmeringer Platz statt, damals einem der größten Wiens. Ich saß mit einigen Freunden auf der Tribüne, und in der Reihe vor uns saßen nebeneinander ein Hakoah- und ein Amateur-Anhänger, die als solche von der ersten Spielminute an deutlich erkennbar waren. Wenn der eine »Pfui!« schrie, schrie der andre »Bravo!«, wenn der eine »Foul!« reklamierte, ließ der andre ein provokantes »Aber gar nix!« hören, wenn der eine über eine Entscheidung des Schiedsrichters sich aufregte, fand der andre sie vollkommen in Ordnung, und was dergleichen kampflustige Gegensätzlichkeiten mehr sind. Bisweilen wurden sie so heftig, daß man mit dem Ausbruch von Handgreiflichkeiten rechnen mußte.

Verlauf und Resultat jenes Spieles gehören der Fußballgeschichte an. Für mangelhaft Gebildete sei hier immerhin festgehalten, daß der Sportklub zehn Minuten vor Schluß beim Stand 2:1 für Hakoah den Ausgleich erzielte und daß bei dem Gedränge, dem dieses verhängnisvolle Goal entsprang, der Hakoah-Tormann Fabian eine Verletzung abbekam und vom Platz getragen wurde. An seiner Stelle ging Nemes, der beste Stürmer der Hakoah, ins Tor. Da er der einzige war, von dem man in den verbleibenden zehn Minuten vielleicht noch einen Umschwung hätte erhoffen dürfen, schien das Schicksal der Hakoah besiegelt und die Hoffnung auf den Meistertitel zunichte gemacht. Nach menschlicher Voraussicht war an dem 2:2 nichts mehr zu ändern, oder höchstens insofern, als der numerisch überlegene Sportklub nunmehr noch ein drittes Goal erzielen würde. Aber das wäre ja schon gleichgültig gewesen. Selbst das 2:2 genügte den Amateuren für die Meisterschaft.

Und dann geschah das Unwahrscheinliche. Der Tormann Fabian, den verletzten Arm in einer Binde, kam aufs Feld zurück, nahm den von Nemes verlassenen Posten am rechten Flügel ein, bekam plötzlich den Ball vor die Füße – und schoß fünf Minuten vor Schluß das dritte Goal, das siegbringende, das meisterschaftsbringende dritte Goal.

Es war die tollste Sensation, die sich denken ließ. Das Publikum raste – der eine Teil aus Begeisterung, der andre Teil aus Wut. Der Amateur-Anhänger vor uns war aufgesprungen, aschfahl, mit aufgerissenem Mund – dann, aus einem besinnungslosen Wutreflex, haute er dem neben ihm jubelnden Hakoah-Anhänger eine fürchterliche Ohrfeige herunter. Der Getroffene sank vom Sitz – zwei meiner Freunde stürzten auf den Übeltäter los, um ihn an Ort und Stelle zu Krenfleisch zu verarbeiten – aber da ertönte von unten her die flehende Stimme des Getroffenen:

»Ich bitt Sie, lassen Sie ihn! Es is mein Cousin …«

Um jene Zeit gab es übrigens noch eine zweite jüdische Fußballmannschaft, die – hauptsächlich dank der Mitwirkung »gekaperter« ungarischer Stars – vorübergehend eine große Rolle im mitteleuropäischen Fußball spielte: Makkabi-Brünn. Auf eigenem Boden war Makkabi so gut wie unbesiegbar, hatte unter anderm den österreichischen Spitzenklub Rapid glatt abgefertigt und wurde zu einem Revanchespiel nach Wien geladen. Makkabi, um es gleich zu sagen, gewann auch auf dem Rapid-Platz (5:2, wenn ich nicht irre), und selbstverständlich waren zur Unterstützung Makkabis alle verfügbaren Hakoah-Anhänger aufmarschiert. Mitten in einem Rudel von ihnen saß, offenbar durch den Mißgriff einer Vorverkaufsstelle hiehergeraten, ein einsamer Rapid-Anhänger, mit aufgezwirbeltem Schnurrbart, behäbigem Bierbauch und in den Nacken geschobenem Hut. Dem ging das Geschrei des Hakoah-Anhangs, das nach jedem Tor der Gäste stärker anschwoll, begreiflicherweise sehr auf die Nerven. Und als der jüdische Jubel zum dritten oder vierten Mal losgebrochen und wieder verklungen war, erhob sich jener, blickte tadelnd in die Runde und fragte kopfschüttelnd:

»Wos is denn? Lauter Brünner san do? *Lauter* Brünner?!«

Der Ausspruch wurde zum Zitat. Noch jahrelang hieß es, wenn irgendwo ein Rudel von Hakoahnern auftrat: »Aha – lauter Brünner!«

Damit ich bei diesen Reminiszenzen nicht gänzlich zu kurz komme, möchte ich mit einer Geschichte aus meiner eigenen Laufbahn schließen.

Im Sommer 1929 befand ich mich mit der Wasserballmannschaft von Hagibor-Prag auf einer Gastspielreise durch Polen, und es fügte sich so, daß zur selben Zeit auch die Wasserballmannschaft der Hakoah, allerdings auf einer andern Route, eine Polen-Tournee absolvierte. In Bielitz stießen wir zusammen, und das Spiel der beiden jüdischen Mannschaften, von denen jede Meister ihres Landes war, lockte Tausende von Zuschauern an. Es verlief ungewöhnlich hart, wie ja überhaupt die Rivalität zwischen Hakoah und Hagibor die schärfsten Formen annehmen konnte. Das wird niemanden überraschen, der sich in jüdischer Psychologie auskennt. Auch mich hat es nie überrascht. Ich fand es nur sinnlos und versuchte nach Kräften dagegen zu wirken, weil ich ja die zwei Seelen, die in meiner Brust wohnten, die Hakoah- und die Hagibor-Seele, durchaus als eine einzige empfand. Leider brachte ich es in meiner Funktion als Beschwichtigungshofrat niemals sehr weit und konnte auch nicht verhindern, daß jenes denkwürdige Bielitzer Zusammentreffen zwischen Hakoah-Wien und Hagibor-Prag gegen Schluß – es stand 1 : 1 – in immer derberer Gangart abgewickelt wurde. Rätselhafterweise spaltete sich auch das Publikum in zwei Lager, die einander so wild befehdeten, als ob es sich um eine traditionelle Gegnerschaft gehandelt hätte.

In dieser bis zur Siedehitze erregten Atmosphäre wollte es das Unglück, daß ich in der vorletzten Spielminute allein auf weiter Wasserflur einen Vorleger bekam, mit dem ich nun wohl oder übel durchschwimmen mußte. Gerade als ich zum Schuß ansetzte, hatte mein Bewacher mich eingeholt, bekam mich an der Schwimmhose zu fassen und zerrte mich im letzten Augenblick unter Wasser. Es war ein klassisches Viermeter-Foul, und der Viermeter wurde auch prompt gegeben.

Anders jedoch als im Fußball, wo jeder beliebige Spieler zur Exekution eines Elfers antreten kann, verlangen die Wasserballregeln, daß der Viermeter vom gefoulten Spieler selbst geschossen wird. Ich mußte also in der vorletzten Minute eines unentschieden stehenden Kampfes einen Viermeter für Hagibor gegen Hakoah schießen, für meine jetzige Mannschaft gegen meinen Stammverein. Und ich mußte, denn wo kämen wir sonst hin, diesen Viermeter zum siegbringenden Goal für Hagibor verwandeln. Für Hagibor und gegen Hakoah, deren Tor obendrein von Karli Klein gehütet wurde, meinem Kindheitsgespielen aus dem Liechtensteinpark. Beim Stand 1:1. In der vorletzten Minute.

Ich weiß nicht, ob es die zum Bersten angespannte Stille war – oder das idiotische Gesicht, mit dem Karli Klein mich anglotzte – oder was sonst –: jedenfalls schoß ich den Viermeterball daneben. Die Begegnung der beiden jüdischen Meistermannschaften endete mit einem für beide Teile ehrenvollen Unentschieden.

Nach dem Match kamen einige mit mir besonders gut befreundete Hakoahner auf mich zu und drückten mir stumm die Hand. Ebenso stumm, jedoch ganz ohne Händedruck, behandelten mich die Spieler meiner eigenen Mannschaft. Beide Teile waren überzeugt, daß ich den Viermeter absichtlich verschossen hätte. Ich möchte diese Gelegenheit wahrnehmen, um vor aller Welt zu bekunden, daß das nicht der Fall war. Ich hätte damals sehr, sehr gern ein Goal geschossen. Ich konnte nicht.

Das sind nur einige von den vielen Erinnerungen, die ich aus jenen unvergleichlich schönen Jahren im Gedächtnis behalten habe. Immer, wenn man mich fragt, warum es so unvergleichlich schöne Jahre waren, erzähle ich solche Geschichten. Und immer, wenn man mich nach dem Sinn der jüdischen Sportbewegung fragt, erinnere ich mich an die Geschichte vom Brigittenauer-Platz.

Warum ich Hakoahner geworden bin? Warum ich stolz darauf bin, es zu sein? Warum ich glaube, daß es eine Hakoah geben mußte?

Weil sie den Andern beigebracht hat, »Herr Jud« zu sagen.

Papperlapapp und Possen!

Hollywood, 26. März 1943

Lieber Schnee,*

dieses ist die Antwort auf Ihren Elfer vom 14. v. M., Elfer im Sinne von Nummero, nicht von in der 26. Minute wird der vorstürmende Wana im Strafraum unfair gelegt, den Penalty verwandelt Resch, – und ist demzufolge ein Zwölfer.

Des Kummers, den Sie mir bereiten, ist kein Ende. Daß Sie nicht Präsident sondern Captain des Hockey-Verbandes waren, nehme ich mit einem müden »So what?« zur Kenntnis – jedenfalls waren Sie ein *Funktionär*, und wenn ich schon die *aktiven* Mitglieder dieser Gilde verachtet habe: wie erst die Funktionäre! *Das* war es, was ich andeuten wollte; und zwar beziehe ich das Recht zu solcher Verachtung selbstverständlich *nicht* von meiner Aktivität als Wasserballer, die ja beinahe genau so verächtlich ist, sondern von zwei aktiven Saisonen in der blauschwarzen Dress des F. C. Unitas, Jungmannschaft, und von zwei obSiesglaubenodernicht

* »Zu meinen liebsten Freunden aus der Sport- und Kaffeehauswelt zählte der Sportjournalist Dr. Paul Schneeberger, mit dem ich auch während der Emigrationszeit in engem brieflichen Kontakt blieb und den ich später, wenn er aus England zu Besuch auf den Kontinent kam (meistens in die Schweiz), noch ein paarmal wiedergesehen habe. Täuscht mich meine Erinnerung oder haben wir uns wann und wo immer, mündlich oder brieflich, über nichts andres unterhalten als über Fußball? Er ist leider nicht mehr am Leben und ich kann ihn nicht fragen, aber es spricht manches dafür.« (F. T.) Siehe auch F. T. »Kaffeehaus war überall«, S. 173 ff.

Meisterschaftsspielen für die Erste von Hagibor Prag, Frühjahr 1927, in der damaligen II. Amateurklasse des Böhmischen Zentralgaues, und zu einer Zeit, wo ich anderseits kurz zuvor von Schwimmen auf Wasserball umgesattelt hatte.

Es war, wie ich for the benefit of coming biographers an dieser Stelle eindeutig feststellen möchte, ein letztes Aufflackern meiner Jugendträume, und es ging den Weg allen letzten Aufflackerns. Der breiten Masse gegenüber pflege ich als Grund meines hierauf erfolgten endgültigen Rückzugs vom Fußball eine Knieverletzung anzugeben, die zwar wirklich vorliegt und mich in der Tat am Skifahren verhindert hat – aber das ist mehr für die Fan-Magazines und in Wahrheit nebensächlich, nicht anders als die Tatsache, daß ich damals einerseits mit dem Wiederaufblühen der blauweißen Wasserballmannschaft, anderseits mit den Vorbereitungen zu meinem Durchfall bei der Matura beschäftigt war.

Papperlapapp und Possen! Ich hätte es auf *jeden* Fall aufgeben müssen, und daß ich überhaupt ein zweites Mal aufgestellt wurde, war nur auf Not am Mann zurückzuführen. Wenn ich Ihnen sage, daß für dieses zweite Spiel sogar Erich Juhn reaktiviert wurde, wissen Sie alles. Sehr genau und mit Wehmut erinnere ich mich eines erstklassigen Durchlegers, den ich ihm in die rechte Verbindung schickte (eine typische »schmale Gasse« nach spartanischem Vorbild), und den er nach einem stilisierten Startversuch laufen ließ. »Zu spät!« rief er aus, und: »Wieso zu spät?« begehrte ich dawider. »Das war doch genau im richtigen Moment?!«, und »Nein«, schüttelte er müde den Kopf, »ich meine: um zehn Jahre zu spät.«

... Gehen wir weiter. Ihre Erläuterungen der Fußballernicknames sind zweifellos richtig, die Begründungen Ihres Tadels hingegen entraten jeglichen Sinnes. »Bumbas sollten Sie kennen, weil er von Nürnberg war« – wieso? Meine einzige Verbindung zu Nürnberg ist, daß ich mit dem Sohn des aus Fürth stammenden Jakob Wassermann befreundet bin. Oder: »Patschas ist Ihr Landsmann Kurpiel« – was er zwar zur Zeit seiner Aktivität wirklich war, aber nicht anders als etwa Imre Schlosser auch, bei dem Sie diesen Hinweis nicht anbringen. Wirtschaft, Horatio ...

Was Froitzheim betrifft, so kann ein gewonnener Satz gegen Kinzel wohl schwerlich als »internationaler Erfolg« gewertet werden. Hier liegt denn doch ein Fall von Lokalborniertheit vor – die übrigens (und jetzt *weiß* ich was ich gegen die Stockballer hab) auch Ihrer Mitteilung anhaftet, daß Hakoah im Jahre 1925 »ja auch die Hockey-Meisterschaft« gewann. Als ob es damit schon sein Bewenden hätte! Sie gewann in diesem Jahr der Christenverfolgung nämlich außer Fußball und Hockey noch die Mannschaftsmeisterschaften im Ringen und im Schwimmen, *alle* Kategorien des Schwimmens »Quer durch Wien«, und auf Grund irgendeiner abstrusen Durchschnitts-Punktwertung auch das gleichnamige Laufen.

Kleine Apropos-Frage: Wer war der Sieger des ersten Q. d. W.-Schwimmens nach dem Krieg? Welcher im Jahre 1921 aufgestellte Leichtathletik-Rekord steht noch heute (österr., versteht sich)? Wieso hat wer für einen andern Klub Hockeyspielen und für einen andern laufen können? Setzen.

In Sachen Halpern und Iszo Gansl möchte ich mir, damit in Hinkunft keine Irrtümer entstehen, also je ein ausdrückliches Bummerl markieren, wenn Sie gestatten. Die Frage nach dem indirekten Freistoß ist zufriedenstellend beantwortet, alle Namen stimmen, ich habe leise gehofft, daß Sie Boas mit dem gleichnamigen Mutters verwechseln würden, der ja *auch* ein Holländer war und folglich *auch* mit den indirekten Freistößen nur so umanandwarf. Die Geschichte von Amsels sinnloser Parade ist äußerst eindrucksvoll, und ich zweifle nicht, daß Sie da den restlichen 59999 Zuschauern tatsächlich weit voraus waren. Hingegen müssen Sie sich bitte entscheiden, wer das tückische Leder vor wem Heranbrausenden gerettet hat. Sie schreiben: Fogl II vor Cutti – und hier, wenn ich nicht irre, irrt Schneeberger. Wenn es Fogl II war, dann müßte Schloime Fischer herangebraust sein, – brauste aber Cutti, dann war es Fogl I. Ad referendum.

Hier bricht der Bericht unvermittelt ab.

Die Ehre gewünscht zu wünschen
F. T.

Auf den Tod eines Fußballspielers

1939, als im annektierten Österreich auch eine »Neuordnung des Sportwesens im nationalsozialistischen Sinne« durchgeführt wurde, ging der populärste Fußballspieler Wiens, Mathias Sindelar, freiwillig in den Tod.

Er war ein Kind aus Favoriten
und hieß Mathias Sindelar.
Er stand auf grünem Plan inmitten,
weil er ein Mittelstürmer war.

Er spielte Fußball, und er wußte
vom Leben außerdem nicht viel.
Er lebte, weil er leben mußte,
vom Fußballspiel fürs Fußballspiel.

Er spielte Fußball wie kein zweiter,
er stak voll Witz und Phantasie.
Er spielte lässig, leicht und heiter.
Er spielte stets. Er kämpfte nie.

Er warf den blonden Schopf zur Seite,
ließ seinen Herrgott gütig sein,
und stürmte durch die grüne Weite
und manchmal bis ins Tor hinein.

Es jubelte die Hohe Warte,
der Prater und das Stadion,
wenn er den Gegner lächelnd narrte
und zog ihm flinken Laufs davon –

bis eines Tags ein andrer Gegner
ihm jählings in die Quere trat,
ein fremd und furchtbar überlegner,
vor dem's nicht Regel gab noch Rat.

Von einem einzigen, harten Tritte
fand sich der Spieler Sindelar
verstoßen aus des Planes Mitte,
weil das die neue Ordnung war.

Ein Weilchen stand er noch daneben,
bevor er abging und nachhaus.
Im Fußballspiel, ganz wie im Leben,
war's mit der Wiener Schule aus.

Er war gewohnt zu kombinieren,
und kombinierte manchen Tag.
Sein Überblick ließ ihn erspüren,
daß seine Chance im Gashahn lag.

Das Tor, durch das er dann geschritten,
lag stumm und dunkel ganz und gar.
Er war ein Kind aus Favoriten
und hieß Mathias Sindelar.

Die Qual, ein Austria-Anhänger zu sein

(1972)

Zuerst ein Geständnis: ich bin gar kein »echter« Austria-Anhänger. Das will heißen: ich war es nicht von Haus aus und nicht von Kindesbeinen an. Ein »echter« Anhänger muß, soweit er zurückdenken kann, immer überzeugt gewesen sein, daß seine Mannschaft die beste ist, daß man für keine andre drucken kann, daß alle anderen Mannschaften, zumindest alle inländischen, aus elf ausgewachsenen Krens bestehen, daß alle Schiedsrichter vom jeweiligen Gegner bestochen und die Anhänger aller übrigen Klubs komplette Idioten sind.

Diese unerläßlichen Voraussetzungen einer echten Anhängerschaft sind also bei mir in bezug auf die Austria nicht gegeben. Ich war in der Zeit meiner eigenen Aktivität und noch beträchtlich darüber hinaus mit der Hakoah verbunden, und wer sich an diese (1938 grausam zu Ende gegangene) Zeit noch erinnert, wird wissen, daß es keine größere Rivalität, keine feindseligere Gegensätzlichkeit gab als die zwischen Hakoah und Austria (schon als sie noch auf den Namen »Amateure« hörte). Es gab unter den Wiener Vereinsfarben keine zwei, die sich so heftig miteinander geschlagen hätten wie blau und violett.

Aber schon damals, ungefähr seit 1925, als die Hakoah zum ersten- und letztenmal österreichischer Meister wurde, war mir insgeheim klar, daß die Austria den besseren Fußball spielte, daß sie das Idealbild dessen darstellte, was in der Fußballwelt als »Wiener Schule« bekannt und berühmt war. Die damalige Mannschaft – mit Sesta, Nausch, Mock, Gall,

Stroh, Jerusalem, Sindelar – hat nie wieder ihresgleichen gefunden, und Sindelar ist für mich bis heute das größte Fußballgenie aller Zeiten geblieben. Einer meiner Freunde, im Nebenberuf Theaternarr, pflegte vor jedem Matchbesuch zu sagen: er gehe ins Stadion, um zu sehen, wie Sindelar heute die Rolle des Mittelstürmers auffaßt. Und die großen, im Stadion erfochtenen Mitropacup-Siege der Austria werden mir unvergeßlich bleiben. Bei solchen Gelegenheiten durfte man ja auch als Hakoahner mit gutem Gewissen für Austria drucken. Ich tat es ausgiebig und leidenschaftlich.

Als ich aus der Emigration zurückkam, gab es keine Hakoah mehr. Und gerade in Erinnerung an die einstige extreme Gegnerschaft, gerade weil Gegensätze einander berühren und anziehen, wurde ich Anhänger der Austria. Sie hat es mir damals nicht schwer gemacht. Sie war, so um 1950 herum, mit dem großartigen Ocwirk als Dirigenten, mit der Stürmerreihe – damals gab es noch Stürmerreihen – Aurednik, Huber, Stojaspal, Kominek, Melchior I, mit Stotz und Dr. Schleger und all den anderen immer noch der klassische Repräsentant des Wiener Fußballs und vor allem des wienerischen Schmähs. Auch was nachkam und sich seither in alle Winde zerstreut hat, konnte sich noch sehen lassen. Es läßt sich ja auch sehen, allerdings bei anderen Vereinen: Ettmayr und Binder, Hirnschrodt und Kodat. Nicht zu vergessen die vorzeitig abgefallenen Talente Nemec und Gager. Nicht zu vergessen den in jeder Hinsicht farbigen Brasilianer Jacaré. Auch damals gab es noch fußballerische Sternstunden, auch damals war es manchmal noch ein stolzes Gefühl, Austria-Anhänger zu sein.

Und heute? Ach ja. Dann und wann blitzt in einem technischen Kunststück Fialas, in einem überraschenden Querpaß Hickersbergers, in einem intelligenten Vorstoß Saras, in einem sei's auch überflüssigen Scheiberlspiel noch etwas von der alten Herrlichkeit auf. Aber weit öfter muß man dieser

Herrlichkeit nachtrauern, weit öfter muß man sich über den mangelnden Einsatz der Alten, die Überheblichkeit der Jungen und die Systemlosigkeit der ganzen Mannschaft ärgern. Dabei könnte sie ganz gut, wenn sie wollte. Am Talent fehlt's gewiß nicht. Nur am Einsatz. Es ist zum Verzweifeln. Manchmal frage ich mich, warum ich mich dieser Qual immer wieder aussetze, warum ich überhaupt noch ein Austria-Anhänger bin.

Humor ist, wenn man trotzdem lacht. Ein Austria-Anhänger ist, wer es trotzdem bleibt. Mir scheint, ich bin doch ein echter Austria-Anhänger.

Vom Geruch des Schwimmens

(1972)

Jede Sportart hat ihren spezifischen Geruch. Inhaber empfindlicher Nasen müßten mit verbundenen Augen feststellen können, ob sie sich im Umkleideraum einer Fußball- oder einer Eishockeymannschaft, eines Fechters oder eines Boxers befinden, ob es mehr nach leichten Leinen- oder dicken Trikotstoffen riecht, mehr stählern oder mehr ledern. Auch Puder und Öl haben Anteil an der Geruchskomposition. Und über allem der Schweiß.

Schwimmer schwitzen nicht. Wonach die Anstrengung der Anderen lechzt – für sie als einzige ist es mit dem Element der Anstrengung identisch. Sie geht an ihnen sozusagen spurlos vorüber.

In den Umkleideräumen der Schwimmer riecht es nach Chlor und Algen. Der Chlorgeruch läßt sich zur Not noch rational erklären. Die Algen sind ein geheimnisvoller Zusatz, vielleicht eine geruchsnervliche Täuschung und eine optische dazu (als röche es grün), vielleicht eine Zwangsvorstellung, ähnlich wie man beim Anblick einer tröpfelnden Zitrone säuerlichen Geschmack im Mund zu verspüren meint. Oder vielleicht wird hier eine archaische Erinnerung an jene Urzeiten wach, da die Menschen noch nicht auf abgesteckten 50-m-Bahnen schwammen, sondern weil sie sonst im Meer ertrunken wären.

Wie immer dem sei: der Geruch des Schwimmens ist der sauberste von allen, »sauber« auch im Sinn von »eindeutig«, nicht bloß von »reinlich« (was ja in der Natur der Sache liegt). Er hat, gleichgültig ob sich's um ein Freiluftstadion oder um ein Hallenbad handelt, etwas Aseptisches, etwas nahezu Klinisches an sich.

Aber das Startfieber, das den Schwimmer vor dem Wettkampf befällt, kann dennoch in der Kabine nicht geheilt werden. Es weicht erst im Wasser.

Reminiszenzen eines abgehalfterten Aktiven

(1972)

Die Schwimm- und Wasserballkämpfe der Olympischen Spiele 1972 waren nach langer, langer Zeit die ersten, denen ich wieder zusah. Nach meinem Ausscheiden aus dem aktiven Sport war ich ihm vorerst noch vom Ufer her verbunden geblieben, in vertrauter Umgebung, unter Menschen, die mich kannten und denen es niemals eingefallen wäre, mir etwa den Eintritt zur Klubkabine zu verwehren; in der Wasserballmannschaft standen Spieler, für die ich bis vor kurzem ein Mitspieler war, manche fragten mich noch um Rat und manche befolgten ihn sogar – ich hatte, kurzum, noch das Gefühl des Dazugehörens, durfte mir einbilden, daß ich bei entsprechender Lebensweise und ernsthaftem Training vielleicht noch Verwendung finden könnte, meinetwegen in der Reserve, aber Verwendung immerhin ... Erst als unweigerlich feststand, daß das nie mehr geschehen würde, erst als ich auch diese Einbildung aufgeben mußte, hatte ich den Sport endgültig aufgegeben. Es war mein erstes Alterserlebnis, und es war irreparabel.

Eigentlich habe ich's bis heute nicht verwunden. Eigentlich bin ich noch immer beleidigt. Und seit damals habe ich auch nicht mehr zuschauen wollen (sondern wandte mich als Zuschauer meiner ursprünglichen Liebe zu, dem Fußball). Vollends die Rolle eines Badegastes – sei's im Binnenland, sei's am Meeresstrand – wäre mir unerträglich gewesen. Man würde ja auch einem ausgesungenen Tenor nicht zumuten, sich als Kulissenschieber zu betätigen. Vorbei ist vorbei. Ich hatte mit Schwimmen und Wasserball nichts mehr zu tun.

Jetzt, bei den Olympischen Spielen in München, durfte ich als Zuschauer, als einer unter Tausenden wieder dabeisein, ohne mich ausgeschlossen zu fühlen. Ich versuchte Distanz zu halten, stellte achselzuckend fest, daß das Schwimmen – mitsamt der überflüssigen Neueinführung dieses künstlich verkrampften Delphinstils – nach wie vor eine Beschäftigung für manische Egozentriker wäre und keinen Vergleich mit Wasserball aushielte – dessen Regeländerungen mir allerdings aufs äußerste mißfielen, weil sie das einstmals so wechselvolle und einfallsreiche Kombinationsspiel in die durchsichtige Schablone des Hallenhandballs zwängten (für den ich nun schon gar nichts übrig habe). Zu meiner Zeit war das alles viel besser, viel schöner, viel aufregender …

Als mein Hintermann mich unsanft in den Rücken puffte, merkte ich endlich, daß die Zurufe »Setzen!!« mir galten und daß ich bei der letzten Wende des 200-m-Delphinschwimmens vor Erregung aufgesprungen war. Das passierte mir erst wieder, als der ungarische Verteidiger, obwohl seine Mannschaft einen Spieler weniger im Wasser hatte, am Flügel durchbrach.

Vom Sinn des Mannschaftsspiels

(1972)

Zwischen Mannschafts- und Einzelsport besteht ein Unterschied (um nicht zu sagen: ein ideologischer Gegensatz), der sich im Wasser deutlicher und beispielhafter ausdrückt als in irgendeiner andern Sportart. Ein Fußballer ist kein leichtathletischer Sprinter, ein Eishockeyspieler ist kein Eisschnelläufer, aber ein Wasserballer muß ein Sportschwimmer sein oder zumindest gewesen sein. Als Wasserballer fängt keiner an. Sondern er steht eines Tags vor der Entscheidung, ob er's im Schwimmen oder im Wasserball zu etwas bringen will. Man könnte das auch etwas unfreundlicher formulieren und die Wasserballer als verhinderte Schwimmer bezeichnen, wobei manche von ihnen, ich spreche aus Erfahrung, auch noch verhinderte Fußballer sind. Und die sanfte Arroganz, mit der sie auf die Schwimmer herabblicken, wäre dann nichts weiter als eine Überkompensation ihrer Verhinderung.

Soviel ich an Hand der olympischen Mannschaftsaufstellungen eruieren konnte, kommt eine Personalunion von Schwimmer und Wasserballer – die es zu meiner Zeit noch häufig gab – heute nicht mehr vor. Man ist entweder das eine oder das andere. Die enorm gesteigerten Anforderungen des Leistungssports haben auch hier zu einer immer größeren Spezialisierung geführt und damit zu einer Eigenständigkeit des Wasserballspiels, die es umso unverständlicher erscheinen läßt, warum Wasserball auch in München immer noch als eine Art Anhängsel der Schwimmbewerbe behandelt wurde. Er bekam nicht einmal ein eigenes Symbol, mit dem sich so kindische Spiele wie Korb- oder Volleyball auftun durften.

Damals, als ich endlich einsah, daß ich selbst bei noch so entsprechender Lebensweise und noch so ernsthaftem Training nicht mehr aktiv werden könnte, habe ich über den Konflikt zwischen Mannschafts- und Einzelsport ein umfängliches Buch geschrieben*, das erstmals 1935 erschienen ist und an dessen These ich heute noch glaube: Der Mannschaftssport ist die einzig praktikable Anwendung des Kollektivprinzips, der einzig geglückte Ausgleich zwischen individuellem Geltungsbedürfnis und den Interessen der Gesamtheit.

---

* »Die Mannschaft / Roman eines Sport-Lebens«, Verlag Julius Kittls Nachf., Leipzig, Mährisch-Ostrau 1935.

Spitz an der Spitze

Die Schwimmbewerbe fanden diesmal größere Aufmerksamkeit als je zuvor, sie sorgten tagelang für die balkendicksten Schlagzeilen, und sie hatten das alles im wesentlichen einem einzigen Mann zu danken: dem amerikanischen Schwimmwunder Mark Spitz.

Ist er wirklich – wie ihm immer wieder bescheinigt wurde – »der größte Schwimmer aller Zeiten«? Da wir noch nicht an ihrem Ende stehen, sollte man mit derlei abschließenden Attributen etwas vorsichtiger umgehen und vielleicht vom größten Schwimmer aller bisherigen Zeiten sprechen. Das aber ist Mark Spitz in der Tat. Nicht nur deshalb, weil er aus vier Einzel- und drei Staffelbewerben mit insgesamt sieben Goldmedaillen hervorging, was noch keinem Olympioniken – in welchem Sportzweig immer – jemals gelungen ist. Nicht nur deshalb, weil jeder Start für ihn mit einem Sieg und einem neuen Weltrekord verbunden war. Und nicht einmal nur deshalb, weil er – wie gleichfalls noch keiner vor ihm – in zwei verschiedenen Stilarten, im Crawl und Delphin, unschlagbar blieb. Sondern weil das alles von ihm so geplant und angestrebt war. Weil er eingestandenermaßen sieben Goldmedaillen hatte gewinnen wollen und sie wirklich gewonnen hat.

Unter welch ungeheuerlichem Druck eine solche Leistung zustande kommt, kann nur ermessen, wer sie vollbringt, kann nur erahnen, wer sich einmal den Anforderungen auch nur eines einzigen Siegs gewachsen zeigen mußte. Was da an Energie und Selbstbeherrschung, an Nervenkraft und Konzentration eingesetzt wird, entzieht sich sogar der Ahnung.

Dem 22jährigen Medizinstudenten aus Kalifornien war von alledem nichts anzumerken. Natürlich nicht, sonst hätte es ja nicht geklappt. Er ließ kein noch so leises Anzeichen von Nervosität erkennen, er schlenkerte vor dem Start die Arme aus dem Schultergelenk, wie es alter Schwimmerbrauch ist, er kam nicht zu früh und nicht zu spät vom Startblock ab, ging in Führung, behielt sie und schlug als erster an. So einfach ist das.

Im Finale über 100 m Crawl war er um vier Zehntelsekunden schneller als sein Landsmann Heidenreich. Selbst im Zeitalter der elektronischen Stoppuhren, die über die Reihenfolge eines Einlaufs nach Hundertstelsekunden entscheiden, sind vier Zehntelsekunden kaum ein Atemzug. Kann einer, der um kaum einen Atemzug schneller ist als der nächste, trotzdem für sich in Anspruch nehmen, der Weltbeste zu sein?

Er kann's nicht trotzdem, sondern eben darum. Mit einer Differenz von vier Zehntelsekunden zu siegen, ist entweder ein glücklicher Zufall – oder der sicherste Ausdruck von Überlegenheit. Und wer wollte behaupten, daß Mark Spitz seine Siege einem glücklichen Zufall zu verdanken hätte?

Nicht nur die Schwimmbewerbe, die ganzen olympischen Spiele standen bis zum letzten Tag seines Antretens im Zeichen des Mark Spitz. Er ist kein Bahnbrecher (wie Johnny Weissmüller und Arne Borg vor mehr als vier Jahrzehnten), aber er ist die Vollendung dessen, was man sich heute unter einem Spitzensportler vorstellt, und er wird es noch eine Zeitlang bleiben. Er wird der Jesse Owens dieser Olympiade gewesen sein. Und wenn man die Umstände, unter denen im Deutschland des Jahres 1936 der Neger Jesse Owens zum olympischen Star geworden ist, mit dem schrankenlosen, ungetrübten Jubel vergleicht, der dem Juden Mark Spitz im Deutschland von 1972 die gleiche Starrolle zugewiesen hat, dann möchte man beinahe glauben, daß es in der Welt nun doch um einiges freundlicher zugeht und daß in den Olympischen Spielen von München ein kleiner Widerschein dieser Freundlichkeit zu finden war. [...]

Anm. d. Hrsg.: Die Schwimmbewerbe bei der Sommerolympiade 1972 in München endeten am Tag vor dem mörderischen Anschlag einer palästinensischen Killerbande auf die israelische Olympiamannschaft, bei dem elf Athleten getötet wurden. Der obenstehende Aufsatz, zur Publikation in einer deutschen Zeitung vorgesehen, wurde daraufhin von F. T. zurückgezogen.

Der letzte Ritt

(ca. 1942)

Aus der 1985 erschienenen Novelle »Der letzte Ritt des Jockeys Matteo«

Von höherem und gültigerem Aspekt mag das, was nun bevorstand und sich ereignete, gleichgültig erscheinen oder gar anfechtbar. Mindestens aber gleichgültig. Und zur Legitimation solchen Blickpunkts genügt es schon, sich zu vergegenwärtigen, daß ja tatsächlich einer sehr großen Anzahl von Menschen dies alles gleichgültig war. Kaum fünf Minuten vom Ort des Geschehens lustwandelten sie und wußten nicht einmal, daß sich in ihrer nächsten Nähe etwas zutrug, geschweige denn: was.

Ähnlich allerdings verhält sich das immer und bei allem was geschieht. Immer ist es nur eine sehr geringe Anzahl, die wirklich und unmittelbar interessiert ist, und eine sehr große, die nichts oder nur wenig und Unklares davon weiß. Wären wir nun auch willens und in der Lage, uns diese Proportion der Beteiligung immer und bei allem was geschieht vor Augen zu halten – wahrlich, es stünde sodann höchst dürftig um die »großen Ereignisse«, die uns (meistens auf unerfreuliche Art) erschüttern, und unser Leben liefe weitaus friedlicher dahin. Doch sind wir leider weder willens noch in der Lage, solch überhöhten Blickpunkt zu erklimmen, und soweit unsere Voraussicht reichen kann, wird immer wieder eine bestimmte Anzahl von Menschen erregtesten Anteil nehmen an Ereignissen, die einer andern Anzahl von Menschen ziemlich gleichgültig sind, und umgekehrt, und beiderseits mit demselben Recht (denn von jenem höheren, uns verwehrten Blickpunkt erschiene ja alles – es muß gesagt werden: alles – gleich gleichgültig). Und es ist, da sich dies nun einmal so verhält, durchaus nicht statthaft, dem einen Ereignis die Berechtigung auf menschliche Anteilnahme zuzubilligen und dem andern nicht. »Verständnis« darf nicht immer gefordert werden. Aber man hat die gegebene Tatsache hinzunehmen, daß die am jeweiligen Ereignis interessierten Menschen (besonders während seiner Dauer) heftig überzeugt sind, es wäre das Wichtigste auf der Welt, und haben für gar nichts anderes Sinn und Begriff.

Dies galt auch für all die Interessierten am großen Derby, zu dem sich nun insgesamt vierzehn Pferde und vierzehn Jockeys versammelt hatten. Und galt in besonderem Ausmaß für den Jockey Giuseppe Matteo, welcher noch einmal ein großes Rennen reiten wollte, noch einmal ein großes Rennen gewinnen, und er wußte, daß er dann nichts mehr begehren würde, nicht vom Sport und nicht vom Leben, es galt ihm gleich. Warum das alles sich so verhielt, wußte er in diesen Augenblicken freilich nicht mehr. Er war aber dennoch bereit, der bloßen Tatsache, *daß* es sich so verhielt, dieser nunmehr in vollstem Sinn unergründlichen Tatsache, bis in die letzte Konsequenz gerecht zu werden – wozu ja eigentlich ein jeder verpflichtet wäre, der überzeugt ist, das Wichtigste auf der Welt zu tun. Doch wird solche Verpflichtung, wie wir wissen, nur selten eingehalten. Wenn das aber geschieht, und gar bei einem so geringfügigen Anlaß wie einem Derby, und gar durch einen so geringfügigen Menschen wie einen Jockey, dann ist es doppelt bemerkenswert.

Folgendermaßen trug es sich zu, und trug sich viel schneller zu als nachheriger Bericht es wiedergeben kann – das ganze Rennen dauerte ja kaum mehr als zwei Minuten.

Der Start erfolgte glatt, Come on! setzte sich sofort an die Spitze, gefolgt von einer Gruppe, die ihrerseits von Irrwisch geführt wurde, und da waren auch Odysseus und Belladonna. Aus der zweiten Gruppe versuchte Little Jackie in der Kurve vorzustoßen, offenbar mit zu jähem Antrieb, sie kam aus der Fahrt, wurde zu weit hinausgetragen und war erledigt. Das schien keine günstige Prognose für plötzliche Vorstöße zu bedeuten, und in der nächsten Folge ereignete sich auch keiner. Irrwisch ging bis an Come on! heran, dann fielen sie beide leicht ab, die entscheidende Gruppierung konnte nun nicht mehr lange auf sich warten lassen. Belladonna lag immer noch eingeklemmt. Es haben aber Stuten schon im allgemeinen die Neigung, an der Spitze richtig in Fahrt zu kommen und nicht im Feld. Bei Belladonna war das aller Erfahrung zufolge erst recht der Fall, und soweit man Matteo kannte, sagte auch ihm die Führung am besten zu. Indessen sah man Kovácz in der rot-weißen Dreß des Stalles Dobler-Denkstett eher eine Kleinigkeit vor den Ottenfeldschen Farben blau-orange, nun lagen sie voll in der Gegenseite.

Ob das noch ein »plötzlicher Vorstoß« genannt werden konnte, mit dem Matteo die Spitze nahm, ließe sich schwer sagen. Die Stute löste sich so leicht vom Feld, in so deutlich gesteigertem Regelmaß, daß es schien, als würde sich der Abstand gleich regelmäßig immer weiter vergrößern, unaufhaltsam, das hinter ihr waren überhaupt keine Gegner. Doch zeigte sich bald, daß ihr Reiter sich da entweder übernommen hatte, oder aber das übrige Feld – nämlich die geschlossen dahinterliegende Gruppe Odysseus, Come on! und Irrwisch – hatte das Tempo gleichfalls gesteigert: jedenfalls kam Belladonna nicht weiter als auf höchstens drei Pferdelängen los. Die hielt sie.

Bis Odysseus aufrückte. Und wenn man schon von Matteos Ansatz den Eindruck der Unaufhaltsamkeit gehabt hatte: was war dann dieses hier? Wie wollte man dieses gradlinige Hinflitzen bezeichnen, in dem Kovácz nach vorn kam und bald an Matteo vorübermußte, mußte, bald, auf den nächsten Metern in der nächsten Sekunde, jetzt –

Es war am Ende der ersten Geraden, es waren jene tausend Meter vor dem Ziel, an denen Kovácz seinen Gegner doch abzuhängen hätte, um sich für alle Fälle gegen unliebsame Überraschungen zu sichern – so hoch hatte sich ja das höchste Vertrauen, das man bei klaren Sinnen für Matteo noch haben konnte, verstiegen. Und Matteo, der alte Matteo, hat es rechtfertigt. Hat gehalten, was man im besten Fall von ihm erwartete. Wenn man es recht besieht, so hat er das Rennen in seinem bisherigen Verlauf – und das waren fast zwei Drittel – zu einer richtigen Sensation gestaltet, hat dem besten europäischen Jockey tatsächlich allen Widerstand entgegengesetzt dessen er irgend fähig war, ein großer Kampf den er da liefert, sein größter vielleicht, der alte Matteo, es ist prachtvoll, es ist kaum glaublich, sie schreien sich die Kehlen heiser, sie recken die Hälse und stehen auf den Fußspitzen, es ist »alles drin« was in dem Rennen nur sein kann, es ist genug. […]

In diesem Augenblick geschieht das Unverständliche, das Unfaßbare, das Tolle, und alles stürzt ein: Matteo, tausend Meter vor dem Ziel und den Gegner dicht hinter sich – Matteo gebraucht die Peitsche.

Jäh und unheimlich verstummt die Menge, dann wird ein einziger großer heiserer Aufschrei hörbar, ein Stöhnen beinahe, und dann schweigt es wieder eine Sekunde lang über sie hin, ehe vollends und entfesselt der Orkan losbricht. Tausend Meter vor dem Ziel die Peitsche! Es ist der nackte

Wahnsinn, es ward noch nie gesehn und nie gehört, es gibt kein Pferd und keinen Reiter der solches überstehen könnte, und es ist unvorstellbar wie das enden soll. Die Peitsche zeigen – ja, das mag hingehn, auch früher schon, das hält ein jeder wie er will. Aber peitschen, richtig peitschen – vielleicht peitscht er nicht? Vielleicht zeigt er nur die Peitsche? Nein, er peitscht –: er ist verrückt geworden, er weiß nicht was er tut, der alte Matteo ist verrückt geworden.

Verrückt geworden? denkt außer aller Zeit so schnell der Jockey Kovácz hinter ihm, verrückt geworden? Wäre nur er allein und nicht auch das Pferd Odysseus, er hätte wahrscheinlich eine Sekunde der Fassungslosigkeit verloren. Aber es ist auch noch das Pferd Odysseus da und garnichts verloren, keine Sekunde, er bleibt dichtauf.

Der Jockey Kovácz ist nicht von heute und nicht von gestern, er hat vielhundert Ritte in den Knochen und im Hirn, mit allen Mätzchen und Kniffen und Schikanen, mit allen erlaubten und unerlaubten Tricks, mit all den großen und kleinen Zweifelhaftigkeiten, die auf den Rennplätzen der ganzen Welt dieselben sind. Er ist ein abgebrühter Routinier, der Jockey Kovácz, und er kann es nicht glauben, daß dieser Matteo (der ihm an Routine doch mindestens gleichkommt) sich da wahrhaftig benehmen sollte wie irgendein Laie und Anfänger, der es in kindischem Aufbegehren nicht leiden will daß man an ihm vorbeigeht, und also blindwütend auf das Pferd losdrischt, um das Unvermeidliche wenigstens hinauszuschieben, was dann geschehen soll bedenkt er nicht, mag nach ein paar hundert Metern das Pferd unter ihm zusammenbrechen, wenn er nur jetzt noch nicht überholt wird, nur jetzt noch nicht. Nein, das kann der Jockey Kovácz nicht glauben. Und der nächste Gedanke, der ihm durch den Kopf schießt, ist auch von gänzlich andrer Art, und man muß wirklich schon so abgebrüht und gefinkelt sein wie der Jockey Kovácz, damit einem überhaupt ein derartiger Gedanke kommt. Der Jockey Kovácz denkt nämlich: vielleicht markiert der nur? vielleicht haut der garnicht richtig hin? will mich nur bluffen und verwirren, damit ich glauben soll: er peitscht! links rechts, links rechts! damit ich glauben soll: das kann er doch nicht durchstehn – da muß ich ja im Finish umso sicherer an ihm vorbei – und indessen – – aber nein. Aber das gibt's ja nicht. Erstens brächte kein Balance-Künstler solche Körperbeherrschung auf, er müßte ja aus dem Sattel fliegen wenn er diesen Schwung knapp vor dem Auslauf immer bremsen wollte, und außerdem Terrain verlieren, es wäre sinnlos – und dann: ich seh und spür das doch, wie der da vorne hindrischt, links rechts, links rechts, ich hör's beinahe zischen und klatschen. Natürlich peitscht er wirklich. Er geht ja auch schneller, und ich kann jetzt wirklich noch nicht vorbei. Hab ich auch garnicht notwendig, weiß Gott. Das Rennen ist zu Hause. War immerhin schwerer als sich voraussehen ließ, aber jetzt ist es zu Hause. Eigentlich schade. Er ist verrückt geworden. Na, mir kann's recht sein.

Dies alles denkt, vom Bügel auf straff hingebogen an Odysseus' Hals, der Jockey Kovácz – natürlich »denkt« er es nicht eigentlich, es flitzt ihm wirr und alles zur gleichen Zeit durch den Kopf, wirr und dennoch klar, so klar wie die Situation selbst. Denn sie *ist* klar, da gibt es nun kein Für und Wider, kein Aber und Vielleicht. Sie liegt völlig diesseits von Zufall und Wunder. Ein Märchen-Zelter aus Tausendundeiner Nacht könnte das vielleicht durchstehn, dem könnten ja auch plötzlich Flügel wachsen. Doch finden eben Märchen in der Wirklichkeit nicht statt, und in der Wirklichkeit ist gar kein Zweifel wie das enden wird. Frag den letzten Stallburschen, frag den dümmsten Turfbesucher: »Was geschieht, wenn ein Jockey schon tausend Meter vor dem Ziel zu peitschen beginnt?«, und er wird dir die Antwort sagen, weil es nur eine einzige Antwort gibt. Wenn ein Läufer über eine halblange Strecke, über dreitausend Meter zum Beispiel, bei zweitausend plötzlich zu sprinten beginnt und einen Hunderter in elf Sekunden einschaltet, so muß er umfallen, auch wenn er groteskerweise noch eine Zeitlang die Spitze behält; wenn ein Boxer ungedeckt einen vollen Kinnhaken ausfaßt, so muß er umfallen, auch wenn er groteskerweise noch ein paar Sekunden auf den Beinen bleibt. Er muß, da gibt es keinerlei »Möglichkeiten« mehr, sondern nur noch zwangsmäßigen Ablauf. Er muß, das ist keinerlei »Ansichtssache« mehr sondern fundamentales Prinzip. Würde es aufgehoben, so wären die Naturgesetze außer Kraft und die Welt ginge in Scherben.

So weit allerdings reichen die Gedanken des Jockeys Kovácz längst nicht mehr, auch im leisesten ihrer Blitze nicht, und überhaupt zerbricht sich hier kein Mensch den Kopf um derlei empirische Begründung: es wissen ohnehin alle was bevorsteht, und wenn sie jener Sekunde, in der es sich vollstrecken wird, den großen Schrei aus tausend aufgeklappten Mäulern entgegenschleudern, so geschieht das wohl aus der halb schon irrsinnigen Hoffnung, daß sich diese Sekunde dadurch ein wenig hinauszögern ließe, denn nachher ist alles vorbei. Und aus der gänzlich irrsinnigen, daß ein jähes Wunder ihr überhaupt Einhalt geböte. Ach, nicht mehr viel entfesselter könnten sie brüllen und toben, wenn sie einen Kometen auf sich zukommen sähen, immer größer und unausweichlicher. Und nicht mehr viel irrsinniger wäre dann ihre Hoffnung.

Und Matteo auf Belladonna liegt immer noch eine Pferdelänge voran und peitscht und peitscht links rechts links rechts und immer dichter immer schneller auf ihre Flanken ein, oh Gott und jetzt und jetzt, längst ist Graf Ottenfeld nicht mehr der einzige der sein Gesicht aschfahl in Händen birgt, es sind viele da die ihre Augen bedeckt haben, weil sie die Kraft verließ dies auch noch anzusehn, und spitzes Weiberkreischen neben dumpfem Stöhnen und neben Stummheit wild verzerrt, wie lang wie lange noch, jetzt peitscht auch Kovácz auf Odysseus los, links rechts links rechts und immer dichter immer schneller, vielleicht ist alles nur ein Traum, vielleicht haben sie mitten im Reiten die Dressen gewechselt oder vorher schon und so ist es gekommen, daß blau-orange der eine vor dem andern liegt rot-weiß, ein Traum, ein rechenschaftsloser, ein tobender Traum, zu Ende der Traum und Glockenklang schrill, und Wunder geschehen doch nicht, und es war doch allen so als wäre Matteo auf Belladonna als erster durchs Ziel gegangen, Matteo der tausend Meter vor dem Ziel zu peitschen begonnen hat, und Wunder geschehen doch nicht.

Die Barrieren splittern unterm riesenhaften Schwall wie Reisig nieder, dumpf vorwärts klumpt sich die Menge und dumpf hält sie an, von selbst, des rasch gezogenen Polizeikordons hätte es kaum bedurft, sie wollten garnicht weiter, sie wollten haltlos nur aus sich heraus. Von den Tribünen schwingen sie sich bündelweis und wild hinweg über Brüstungen Stühle Leiber, taumeln und fallen und reißen mit, aus seiner Loge halb ohnmächtig den Grafen Ottenfeld zerren Freunde empor und hinweg, was ist geschehen, denn Wunder geschehen doch nicht.

Nun: so war es auch kein Wunder was da geschehen ist. Oder wenn man will: ein Wunder zwar, doch gänzlich andrer Art, als sie auf Rennplätzen sich allenfalls ereignen. Ein »Wunder« nur deshalb zu nennen, weil wir fassungslos und eben »wie vor einem Wunder« dastehn vor Einem, welcher bereit ist, sich bis in die letzte Konsequenz gerecht zu werden, und wäre es bei einem so geringfügigen Anlaß wie einem Derby, und wäre er ein so geringfügiger Mensch wie ein Jockey. Hätte Giuseppe Matteo tausend Meter vor dem Ziel sein Pferd zu peitschen begonnen, so wäre das Pferd zusammengebrochen, und er hätte nicht gesiegt. Hätte Giuseppe Matteo das Peitschen nur markiert, so wäre er aus dem Sattel geflogen oder die Balance hätte ihn Terrain gekostet, und er hätte nicht gesiegt. Und den Jockey Kovácz kann man nicht bluffen, und Wunder geschehen nicht.

Giuseppe Matteo hat nicht markiert. Giuseppe Matteo hat tausend Meter vor dem Ziel zu peitschen begonnen: sich selbst. Und hat bis zweihundert Meter vor dem Ziel, hat achthundert Meter hindurch sich selbst gepeitscht, sich selbst, seine Schenkel, seine Waden, links rechts links rechts, und immer dichter immer schneller, erst zweihundert Meter vor dem Ziel hat er dem Pferd die Peitsche gegeben, und der Jockey Kovácz, den man nicht bluffen kann und der dichtauf geblieben war, weil er im Finish doch umso sicherer an ihm vorbeikommen mußte, kam auch im Finish nicht an ihm vorbei. Sieger Matteo auf Belladonna, Stall Ottenfeld. […]

Wien 1934–1938

Wien oder Der Unterschied

(1934)

Die nachstehenden Betrachtungen* erfolgen sehr bewußt von einem Standpunkt aus, der sich in normalen Zeitläuften wohl die nachsichtig tadelnde Bezeichnung »wienerisch« gefallen lassen müßte. Ihr Schreiber, durch Geburt und Jahre der Stadt Wien verbunden – und durch die Jahre des Fernseins vielleicht noch mehr als durch die der Ansässigkeit –, hat nämlich nicht die Absicht, sich von den Feyschen Haubitzen die innere Melodie dieser Stadt aus den Ohren böllern zu lassen, und ist nicht bereit, die zunächst ohnmächtige Wut beim Anblick der Granatenvolltreffer im Karl Marx-Hof auf ein Weichbild zu übertragen, in dessen Architektur tausendmal Stärkeres beschlossen steht, als alle Kanonen der Welt niederkartätschen könnten. Er nimmt diesen Standpunkt ein im säuerlichen Bewußtsein, daß »innere Melodie«, »Architektur« und dergleichen in dieser Zeit und gar in diesem Zusammenhang nicht eben hoch eingeschätzt und eher für eine feuilletonistische Vernebelung als für ein Argument angesehen werden dürften; ist jedoch überzeugt, daß gerade die Hervorkehrung solcher (wenn man's noch rasch so nennen darf:) metaphysischer Tatbestände, deren Verwechslung mit den durch Marischka erzeugten Operetten-Vorstellungen von Wien und Wienern wieder nur der andersherum klischierten Oberflächlichkeit unterlaufen kann – daß also ge-

* Verfaßt nach den bürgerkriegsähnlichen Kämpfen im Februar 1934, als in Wien mehr als tausend sozialdemokratische Schutzbündler von Polizei, Militär und christlich-sozialen Heimwehren getötet wurden.

rade solche Betrachtungsweise den augenblicklichen Machthabern viel unbeirrbarer entgegengerichtet ist und entgegenwirkt als eine, die ihnen immer noch mit der Ironisierung eben jenes Operetten-Zustands etwas beweisen will. Gemeint ist z. B. ein Gedicht des schätzenswerten Erich Weinert (Berlin) in einer der letzten Nummern des »Simplicus«, wo zur Charakterisierung Wiens, zur Darstellung der vermeintlichen Walzerleichtigkeit, mit der es über die tausend Toten hinwegtänzelt, »Ich bitt Sie« und »Kiss die Hand« vorkommt. Das geht nicht. Es geht überhaupt nicht, und am vorliegenden Anlaß schon garnicht. Solche Art von Satire auf eine Parodie ist, wofern sie Wien betreffen soll, eine Insinuation, wofern sie auf die Kanonenchristen gemünzt ist, einfach unzulänglich, ein Irrtum.

Engelbert Dollfuß stammt aus der Gegend von Kirchberg am Wechsel, Niederösterreich. Er hat vor ungefähr einem halben Jahr gelegentlich eines Besuchs in seiner Heimatgemeinde ihren versammelten Honoratioren mitgeteilt, daß er sie als die »letzten und einzigen Richter über sein Tun und Lassen« betrachte. Die Honoratioren von Kirchberg am Wechsel wurden damit zur Instanz für das Schicksal Europas. Es ist auf dem besten Weg, sich demgemäß zu entwickeln, und die Mostschädel werden es zufrieden sein. Denn *sie* sind es, die nicht untergehn, und Engelbert Dollfuß ist einer der ihren. Er ist kein Wiener.

Der Theresienritter Emil Fey ist es noch weniger. Er gehört einem Typus an, bei dem das garnicht in Frage kommt, einem Typus, dessen uniforme Internationalität bis heute nicht ihresgleichen gefunden hat. Er ist Soldat. Ein Bruder meiner Mutter stand mit ihm an der Front; er schildert ihn als »manischen Helden«, er meinte, als Fey vor Jahresfrist zum Sicherheitskommissär für Wien bestellt wurde: »Jetzt wird bald geschossen werden.« Fey muß schießen, womöglich mit Kanonen. Es erübrigt sich alles weitere.

Das Stammschloß des Ernst Rüdiger von Starhemberg, den der christlich-soziale Arbeiterführer Leopold Kunschak vor nicht allzu langer Zeit einen »fürstlichen Lausbuben« geheißen hat, liegt im Oberösterreichischen. Mit Wien und mit dem, was man sich unter einem Wiener Aristokraten ärgsten- oder bestenfalls vorstellen will, hat Starhemberg nichts gemein. Mehr schon mit Fey, nur daß ihm die Heimwehr, die der Major wohl als »Menschenmaterial« qualifiziert, eher als eine Art fürstlicher Leibgarde erscheinen mag.

Ein Landadeliger, ein Söldner, ein Surm – wenn jemals deutlich wurde, daß Österreich und Wien nicht bloß keine Einheit sondern einen Gegensatz darstellen, dann an dieser Konstellation.

Es geschah so, daß der dumpfe Haß der Provinz gegen die Großstadt ausgebrütet war, der Most in den Älplerschädeln gegoren, und es wurde ein Blutrausch. Es hat ihn schon einmal gegeben, am 15. Juli 1927, als die Mistelbacher losgelassen wurden. Diesmal begegneten die heroischen Bedürfnisse des Generalstäblers, der ach wie lange schon keine »Truppenkörper verschoben« und keine »Feldbatterien in die vordersten Linien geworfen« hatte, auf halbem Weg der stadtfrackfeindlichen Kompetenz des Surms, und ihre Berechtigung wurde von ihm so zielsicher eingesehn wie die strategisch wichtigen Punkte von der Artillerie. Das Ziel war: die Eroberung Wiens. Nicht die Niederwerfung eines Aufstands, nicht die Ergreifung einer (längst schon innegehabten) Macht, überhaupt nichts, wofür noch nie zuvor Kanonen in Aktion getreten sind. Von Paris und andern Zivilisationsinseln garnicht zu reden – aber selbst die Desperados, die in Kuba oder Venezuela gerade am Ruder sitzen, treten ab, falls die Erhebung gegen sie einen gewissen Umfang übersteigt und z. B. mehr als hundert Menschenleben gekostet hat. Der ausgebrochene Hinterwäldler und sein manischer Major wären unter gar keinen Umständen abgetreten. Denn die Erhebung war ihnen nur ein Vorwand, und sie hätten, selbst wenn bei der ohnehin bevorgestandenen Auflösung der SPÖ kein einziges Schutzbundgewehr losgegangen wäre, jedenfalls und zur Sicherheit und schon um zu zeigen, wer jetzt der Herr im Haus ist, ein paar Artilleriesalven in die Arbeiterheime hineingefeuert.

Motivisch und mit allen Konsequenzen und Symptomen stellt die Regierung Dollfuß nichts andres dar als die Herrschaft des Dorfs über die Stadt. Es ist kein Zufall, daß Dollfuß, um der Stadt Wien seine Kraft vor Augen zu führen, hunderttausend Bauern hereinholen und über den Ring ziehen ließ. Mit seinen Wiener Anhängern hätte er auch nicht annähernd so eindrucksvoll paradieren können.

Die Wiener Christlich-Sozialen sind der Sozialdemokratie näher verwandt als den Heimwehren, die ihrerseits zum einen Teil aus getarnten Nazis und schamlos ungetarnten Juden, zum andern eben aus den vom Pfarrer ausgesuchten Bauernsöhnen und -knechten bestehen. Die Wiener Christlich-Sozialen, deren Führer Kunschak im Wiener Landtag kurz vor den blutigen Ereignissen eine fulminante Verbrüderungsrede für die Freiheit Wiens gehalten hat, sind zwar Gegner der Sozialdemokraten – aber vor allem deshalb, weil es ihnen die »Reichspost« so einredet, weil halt die Roten keinen Herrgott nicht haben. Ihre Gegnerschaft ist in Ursprung und Ziel vor allem eine religiöse – der Karl Marx-Hof hat zwar noch immer keinen andern Namen, aber es wurden in den Gemeindehäusern Seelsorgestationen installiert und die Marien-Statue auf einer der Donaukanal-Brücken wieder mit »ewigem Licht« versehen. Ja, vielleicht haben die Christlich-Sozialen die Gegnerschaft der Sozialdemokraten auf eine tiefere, katholische Art als notwendige Ergänzung empfunden, als gottgewolltes Supplement des (von ihnen repräsentierten) Heils, als unentbehrlich ständige Gelegenheit, der neutestamentarisch vorgeschriebenen Versuchung zu widerstehen. Und es mag sein, daß ihnen diese Gegnerschaft nun sehr fehlen wird.

Sie hat sich seit jeher in Formen und Grenzen abgespielt, die von einer durchaus und nach wie vor gemeinsamen Kultur bestimmt waren. Daß diese Kultur sehr wesentlich von der Sozialdemokratie geschaffen wurde, kann man ihr nun, je nachdem, als Vorteil oder als Nachteil auslegen. Sicher ist, daß die Sozialdemokratie ihr Positivstes auf kulturellem Gebiet geleistet hat und daß diese ihre Leistung über unmittelbare Absicht und Wirkung hinaus zum Gemeingut Wiens im höchsten kollektiven Sinn geworden ist, zur Impfblatter des Wieners jeder Parteirichtung. Und man muß gar kein Wiener sein, um den Ausspruch eines weithin als christlich-sozialen »Bürger vom Grund« kenntlichen Passanten zu verstehen, der der Abtragung des Republik-Denkmals eine Weile lang kopfschüttelnd zusah und dann – sehr laut, und ohne die mindeste Furcht, daß ihm etwas geschehen könnte – sich vernehmen ließ: »Naa, naa. Des hättens schon stehnlassen können. Die Roten ham ja den Radetzky a net vom Pferd obagnumma.«

Kommt diese Äußerung – von ihrem zunächst »versöhnlichen« Tenor einmal abgesehn – nicht aus dem gleichen tiefen Respekt vor öffentlichem Gut, nicht aus dem gleichen persönlichen Verantwortungs-, ja Schützergefühl für das Eigentum »Wien«, das den Sozialdemokraten durch 15 Jahre der Macht von ihrer Führung anerzogen wurde und das, als es darauf angekommen wäre, sie auch nicht im entferntesten daran denken ließ, daß sie die Floridsdorfer Brücke vielleicht in die Luft sprengen könnten? Aber sie wollten keine »Werte zerstören«, denn es war immer noch ihr Wien und ihre Verantwortung, auch als die von solchen Skrupeln nicht gehemmten sondern provozierten Kanonen den Schlinger- und den Goethe-Hof und alles, was in viel realerem Sinn sozialdemokratisches Eigentum war, sturmreif zu schießen begannen.

Weil es Neubauten waren und größtenteils an der Peripherie gelegene, ist die unterschiedslose Ablehnung der Kanonade durch die Wiener Bevölkerung nicht manifest geworden. Aber sie ist vorhanden, und man konnte und kann sie an hundert kleinen Merkmalen feststellen. Einer »Volksstimmung«, die sich positiv äußert – in Umzügen, Festen, Fahnen –, mag und soll man mißtrauisch gegenüberstehen. Eine negative Stimmung, das heißt eine, die sich dadurch bemerkbar macht, daß ihr Gegenteil ausbleibt, ist nicht bedeutungslos. Flaggenschmuck war, in den Tagen nach der »Niederwerfung des Aufstands«, fast nur an den paar offiziellen Gebäuden zu sehen, und auch die (schon etwas höhere) Anzahl der Trauerfahnen am Begräbnistag der Exekutivopfer hielt keinen Vergleich aus etwa mit der Zahl der roten Fahnen und Wimpel, von denen im Vorjahr noch die Naziminister Frank und Kerrl begrüßt wurden. Es war keine Spur von »Siegestaumel«, nicht einmal vom Gefühl eines Siegs. Wie auch? Die »Sieger« waren ja schon vorher an der Macht gewesen, sie hatten sie nur, indem sie die letzten Eide und Gesetze brachen, für sich legalisiert und mittels 10 cm-Haubitzen völliger Restlosigkeit zugeführt. Die Heimwehrblätter bemühten sich, den Major Fey mit dem Beinamen »der Retter Wiens« populär zu machen; sie haben diese Bemühung inzwischen aufgegeben, und die eine Zeitlang verwendete Stampiglie: »Major Fey, ›der Retter Wiens‹, wie er allgemein genannt wird« ist aus ihrem Bilderdienst bald verschwunden. Und das »Neue Wiener Journal«, die Kloake unter den Wiener Zeitungen und eben in dieser Eigenschaft die einzige, welche das groteske Recht für sich in Anspruch nehmen darf, konsequente Haltung bewahrt zu haben (indem es ja schon immer gestunken hat und sich dazu nicht erst gleichschalten mußte) – das »Neue Wiener Journal« ließ man mit seinem infamen Vorschlag, es möge eine »Woche des vaterländischen Siegs« (Konzerte, Festaufführungen, Hymnen und Prologe) veranstaltet werden, erbärmlich durchfallen.

Nicht aus Versöhnungstaktik, nicht aus Diplomatie, nicht aus einem letzten Abscheu vor solcher Bundesgenossenschaft und ihrer Befugnis. Sondern es gab nichts zu feiern. Es ist nicht so, daß ein Teil Wiens nun das Empfinden hätte, den andern erobert zu haben. Ganz Wien ist erobert. Aber so wenig im Krieg ein belgisches oder französisches Dorf nach seiner Besetzung durch die Deutschen »deutsch« wurde, so wenig wird Wien an seinem bisherigen Charakter etwas ändern. Man kann nicht sagen: so wenig wird Wien nun »christlich« oder »ständisch« werden – denn das war es in einem nicht unbeträchtlichen Maß seit jeher. Bloß das, was die Fey und Dollfuß so sehr möchten und brauchten, eine Hochburg ihrer Macht, einen moralischen Stützpunkt: das werden sie aus Wien nicht machen können. Die stumme, träge, zähflüssige Ablehnung, die sie von der Zweimillionenstadt in den entscheidenden Wochen erfahren haben, verdeutlicht in einer sehr bemerkenswerten und vielleicht auch politisch sehr integrierenden Art die beispiellose Isoliertheit einer Regierung, die in ihrer eigenen Hauptstadt nichts hinter sich weiß als ein paar Hocharistokraten, ein paar Großindustrielle, und eine in jeder Hinsicht depravierte Söldnertruppe.

Reaktion ist immer noch Aktion. Es könnte sich, was Wien betrifft, der einigermaßen skurrile Fall begeben, daß die Reaktion am Konservativismus scheitert. […]

Wien? Was ist das: Wien?

(1938)

Wien? Was ist das: Wien?

Wer keine Erinnerung mit sich trüge. Wem keine Bilder eingeprägt wären, längst veränderte Bilder in längst veränderte Augen. Wer nicht in der Heiligenstädter Straße sogleich an Sonntagsausflug und Kahlenberg denken müßte, an Zahnradbahn und Schmetterlingsnetz. Was hilft es, daß der Kahlenberg dasteht, als wäre nichts weiter geschehn! Was ist das für eine klägliche Ausrede: sich damit zu trösten, daß es den Kahlenberg gibt! Aber die Zahnradbahn gibt es nicht mehr.

Wien? Was ist das: Wien?

Martin Hoffmann, in der Heiligenstädter Straße, an diesem Sonntag vormittag, wartet auf eine Straßenbahn Richtung Innere Stadt. Er hat um halb zwölf mit den Herren Presser und Köves Rendezvous, im Hotel Bristol, irgendein Filmmensch interessiert sich angeblich für ihren neuen Stoff. Carola schläft noch, sie wird ihn gegen eins abholen. Hoffentlich ist die Besprechung dann schon zu Ende. Und hoffentlich wird etwas draus. Das wäre ihm in zweifacher Hinsicht sehr recht: er kann einen Filmabschluß brauchen, und er kann das Geld brauchen. Es ist besser, mit einem Filmabschluß und mit Geld nach Amerika zu kommen. Wo nur der D-Wagen bleibt. Warum muß man denn immer so lange auf die Straßenbahn warten, wenn man es eilig hat. Und warum muß man sich denn immer diese idiotische Frage vorlegen, wenn man auf die Straßenbahn wartet... Martin hat eine neue Zigarette angezündet, sein Blick verfängt sich an der

Straßentafel nächst dem Wartehäuschen: Barawitzkagasse. Was hat es nun wieder mit der Barawitzkagasse für eine Bewandtnis – – richtig: »Zugang Barawitzkagasse«. Das stand auf einer bestimmten Kategorie von Eintrittskarten zur »Hohen Warte«, die Jahre hindurch der größte Fußballplatz Wiens gewesen ist – es bedeutete einen Unterschied von guten zehn Minuten, ob man »Zugang Barawitzkagasse« zu nehmen hatte oder »Zugang Perntergasse«. Damals hat Martin sich inbrünstig gewünscht, in Döbling zu wohnen. Jetzt wohnt er in Döbling und geht zu keinem Fußballmatch. Es freut ihn nicht mehr. Und war doch einst nicht wegzudenken aus seinem Leben.

Wien? Was ist das: Wien?

Der D-Wagen scheint heute überhaupt nicht zu verkehren. Auch aus der Gegenrichtung ist noch keiner gekommen.

Generalstreik –! denkt Martin jählings auf, sinnlos, rechenschaftslos, todtraurig im nächsten Augenblick. Generalstreik –. Es ist zum Heulen. »Schuschnigg fährt zu Hitler – Generalstreik in Wien«. Das wäre doch eine gute Zeitungsüberschrift. Es ist zum Heulen. Auch *das* noch. Auch *das* muß einem jetzt noch einfallen: daß es keinen Generalstreik mehr gibt. Und daß es zuvor einen mißglückten gegeben hat. Und noch weiter zuvor einen nicht stattgefundenen. Den mißglückten damals, im Februar 1934, hat Martin nämlich im zufällig gleichen Zusammenhang gemerkt: weil so lange keine Straßenbahn kam; ein paar Straßen weiter sah er die Wagen dann stehn, und dann sah er sie wieder fahren, und seither gibt es keinen Generalstreik mehr. Auch an den andern, an den nicht stattgefundenen, bewahrt er eine quälend eigene Erinnerung: weil er gerade an jenem 30. Januar 1933, am Tag da die deutsche Sintflut losbrach, in einem sozialdemokratischen Bildungsverein eine längst angesetzte Vorlesung abhielt; und weil nachher, als er mit ein paar Funktionären noch beisammensaß, sehr gewichtig und überzeugt die Worte fielen: »Passen S' auf – morgen machen s' in Berlin einen Generalstreik – und der Herr Hitler ist erledigt!« Der Generalstreik fand nicht statt, die Erledigung fand nicht statt, und Vortragsabende in Arbeiterheimen finden auch nicht mehr statt. – Und dort kommt schon der D-Wagen.

Wien? Was ist das: Wien?

Martin steigt ein, bleibt auf der Plattform, löst stumm den Fahrschein beim stumm herzutretenden Schaffner. Der kehrt sich sogleich wieder ab, blickt schweigend durch die trüb angelaufenen Glasscheiben, auf die Strecke, die er unzählige Male schon durchfahren hat, die er auswendig kennt bis zum Überdruß, auf die reizlose, scheußliche Strecke – die Nußdorferstraße ist das, jawohl Nußdorf – da fahr'mer halt nach Nußdorf 'naus, dort gibt's a Hetz, a G'stanz – – öde Häuserzeilen gibt es und Viadukte und die Rangiergeleise der Franzjosefsbahn, so sieht das in Wirklichkeit aus, so und nicht anders.

Wien? Was ist das: Wien?

Noch immer starrt der Schaffner durch die Glasscheiben. Vielleicht, denkt Martin, ist ihm genauso zumut wie mir, vielleicht ist er traurig und niedergeschlagen, oder wütend und flucht in sich hinein: weil man uns also gestern in Berchtesgaden endgültig verkauft hat, ihn genau so wie mich. Ich möchte ganz gerne mit ihm sprechen. Und bei dieser Gelegenheit könnte sich dann vielleicht herausstellen, daß er ein Nazi ist. Warum denn nicht? Warum sollen nicht auch die Leute im Wagen drinnen lauter Nazi sein? Weil man es ihnen nicht anmerkt? Sie lassen sich ja, obwohl das ganz leicht wäre, auch das Gegenteil nicht anmerken. Schweigend und mürrisch sitzen sie da, keiner schimpft, keiner liest die Zeitung und sagt dann etwas dazu – na ja, wozu sollten sie auch Zeitungen lesen. Es steht ja sowieso nichts drin. Man muß ja, wenn man erfahren will was hier bei uns vorgeht, sowieso auf die ausländischen Blätter warten. In den ausländischen Blättern darf man es lesen, in den inländischen nicht. Allerdings: wer liest schon ausländische Zeitungen? Höchstens ein paar Kaffeehausjuden, und das schadet nichts.

Wien? Was ist das: Wien?

Wien an der Donau, die Hauptstadt von – – ja Schmarr'n, und schon hier beginnt der Schwindel. Wien liegt am Donaukanal und nicht an der Donau. Die übrigens gar nicht schön und gar nicht blau ist. Wieder ein Schwindel. Und so geht der Schwindel weiter, immer weiter. Hauptstadt! Was für eine Hauptstadt? Vielleicht früher einmal – aber jetzt? Es ist einfach lächerlich. Hauptstadt von was? Hauptstadt von Österreich? Was hat dieses Österreich noch mit Wien zu tun und dieses Wien noch mit Österreich? Man müßte Wien zur freien Stadt erklären, und die Mostschädel, die kropferten, sollen sich anschließen an wen sie wollen. Das ist vielleicht die Lösung! würde der Professor Bachrach sagen, den hab ich schon lang nicht gesehn, ich muß ihn wieder einmal besuchen. Hauptstadt von Österreich? Republik Österreich, bitte? Nein, Bundesstaat Österreich. Was ist das für ein Unterschied, bitte? Das weiß leider kein Mensch. »Republik« ist eben eine anstößige Bezeichnung, man denkt dabei unwillkürlich an Demokratie, weg damit und her damit, denn zum Beispiel heißt das »Neue Wiener Tagblatt« im Untertitel noch immer »Demokratisches Organ«, und überhaupt verkörpert der autoritäre Ständestaat die wahre Demokratie. Natürlich. Wer denn sonst. Das haben noch alle von sich behauptet. Wenn sie lang genug drauf geschimpft haben, geben sie eines Tages bekannt, daß sie und niemand andrer die wahre Demokratie sind. Autoritär, korporativ, total, diktatorisch – man kennt sich vor lauter wahrer Demokratie gar nicht mehr aus, jede ist die einzig wahre, und *wir* haben sie aber *wirklich*. Wir haben ja auch die österreichische Sendung, den österreichischen Gedanken, das österreichische Wesen, alles mögliche haben wir österreichisch – nur, leider, kaprizieren wir uns gleichzeitig darauf, der »zweite deutsche Staat« zu sein. Und das ist immer und überall eine bedenkliche Sache: zweiter sein. Im Volksmund, im österreichischen Volksmund (nicht etwa im Nationalmund) heißt »zweiter sein« soviel wie »verlieren«. Daß wir bis jetzt noch nicht verloren haben, verdanken wir lediglich der unlösbaren, naturbedingten Freundschaft eines mächtigen Volkes, des italienischen. Welches in Wahrheit so ziemlich das einzige Volk ist, für das wir *keine* Freundschaft empfinden, das wir sogar mit einem verächtlichen Spitznamen zu benennen lieben: die Katzelmacher. Und mit verächtlichem Spitznamen benennen wir sonst nur noch unsre gleichfalls unlösbaren und naturbedingten deutschen Brüder: die Piefkes. Wir haben die Wahl zwischen Katzelmachern und Piefkes, unlösbar mit Italien verbunden und zweiter deutscher Staat, sei gesegnet ohne Ende – so heißt das doch, so geht doch die neue österreichische Hymne, ein falscher Text auf eine echte Melodie, der ganze Text ist falsch, alles ist falsch, Schwindel, nichts als Schwindel …

Im Zeichen des Zeichens

(1938)

Der große Höllenreigen war losgebrochen, nun dauerte er schon den zweiten Tag, und alles, alles fügte sich ihm ein. Nichts blieb ihm entzogen, nichts gab es, was vor ihm bestehen konnte in früherer Gestalt und Art. Alles war anders. Tot oder lebendig: alles war anders. Die Stadt war eine andre Stadt, die Menschen waren andre Menschen – und was diese andern Menschen in dieser andern Stadt vollführten, hatte mit Stadt und Menschen nichts mehr gemein. Der große Höllenreigen war losgebrochen.

Er stand im Zeichen des Zeichens. So Unerhörtes geschah unter diesem Zeichen, so noch nicht Dagewesenes, als geschähe es einzig deshalb, um unerhört zu sein und noch nicht dagewesen. So restlose Aufhebung aller bisherigen Gültigkeiten geschah, daß es immer zwingender einer restlosen Ungültigkeit zustrebte, nichts sollte mehr gelten, nichts außer daß nichts mehr galt, vielleicht auch die Aufhebung nicht, vielleicht war sie schon ungültig da sie sich noch vollzog und würde im nächsten Augenblick sich selber aufheben. Es geschah die vollkommene Umkehrung, es kehrte sich alles um und um, in einem zuckenden, brüllenden Reigen, kehrte sich um, um sich umzukehren, der Höllenreigen an sich, zu keinem andern Zweck als dem der er selbst schon war, zum Zweck des eigenen Mittels, des Zeichens in dem er stand, er stand im Zeichen des Zeichens.

Dieses Zeichen: was war es denn, was bedeutete es, was galt es? Wozu dienten diese Hakenkreuzbanner, diese Hakenkreuzfähnchen, diese Hakenkreuzabzeichen?

Sie dienten nicht. Sie herrschten. Es ging um *sie*, um sie und nicht um die Bedeutung die sie etwa symbolisieren mochten. Es ging darum, daß man Hakenkreuzbanner flattern lassen durfte, Hakenkreuzfähnchen schwingen, Hakenkreuzabzeichen tragen. Darum ging es. Darum war der Höllenreigen losgebrochen, und darin bestand er.

Die sich ihm hingaben, zuckend und brüllend, merkten wohl gar nicht, wie er ihnen zum Selbstzweck erstumpfte; wie vor dem tollen Gefühl, daß sie teilhaben durften daran, alles andre dahinschwand. Dieses Gefühl nur berauschte sie, dieses Gefühl ihrer selbst, dieses Selbstgefühl. Sie fühlten sich. Oh, wie sie sich fühlten! Sie besahen das Hakenkreuz an ihrem Rockaufschlag: und fühlten sich. Sie erhoben die Hand, brüllten ihr Hitlerheil hervor: und fühlten sich. Oh, und wie oft sie die Hand erhoben! Sie fluteten durch die Straßen, wälzten sich über die Fahrdämme aufeinander zu und verquollen wirr ineinander: nur um wieder und wieder die Hand zu erheben. Und oh, wie laut sie brüllten! Jeder für sich und in Gruppen brüllten sie, regellos brüllten sie und in strengem Takt, und brüllten immer aufs neue, brüllten hinein in den Schritt und Tritt der einmarschierenden Truppen, in das Rattern der motorisierten, in das Getöse der Tanks und Panzerwagen überm bebenden Pflaster und in das Dröhnen der Propeller vom Himmel her, vom nahen Himmel her, denn die Flugzeuge fliegen ganz niedrig, hart über den Dächern weg, so groß zu sehen, daß selbst die schweren Bomber harmlos wirken in ihrer Greifbarkeit und mächtig nur durch den Lärm. Aber wir, wir machen ja *auch* Lärm. Hei was für Lärm wir machen, hei, heißah, heil, Siegheil, Heil Hitler, ein Volk ein Reich ein Führer, wir danken unserm Führer, Heil Hitler, heißah, hei. Solchen Lärm machen wir. Wenn einer mittendrin steht, hört er den Lärm der Flugzeuge gar nicht mehr, und wenn er vollends noch mitbrüllt, mag er fast glauben, daß er stärker sei als die

Flugzeuge. So gewaltig ist der Lärm, so mächtig. Lärm ist Macht.

Oh, Macht! Die da lärmen, weil sie die Macht haben, sind von Macht durchtränkt in jeder Zuckung ihres Reigens, von Macht gehoben ist der Rausch ihres Selbstgefühls, Macht fließt und strömt, Macht, einzelweise gekeltert in jedes Einzelnen Rausch, auf Flaschen abgezogene Macht für Jedermann, da ist sie, da marschiert sie, da kommt sie angerattert und angedröhnt, die Macht, meine Macht, ich spüre sie, diese Macht, ich fühle sie in mir, ich fühle mich in ihr – und oh! ich hab mich schon als alles mögliche gefühlt: aber mächtig noch nie. Jetzt bin ich mächtig. Jetzt habe ich Tanks und Kanonen und Bombengeschwader, ich bin groß, ich grenze ans Meer, ich bin eine Weltmacht, eine siegreiche Weltmacht, ich habe ein Land erobert, ich habe mich selbst erobert, ich habe mich einverleibt, mir selber einverleibt, ich bin verdoppelt und bin über mich erhoben, ich habe und bin die Macht, ich brülle und stampfe vor Macht – – und keiner von ihnen, wie sie da brüllen und stampfen, keiner von ihnen würde es wahrhaben wollen, daß in diesem Brüllen und Stampfen schon alle Teilhaberschaft an der Macht sich erschöpft. Oder was wäre es sonst? Haben sie wirklich teil? Haben sie mehr als sie hatten? Sie haben nicht mehr, und werden auch nicht mehr haben (sondern weniger). Sie haben nichts als das Hakenkreuz im Knopfloch. Es ist das Einzige, woran sie ihren Sieg erkennen, es ist ihr einziger Sieg und Gewinn: daß sie das Hakenkreuz tragen dürfen. Es ist das Einzige, wodurch sie unterschieden sind von den Verlierern, von jenen völligen und garantierten Verlierern, welche das Hakenkreuz *nicht* tragen dürfen, es ist das Einzige, wodurch sie erhoben sind über sich und über jene. Sie haben nichts. Sie sind. Was sind sie? Arier. Was ist das? Sie wissen es nicht. Selbst dies, selbst dieses ihr Eins und Alles und Gloria Viktoria, vermögen sie nur an der Verneinung zu fassen, nur daran, daß sie etwas *nicht* sind: sie sind keine Juden. Das genügt. Das bringen sie mit und das macht ihnen niemand nach, nicht einmal die Juden. Das sichert ihnen den Zutritt. Das sichert ihnen die Teilnahmsberechtigung und Teilhaberschaft, das hebt und erhebt sie vom nichtssagenden Anbeginn bis hoch über sich hinaus und bis in den Rausch und Taumel, bis daß sie brüllen und stampfen vor Macht, vor unwiderstehlicher unbegrenzter Macht, heute gehört uns Deutschland, morgen die ganze Welt.

»So!« sagt eine entschlossene Stimme, sagt ein dürftig aussehender Mann mit Zwicker und Regenschirm, ein Kleinbürger mittleren Alters, er trägt jedoch ein blechernes Hakenkreuz im Knopfloch und ein papiernes Fähnchen in der Hand. »So!« sagt er. »Und jetzt holen wir uns Deutschböhmen!«

Sehnsucht nach Österreich

Sehnsucht nach Alt-Aussee

(In Kalifornien, 1942)

Wieder ist es Sommer worden,
dritter, vierter Sommer schon.
Ist es Süden, ist es Norden
wo ich von der Heimat wohn?

Kam ich auf der wirren Reise
nicht dem Ursprung wieder nah?
Dreht die Welt sich noch im Kreise?
Ist es Sommer dort wie da?

Gelten noch die alten Strecken?
Streben Gipfel noch zur Höh?
Ruht im bergumhegten Becken
noch der Altausseer See?

Bot sich einst dem Blick entgegen
spiegelschwarz und wunderbar.
Himmel war nach manchem Regen
bis zum Dachsteingletscher klar.

Kulm und Kuppe: noch die kleinern
hielten Wache rings ins Land.
Aufwärts ragten grün und steinern
Moosberg, Loser, Trisselwand.

Ins Plateau zu hohem Rahmen
wölbte sich die Pötschen schlank,

und es wuchsen die Zyklamen
nur auf ihrem drübern Hang.

Ach, wie war ich aller Richtung
sommerlich vertrautes Kind!
Ach, wie war mir Wald und Lichtung,
Bach und Mulde wohlgesinnt!

Treibt's mich heut zum See? Zur Klause?
Treibt's mich auf die Blaa-Alm hin?
Wird's beim Fischer eine Jause?
Wird's ein Gang zur Wasnerin?

Wo die Triften sanft sich neigten
vom Geröll zum Flurgeheg –
ach, wo ist's, daß sich verzweigten
Hofmannsthal- und Schnitzlerweg!

Ach, wo hat's mich hingetrieben!
Pötschen weiß ich, und Plateau.
Aber welcher Hang ist drüben?
Aber die Zyklamen – wo?

Rückkehr? Was ist das: Rückkehr?

(1946)

New York, 15. Mai 1946

Mein lieber, alter Milan,*

das erste Problem hieß: »Wo soll man da anfangen?«, und das hätten wir also bewältigt. Aber da senkt sich über unsern Briefwechsel bereits der riesenhafte Schatten des zweiten Problems: wo soll man da aufhören? Ich beneide Dich und beneide mehr noch den Weigel, daß es Euch gelungen ist, »restliche Unklarheiten« in Gesprächen zu beseitigen. Was sich bei mir noch alles an Unklarheiten tut, und sogar an Klarheiten: das geht auf keine Kuhhaut, und ist auch nicht in den Brief hineingegangen, den ich mit gleichem Kurier an den Weigel gelangen lasse**.

Immerhin wirst Du aus ihm einige Rückschlüsse auf meine Situation ziehen können. Aus dem Brief, nicht aus dem Weigel. Denn mit diesem – wie sehr ich seine intellektuelle Aufrichtigkeit schätze, und wie sehr mir die Klarheit, mit der er Posten bezogen hat, imponiert – bin ich im Gegensatz zu Deiner Vermutung nicht durchwegs einer Meinung. Aber das habe ich ja schon ihm geschrieben, und zwar deshalb ihm, weil es sich größtenteils um Hemmnisse israelitischer Observanz handelt.

---

* Milan Dubrovic (1903–1994), Journalist bei Wiener Zeitungen, 1953–61 Chefredakteur der »Presse«, 1970–77 Herausgeber der »Wochenpresse«.

** siehe F. T.: »In diesem Sinne ...«, S. 409 ff.

Dir zur Aufklärung: daß diese meine Observanz nicht von heute stammt, sondern daß sie mir seit jeher selbstverständlich war – so selbstverständlich, daß ich dort, wo es nicht ausdrücklich geboten war, auch nichts damit hergemacht habe, weder in Wort noch in Schrift, oder, wie der mittlerweile in ein ebenso kunstvolles Englisch übersiedelte Robert Neumann sagen würde: in Wort nicht und in Schrift nicht. Deshalb kann es mir heute, da diese ausdrückliche Gebotenheit allenthalben besteht, sehr leicht passieren, daß ich selbst so gute Freunde wie Dich über meine oben beregte Observanz erst aufklären muß, – was mir nicht selten ihre Überraschung einträgt, oder gar den Verdacht der Hysterie.

Bitte mach Dir gar keine Sorgen – nicht ich bin hysterisch geworden, sondern die Welt. Bei mir ist alles beim alten, ich gehöre weder zu jenen Juden, die erst den Hitler gebraucht haben, um dahinter zu kommen, daß sie es sind, noch auch zu jenen, die es sich von Hitler nicht »vorschreiben« ließen. Sondern es ist mir nach wie vor selbstverständlich, und daß – wie aus so vielen andern Selbstverständlichkeiten – auch aus dieser eine Affaire geworden ist, liegt nicht an mir. Es stünde mir nur schlecht an, wenn ich gerade über sie hinweggehen wollte. Aber das soll uns, nachdem ich es der Ordnung halber gesagt habe, nicht weiter stören.

»Uns«: damit meine ich zunächst Dich und mich, und dann eben alle jene, zu deren Kreis ich mich hingezogen und zugehörig fühle, und immer zugehörig fühlen werde, – ja ich täte das selbst dann, wenn diese Zu- und Zusammengehörigkeit sich jetzt nicht auf eine so beglückende Weise bestätigt hätte wie es der Fall war. Ich denke mir, daß ich mich unter diesen Menschen auch jetzt sehr wohl fühlen würde, genau so wie hier draußen unter den verzweifelt wenigen wirklich aus Gesinnung Emigrierten (und nicht aus Zwang). Ja wahrscheinlich würde ich mich unter ihnen jetzt sogar noch wohler fühlen als zuvor: weil sie sich ihre Gesinnung sogar drinnen bewahrt haben, weil unsre Wechselseitigkeit auf eine mörderische Probe gestellt worden ist und diese Probe bestanden hat.

Aber – und das ist die Frage, die mich nicht zur Ruhe kommen läßt – aber darf ich denn, wenn ich an eine Rückkehr nach Wien denke, nur an diese paar Menschen denken? Geht es denn nach ihnen? Ginge es nach ihnen, so hätte ich doch gar nicht erst wegmüssen. Es geht also nicht nach ihnen und ist niemals nach ihnen gegangen, auch damals nicht, als ich mich unter ihnen noch ganz unproblematisch wohl gefühlt habe. Aber das ist es ja wieder: damals war es eben noch kein Problem sich wohl zu fühlen; oder wenn es eines war, dann haben wir unsern Ehrgeiz darein gesetzt, uns nicht davon unterkriegen zu lassen, und haben es mit Recht als Triumph empfunden, wenn uns das gelang. Es waren eben ein paar Menschen da, mit denen man leben konnte, und das hat genügt (auf ähnliche Weise friste ich mein Leben ja auch hier).

Und jetzt hör gut zu, Milan: ich finde, daß Euch, die Ihr dringeblieben seid, die Ihr nur den Atem angehalten habt und jetzt wieder atmen könnt – daß *Euch* das auch heute genügen darf. Aber ob es mir genügen darf, weiß ich eben nicht – so gern ich es mir genügen lassen möchte. Kürzer gesagt: es ist Grund genug, um nicht auszuwandern. Aber ist es Grund genug, um zurückzukommen? Oder mit den Worten eines Freunds von mir, einem der wenigen Ehrlichen, die zwar zugeben, daß sie vor Sehnsucht krepieren, aber trotzdem nicht zurückgehn: »Soll man sich *noch* einmal häkeln lassen?« Versteh das bitte richtig: nicht als ob Ihr die Häkler wärt – Ihr seid genau so die Gehäkelten wie wir, und bei ein bißchen Phantasie läßt sich sogar eine Situation denken, in der Ihr daraus genau dieselben Konsequenzen zu ziehen hättet, die wir schon einmal ziehen mußten. Aber für Euch, siehe oben, sind das bestenfalls theoretische Erwägungen. Für unsereinen sind es verflucht praktische. Keine materiellen – damit auch da kein Mißverständnis entsteht. Materielle Erwägungen könnten mich so wenig nach Wien locken, wie sie mich hier halten könnten. Sondern »praktisch« heißt ganz einfach: daß man den einen Schock schon schwer genug und nur ganz knapp überstanden hat, und daß man einen zweiten Schock wahrscheinlich nicht mehr überstehen könnte.

Lieber Milan, ich würde etwas Unmögliches von Dir verlangen, wenn ich auf diese Dinge Antwort von Dir haben wollte, oder auch nur Deine Stellungnahme. Ich will eigentlich nur wissen, ob Du es verstehst. Was sich etwa dazu sagen läßt, hast Du ja schon gesagt. Wenn Dir vielleicht noch etwas dazu einfällt, so wird es mir nur helfen, die »verschiedene Optik«, von der Du gesprochen hast, auf gleich zu bringen, – und ich hoffe, daß mein Brief bei Dir die gleiche Funktion ausüben wird. Wir werden dann, wenn wir uns eines Tags wiedersehen, wenigstens nicht astigmatisch sehen. Daß es zu diesem Wiedersehen kommt – davon bin ich ebenso fest überzeugt wie Du. Besser gesagt (und wie ich eben mit leisem inneren Jauchzen feststelle, bereits von *Dir* besser gesagt): ich kann mir nicht vorstellen, daß es nicht dazu käme …

More Jews for Austria! sei's Panier

(1947)

New York, 18. Januar 1947

Herzliebes Bliemerl* mein,

wie gern, ach wie gerne würde ich Dich mit allen Würzlein ausgraben, zum Garten am hübschen Haus tragen und Dich am stillen Ort wieder einpflanzen, auf daß Du mir weiter grüntest und blühtest. Aber was tut Gott? Ich hab kein' Garten, das Haus is nicht hübsch, der Ort is nicht still, und geblüht wird hier schon gar nicht, sondern es wird verwelkt.

Also bleibst Du schön wo Du bist, und ich wer halt schaun daß ich hinüberkomm, an Dir zu schnuppern. Ob ich mich freilich mit allen Wurzeln dort eingraben werde, scheint mir immer zweifelhafter. Nicht weil der Boden, dem ich entstamme, momentan so wenig Nahrung hergibt und er kalt und steinig ist, – das fechte mich, wenn es darauf ankäme, wenig an, ich hab im Verlauf der wirren Wanderschaft ein paarmal auch auf gänzlich fremdem Boden knorriges Knieholz spielen müssen, und auf vertrautem Boden fiele mir das ganz gewiß nicht schwerer. Es liegt vielmehr an dem, daß ich mich fragen muß, ob dieser Boden jemals wieder den richtigen Dünger, diese Erde jemals wieder das richtige Salz bekommen wird, – und damit weißt Du schon, was ich meine.

---

* Bliemerl war Alexander Inngrafs Kosename; denn er war im 1. Weltkrieg Leutnant bei den Alpenjägern, deren Mütze ein Edelweiß zierte. Alexander Inngraf (1897–1960) war bis 1945 bei der Wiener Polizei beschäftigt und wurde dann Ministerialrat im Innenministerium.

More Jews for Austria! sei's Panier. Sonst is g'fehlt. Ich kann jüdeln für zehn, und Stappler vielleicht gar für zwanzig – aber das genügt nicht. Jene glückhafte Symbiose, die zwischen jüdischem Dünger und wienerischem Humus dereinst bestand, ist, fürchte ich, für alle Zeiten dahin. Und sie war die einzige, die es gab. Disraeli war ein Krampf. Der Fiakerlied-Pick* war ein Naturgewächs.

Wehe einer Konstellation, die den Fiakerlied-Pick als Krampf erscheinen ließe. Versuch ihn Dir im heutigen Wien vorzustellen, oder das heutige Wien mit ihm – es geht sich nicht aus. Ich spreche mit Absicht vom »heutigen« Wien, weil in dieser Einschränkung meine einzige und letzte Hoffnung liegt, daß es sich eines Tags vielleicht doch wieder ausgehn wird. Aber nur so und nicht anders. Um mein eigenes Problem ist mir – ob mit Recht oder Unrecht – nicht bange. Dennoch kann es nur im Rahmen des größeren Problems gelöst werden, also nicht auf der Basis: »Ihnen, Herr Torberg, nehmen mir mit Vergnügen – aber den Herrn Schlesinger aus der Siebensterngasse hammer net gern.« Und zwar muß ich diese Basis nicht etwa deshalb ablehnen, weil sie mit meiner Offiziersehre unvereinbar ist, sondern weil erstens *ich* es bin, der über Schlesingern zu entscheiden hat, und nicht der Wottawa (genau so wie *ich* entscheide, wer ein Nazi war, und nicht die Alliierte Kontrollkommission), und weil ich zweitens ohne Schlesinger gar nicht der wäre, den man mit Vergnügen nähme. Ja ich möchte mich fast zu der Behauptung versteigen, daß ich ohne Schlesinger ein Schlesinger wäre. Ich brauche ihn. Und wer mich zu brauchen meint, werde sich klar darüber, daß er auch Schlesingern braucht …

Dein F. T.

---

* Gustav Pick (1832–1921), Komponist und Textdichter des »Wiener Fiakerlieds«.

Meine österreichische Sehnsucht

(1944)

Hollywood, 16. März 1944

Lieber Herr Kahler!*

Eigentlich dürfte mein Brief nur aus einer Duplik in Sachen Österreich bestehen (sagte ich »nur«?), und eigentlich müßte ich, damit es eine richtige Duplik würde, mit System und Konzeption vorgehen. Aber dem bin ich jetzt wirklich nicht mehr gewachsen, und ich werde deshalb – Ihr Verständnis, ja geradezu Ihre Mitarbeit höfl. erbittend und erhoffend – das Verwegenste tun, was man in einem solchen Fall tun kann: ich werde, *während* ich Ihnen antworte, *noch* einmal Ihren Brief lesen und immer auf das antworten, worauf ich, wäre das Ganze kein Brief sondern ein Gespräch, eine Antwort am wenigsten hätte unterdrücken können. Ich werde also Zwischenrufe machen.

Gleich der erste wäre in einem Gespräch gar nicht möglich, denn er bezieht sich auf eine Schreibweise. Sie schreiben: »Šindelář«, und das ist falsch, obwohl es richtig ist. [...] Denn siehe, obwohl er sich »Sindelar« schrieb, wurde er selbstverständlich von jedem Wiener, der ihn kannte, also von jedem Wiener, »Schindelar« ausgesprochen, und wäre wahrscheinlich vollkommen korrekt »Schindelarsch« ausgesprochen worden, wenn solcher Endsilbe nicht eine verräterische Eigen-Bedeutung innegewohnt hätte.

* Victor von Kahler (1889–1963), Sohn des Präsidenten der Böhmischen Union Bank, Kenner der »k. u. k. Herrlichkeit« und Kunstliebhaber.

Uridil, der seinerzeitige »Tank« des Rapidsturms, auch Ihnen vielleicht noch erinnerlich aus dem Volkslied »Heute spielt der Uridil«, und jedenfalls der einzige, den man als Vorgänger des Papierenen bezeichnen könnte (*nur* was die Popularität betrifft – in Technik, Witz, spielerischem Können, kurzum: in kultureller Hinsicht verhielt er sich zu ihm tatsächlich wie ein Tank zu Papier) – Uridil also, obwohl auch er sich nicht »Uřidil« schrieb, *wurde* »Urschidil« ausgesprochen, genau so selbstverständlich wie Sindelar mit Sch – denn diese Kenntnis oder dieser Sprach-Instinkt *ist* dem Wiener eben selbstverständlich. Und so wird Sindelar in einem höheren Sinn tatsächlich zu einem Überbleibsel der »k. u. k. Herrlichkeit«. (Daß er nach dem Einzug der Nazi Selbstmord begangen hat, wissen Sie wahrscheinlich; wenn ich brav bin, erlaube ich mir einmal, Ihnen die »Ballade auf den Tod eines Fußballspielers« zu schicken, die ich damals geschrieben habe.) [...]

Vieles in Ihrem Brief ist so richtig (um auch das Tschechische zu unübersetzbarem Recht kommen zu lassen: jasně jako facka*), daß man darüber gar nicht diskutieren kann, jedenfalls nicht im Ernst, also nur feuilletonistisch. An andern Stellen wiederum fühle ich mich ganz einfach mißverstanden [...]

Richtig remonstrieren muß ich aber erst, wenn Sie zu dem von mir gepriesenen »Reichtum an Farben und Skalen« bemerken: »Dieser Reichtum kam aus dem Italienischen, Ungarischen, Slawischen. Nehmen Sie das dem Österreicher, was bleibt übrig? Ein Gamsbart.« Was heißt das? Nehmen Sie dem panierten Kalbskotlett das Fleisch, das Ei, und die Semmelbrösel, was bleibt übrig? Ein Knochen. So ist das also nicht. Sondern wo der Gamsbart übrigbliebe, dort hatten die

* Klar wie eine Watschen

italienischen, ungarischen, slawischen (und, for that matter, jüdischen) Einflüsse erst gar keine Chance einzufließen. Ja ein Gamsbart bleibt überhaupt nicht übrig, sondern er ist von vornherein da, und zwar als eine *Komponente* des Gesamtbilds, keinesfalls als dessen Grundlage. Daß er das wäre, hat nur er selber geglaubt. Mich sollten Sie solchen Irrglaubens gar nicht erst zeihen. Sie sollten mir auch gar nicht erst sagen, daß es dieser Irrglaube war, an dem die »österreichische Idee« zuschanden wurde. Ich weiß es. Ich glaube nur nicht, daß sie auf »die Bewohner von Wien, Nieder- und Oberösterreich, Salzburg und die deutschsprechenden, liberalen Juden« beschränkt war.

Noch lange nach ihrem endgültigen Hinscheiden habe ich an den merkwürdigsten Orten die merkwürdigsten Träger dieser Idee getroffen, mit verwaschenen Leichenhemden angetan, aber dennoch deutlich erkennbar: einen tschechischen Richter, der mit mir im edelsten, gewähltesten Tschechisch amtshandelte und der einen eintretenden Kollegen (mit dem er dann auch tschechisch weitersprach) im edelsten Wienerisch mit »Servus, Kollega« begrüßte; einen Salinenarbeiter in Alt-Aussee, er hieß von Lesch, sein Adel war 300 Jahre alt, er schimpfte auf die Nazi und gab an, daß seine Familie seit jeher nur mit den slowenischen Bauern verkehrt hätte, die seit Generationen in jenem Hochplateau siedeln; und ein Hotelportier in Brünn und ein Kellner in Agram und ein Besoffener in Prag… Aber schließlich wissen wir ja auch von dem Ihrerseits beregten Palacký, daß man die Habsburger-Monarchie hätte erfinden müssen wenn es sie nicht gegeben hätte, und es *hat* sie gegeben.

Eine Scheinwelt, sagen Sie. *Natürlich* eine Scheinwelt. Aber wann, wenn wir vom güldenen Palast des Raja von Kandapur absehen, wann wäre Schein und Schimmer jemals so weit in die Realität vorgestoßen? So weit, in der Tat, daß man sie bisweilen schon mit der Wirklichkeit verwechseln durfte. Und was verschlägt es angesichts solcher Verwechslungsmöglichkeit, und ihrer unzweifelhaft realen Ergebnisse von Mozart bis Tafelspitz, – was verschlägt es da, wie viele von den Millionen Zwergen, Hexen und Kobolden, die diese Scheinwelt bevölkerten, Kornblumen im Knopfloch trugen und wie viele rotweiße Nelken? »Rakousko se rozpadne jako suchý kraví hovno«*, sagte 1918 der tschechische Sozialdemokrat Bechyně mit der unnachahmlichen Down-to-earth-Prägnanz, die bei den Tschechen sogar einem Sozialdemokraten erhalten bleibt. Aber sollen wir deshalb dem Kuhdreck, zu dem es zerfallen ist (und zerfallen *mußte*), rückwirkende Gültigkeit zuerkennen? Sollen wir über dem häßlichen Froschkönig vergessen, was für ein schöner Märchenprinz er war?

Sie haben es da, mein Herr, in mancher Hinsicht viel leichter als ich, weil Sie viel klarer sehen. Und in mancher Hinsicht hab *ich's* wieder leichter: weil es nicht immer darauf ankommt, klar zu sehen. Sie haben diese Scheinwelt noch vollen Sinnes als Realität erlebt und halten Sie dergestalt in Ihrer Erinnerung verbucht. Für mich sind es Kindheitserinnerungen, traumhaft von vornherein, und obendrein noch eingehegt von der Wehmut und Zärtlichkeit, mit der wir frühen Greise an unsre Kindheit denken.

Für mich ist es *wirklich* ein alter Herr, der aus einem Burgfenster der Wachablöse zuschaut, und eine Equipage in Ischl, vor der mein sehr geliebter, hochgewachsener und gar nicht serviler Vater servil den Hut zieht, und ein pompöser Begräbniszug durch die Mariahilferstraße mit vielen, vielen Pferden, und die blitzenden Uniformen und klirrenden Orden meiner kriegerischen Oheime. Ich bin, kurzum, in diesem Zusammenhang noch immer ein (wenn auch ein wenig

---

* »Österreich wird zerfallen wie trockener Kuhdreck«

altkluger) Knabe. Ich bin kein »österreichischer Patriot«, jedenfalls nicht in dem Sinn, den Sie dieser Bezeichnung offenbar unterlegen – denn sonst hätten Sie sie nicht als Antithese zum »böhmischen Patrioten« gebrauchen können, der *Sie* sind.

Merken Sie denn nicht, daß das dasselbe ist? Daß ein »böhmischer Patriot« eben nur als »österreichischer Patriot« möglich war – oder er hätte ein *tschechischer* Patriot sein müssen. Das waren Sie nicht und konnten Sie auch nicht gut sein, ebensowenig wie ich, auch dann nicht, als es schon eine Tschechoslowakei gab. Hingegen waren Sie dann wahrscheinlich, ebenso wie ich, ein *tschechoslowakischer* Patriot: was ja auch die legitime Fortsetzung des »böhmischen« von damals ist, nicht anders als die Tschechoslowakei selbst die legitime Fortsetzung der alten Monarchie war, angefangen von den sechssprachigen Banknoten bis zur Halbschlächtigkeit der Verwaltungsmethoden, an denen sie schließlich zugrundeging.

Und irgendwo in dieser Parallel-Gleichung wollen wir auch den Faktor einsetzen, daß es in der Tschechoslowakei (trotz einem den Tschechen genau wie den Österreichern immanenten Antisemitismus) den Juden fast genau so gut gegangen ist wie im alten Österreich. »Mein Kind, – unter Kaiser Franz Joseph dem Ersten«, hat bekanntlich der Rabbi dem verzweifelten Bocher geantwortet, der wissen wollte, *wann* es den Juden im Verlauf ihrer vieltausendjährigen Geschichte denn eigentlich gut gegangen ist. Das wäre also das, und ich wollte es halbwegs klargestellt haben.

Ich wollte auch klarstellen, daß Sie meinen »österreichischen Gefühlen« *nicht* »nahetreten«, wenn Sie »immer wieder betonen, wie vorbei das Ganze ist«. Ich weiß, daß es vorbei ist. Ich weiß auch, *wie* vorbei es ist. Ja ich glaube sogar zu wissen, *warum* es vorbei ist. (Let's get that straight: ich wäre, wenn ich mich damals bereits im Vollbesitz meiner Sinne befunden hätte, mit den damaligen österreichischen Behörden vermutlich in die gleichen Konflikte geraten wie Sie. Denn ich bin, wie gesagt, kein »österreichischer Patriot« in *diesem* Sinn.) Es ist also vorbei, das Beweisverfahren ist geschlossen, und das Urteil der Weltgeschichte gefällt.

Und jetzt erhebt sich ein letztes Mal der Anwalt der verlorenen Sache, entlehnt die von Dr. Hugo Sperber im Mordprozeß Gruber tatsächlich gebrauchte Anrede: »Hoher Gerichtshof! Meine Herren Geschworenen! Löbliche Südbahn!«, und bittet abschließend, folgendes bemerken zu dürfen: Was Sie meine »österreichischen Gefühle« nennen, und wofür ich die Bezeichnung »österreichische Sehnsucht« vorzöge – das habe ich und hege ich ja nicht *obwohl* sondern *weil* es vorbei ist, *weil* es sich da um eine *garantiert unerfüllbare* Sehnsucht handelt, um eine garantiert nie wieder realisierbare Konzeption. Und das ist ein Haupttreffer.

Denn siehe die Beulen, damit mein Schädel bedeckt ist, als er anrannte wider die realen Mauern meiner republikanischen, demokratischen, sozialistischen, kommunistischen, zionistischen Wunschträume. *Da*vor ist meine österreichische Sehnsucht gefeit – und Sie werden zugeben, daß das das weitaus Beste ist, was einer Sehnsucht passieren kann …

Ergebenst Ihr
Torberg

Die Rückkehr

(nach 1950)

War ich denn jemals fort?
War es denn jemals anders?
Nichts
was ich nicht wüßte
und nichts
wessen sich Sehnsucht und Angst, wessen sich
Herz und Blick
nicht schon versehen hätten, eh daß ich kam.
Kam ich denn überhaupt?
Einen irren Atemzug lang
stehen die Kreise still,
bröckelt und bricht
aus ihrem Ablauf die Zeit.
Lautlos
schlägt über mir Erstarrtem das Firmament zusammen.
Und jetzt erst,
jetzt, da die Zeit sich wieder in eins fügt,
da dem Ablauf ich eingefügt bin,
löst sich die Starre,
löst sich der Schritt.
Aber wo ich auch gehe,
flattern die dunklen Gewänder der Toten um mich.

Kaffeehaus

Urbis Conditor – der Stadtzuckerbäcker

(1958)

Am Kohlmarkt zu Wien – nicht etwa »auf dem« Kohlmarkt, was zwar grammatikalisch richtig wäre, aber praktisch undurchführbar, denn »auf dem Kohlmarkt« hieße ja inmitten der Straße, und der Kohlmarkt ist heute längst kein Markt mehr, sondern eine schmale, vornehme Verkehrsader im Stadtzentrum –, am Kohlmarkt also, nahe der einstmals kaiserlichen Hofburg, befindet sich die Konditorei Ch. Demel's Söhne, kurz »Demel« und ganz genau »der Demel« geheißen. Dem Artikel kommt hier durchaus die Funktion einer verehrungsvollen Liebkosung zu, wie sie sonst nur den großen Theaterlieblingen entgegengebracht wird. Kein Mensch hat jemals von »Alexander Girardi« gesprochen; er hieß »der Girardi«. Man sagt ja auch nicht »Paula Wessely«, sondern »die Wessely«. Und man sagt »der Demel«. Man sagt: »Gehen wir zum Demel«, oder: »Wir treffen uns um halb fünf beim Demel.« Richtige Demel-Besucher sagen nicht einmal das. Sie begnügen sich mit einem simplen »Wir treffen uns um halb fünf«. Daß dies anderswo als beim Demel geschähe, könnten sie sich auch mit größter Mühe nicht vorstellen. Aber sie wenden solche Mühe erst gar nicht auf.

Wie und wodurch man ein richtiger Demel-Besucher wird – dafür gibt es keine Regel, sondern höchstens Anhaltspunkte. Am besten kommt man bereits als Kind eines richtigen Demel-Besuchers auf die Welt. Man wird dann meistens auch das Enkelkind eines solchen sein und wird sich sogar erinnern, daß einem der Großpapa beim ersten Demel-Besuch wehmütig davon erzählt hat, wie er von *seinem* Großpapa das erstemal zum Demel mitgenommen wurde. Denn der Demel ist mehr als eine Institution. Er ist, auch hierin wieder dem Theater vergleichbar, und zwar dem Burgtheater, eine Legende.

Eine Legende freilich, die sich nicht damit zufriedengibt, es zu sein, die nicht von ihrer Vergangenheit zehrt, sondern die Gegenwart von sich zehren läßt. Eine höchst lebendige, ständig aus sich selbst regenerierte Legende. Sowohl die Zuckerbäckerei, die nur noch vom kalten Buffet übertroffen wird, als auch das kalte Buffet, das nur noch von der Zuckerbäckerei übertroffen wird, warten mit immer neuen Köstlichkeiten auf, mit unvergleichlichen und unnachahmlichen Spezialitäten, von denen jede einzelne genügen würde, um eine Konditorei berühmt zu machen. Eine unsichtbare Schar von Fachleuten – Heinzelmännchen vielleicht, mit spitzen Zuckerhüten auf dem Kopf und Bärten aus eitel Schlagobers – arbeiten unablässig an neuen Rezepten, lassen sich die raffiniertesten Kombinationen einfallen, die sich aus der Skala sämtlicher Geschmacksnuancen von bittersüß bis mildpikant ergeben mögen. Der Demel-Besucher, der nach mehrmonatiger Abwesenheit von Wien und damit vom Demel wieder nach Wien und damit zum Demel zurückkehrt, darf sicher sein, mindestens je zwei Pasteten und Salate vorzufinden, die er noch nie verkostet hat, mindestens ebenso viele ungeahnte Kreationen unter den Torten und Patisserien, und möglicherweise serviert man ihm gerade an diesem Tag auch eine neue »Crème du jour«. Wenn er ein richtiger Demel-Besucher ist, wird ihn das alles nicht weiter überraschen. Das heißt aber keineswegs, daß es ihn kalt läßt. Er findet es nur natürlich – so natürlich wie den ewigen Wechsel der Jahreszeiten. Es durchpulst ihn mit dem gleichen Wohlgefühl, das ihn etwa beim Anblick eines knospenden Grüns überkommt. Beim Demel ist immer Frühling.

Außer den geborenen Demel-Besuchern, die zum größten Teil Aristokraten sind, gibt es auch noch die gewordenen. Sie sind zum größten Teil Aristokraten. Und wenn sie es nicht von Haus aus sind, dann werden sie es von Demel aus: teils eben dadurch, daß sie zum Demel gehen, teils indem sie vom Personal das Demelsche Adelsprädikat verliehen bekommen. Wer beim Demel nicht mindestens »von« heißt, ist kein richtiger Demel-Besucher. Dieses »von« unterscheidet sich fundamental vom wahllos vulgären »Herr Baron« einer trinkgeldheischenden Liebedienerei. Es wird nicht wahllos, sondern nach langer, wohlerwogener Prüfung verliehen. Und es gilt höher als ein noch so echter, noch so mühsam und redlich erworbener akademischer oder amtlicher Rang. Manch ein Professor, manch ein Ministerialrat (vom hergelaufenen Doktor ganz zu schweigen) würde einiges darum geben, wenn er statt mit seinem Titel mit dem Demelschen »von« apostrophiert würde. Aber da kann er lange warten.

Hingegen wird auch dem unterklassigen Besucher die Vergünstigung der indirekten Anrede zuteil, einer nur beim Demel erhältlichen Mischung aus Majestätsplural und kühler Distanz, die durch den Fortfall des Titels hergestellt wird. »Wurden schon bedient?« hält eine diskrete Mitte zwischen dem abrupt zupackenden »Wurden Sie schon bedient?« und dem allzu devoten »Wurden Herr Baron schon bedient?« Man fühlt sich in der dritten Person umsorgt, aber nicht bedrängt. Man weiß sich in sachlicher Hut, ohne ihre Gewährung als Gnade empfinden zu müssen. Wünschen mehr darüber zu erfahren? Dann gehen bitte zum Demel. Definitionen könnten hier nur plumpen Schaden stiften. Denn auch die Atmosphäre wird beim Demel nach einem sorgsam gehüteten Rezept erzeugt.

Zu dieser Atmosphäre gehört die sanfte, unauffällige Schwesterntracht des Personals und das altmodische Arrangement der Tische, gehört die Tatsache, daß hier als mutmaßlich einzigem Lokal des Erdenrunds kein Bedienungszuschlag eingehoben wird, und gehört der eigens als solcher bezeichnete »Rauchsalon«. Wer in den anderen Räumlichkeiten rauchen will, hat zwar mit keinem Verbot zu rechnen, aber es wird ihm deutlich gemacht, daß man das Rauchen außerhalb des Rauchsalons nicht gerne sieht. Er muß sich aus einem schwer zugänglichen Winkel den Aschenbecher holen, er wird, wenn er zufällig kein Feuer bei sich hat, sehr lange warten müssen, ehe er eines bekommt, und vielleicht läßt man ihn sogar auf seine Bestellung länger warten.

Dies allerdings hängt schon wieder von der Art des Verhältnisses ab, in dem er zu einer Servierdame steht. Bekanntlich wird in öffentlichen Gaststätten jedweder Prägung das Personal auf bestimmte Tische verteilt, deren Gesamtheit den sogenannten »Rayon« ergibt. Beim Demel verteilt sich das Personal auf bestimmte Gäste. Noch besser: es teilt die Gäste unter sich auf, und zwar ein für allemal. Man gehört – gleichgültig, an welchem Tisch man sitzt – einer bestimmten Servierdame und nur ihr. Dieses Zugehörigkeitsverhältnis wird desto unerbittlicher beobachtet, je richtiger man ein Demel-Besucher ist. Wenn ein Gast der Frau Paula gehört, wagt kein Fräulein Grete und keine Frau Berta, ihn zu bedienen – es sei denn, die Frau Paula hätte heute ihren freien Tag. Davon macht man ihm dann auch allsogleich Mitteilung, damit er nicht erschrickt und sich getrost einer andern überläßt. Für ganz besonders richtige Demel-Besucher steht eine Ersatzhierarchie bis ins dritte Glied bereit. Höchstens im Falle einer Epidemie könnten sich da noch kleinere Unzukömmlichkeiten ergeben.

Die Frau Paula heißt übrigens nicht Paula, sondern Grete. Aber als sie dermaleinst – es muß schon Jahrzehnte her sein – beim Demel eintrat, gab es bereits eine Grete, und folglich bekam die neue Grete einen andern Namen. Warum sie sich damals für Paula entschied, weiß sie heute nicht mehr. Sie weiß kaum noch, daß sie in Wahrheit Grete heißt. In einer aufgeräumten Stunde gestand sie mir einmal, daß auch ihr Mann sie längst schon Paula nennt. Und die neue Paula, die inzwischen zum Demel kam, heißt Lina.

Die Frau Paula ist für mich mit dem Begriff Demel identisch, wie mein Kinderfräulein für mich mit dem Stadtpark identisch war und später mein gütig blinzelnder Lateinprofessor mit dem Gymnasium (oder doch mit seinen schöneren Stunden). Und dementsprechend behandelt sie mich auch.

Manchmal nämlich wird selbst der richtigste Demel-Besucher von gelindem Ärger erfaßt: weil es mit der Bedienung nicht klappen will, weil er an einen schlechten Platz gewiesen wurde, weil er nicht weiß, wohin er die Garderobe tun soll (eine Ablage gibt es nicht), weil er beengt und ungemütlich sitzt. Manchmal fragt sich selbst der richtigste Demel-Besucher, ob dieser Name ihm nicht vielleicht zu einem leeren Fetisch geworden ist; und was ihn denn eigentlich veranlaßt, all diese Unbequemlichkeiten immer wieder auf sich zu nehmen; und warum er denn überhaupt noch zum Demel geht. Und dann mag es geschehen, daß er die gerade vorübertrippelnde Frau Paula nun schon zum drittenmal bitten muß, doch endlich abzuservieren und auf dem Tisch ein wenig Platz zu schaffen. Das tut die Frau Paula denn auch und trippelt ein paar Schritte weiter – macht aber plötzlich kehrt, setzt die Tasse wieder ab und deutet mit mahnendem Finger auf den nicht ausgetrunkenen Rest der Schokolade:

»Das Beste lassen stehn«, sagt die Frau Paula. Und dann weiß man wieder ganz genau, warum man zum Demel geht.

Ob meine Bindung an die Frau Paula tatsächlich schon aus meiner Kindheit stammt, wie ich's so gerne wahrhätte, oder erst aus der Gymnasiastenzeit – darüber lag bis vor kurzem noch wohlig unentschiedener Dämmer gebreitet. Jetzt aber, leider, hat sich's geklärt.

Ich war mit einem Freund, der sich gleichfalls zu den richtigen Demel-Besuchern zählt, in eine jener Streitigkeiten geraten, wie sie eben deshalb zwischen richtigen Demel-Besuchern gelegentlich ausbrechen müssen. Es ging darum, wer von uns beiden denn nun der richtigere Demel-Besucher sei und wen die Frau Paula schon länger in ihrer Obhut hätte. Mein Rivale scheute sich nicht, der Frau Paula diese Frage ganz unverhohlen vorzulegen. Die Frau Paula kniff ihre Augen hinter den Brillengläsern für ein paar nachdenkliche Sekunden zusammen; dann wandte sie sich bedauernd an mich:

»Seien bitte nicht bös«, sagte sie. »Aber ich glaub, den jungen Herrn da kenn ich doch ein bisserl länger.«

Der junge Herr, ein korpulenter Fünfziger mit Glatze, war aber nur wenige Jahre älter als ich. Es hätte genausogut umgekehrt ausfallen können.

Noch von einem andern Anlaß ist zu berichten, an dem die Frau Paula ihren unendlichen Herzenstakt bewährte, und dieser Anlaß war nicht einmal ganz so harmlos. Er begab sich bei meiner Rückkehr aus der Emigration, ein paar Jahre nach Kriegsschluß. Überflüssig zu sagen, daß der Weg zum Demel sich unter meinen ersten Wegen befand. Ich setzte mich an einen nahe beim Eingang gelegenen Tisch und wartete, nicht gänzlich ohne Herzklopfen, bis die Frau Paula sich zeigen würde (daß es sie noch gab, hatte ich schon vorher erkundet). Sie tauchte auch bald genug durch die Schwingtüre auf, hinter deren milchig gläsernen Flügeln die geheimnisvollen Gefilde der Zuckerbäckerei beginnen – tauchte auf und hielt inne, und jetzt, so dachte ich, würde geschehen, was unter ähnlichen Umständen damals schon mehrfach geschehen war: die Wiedersehensfreude, echt oder vorgetäuscht, pflegte ihre herkömmlichen Formeln zu finden, ging in allerlei Fragen und Antworten über, mischte sich mit allerlei Seufzern und Reminiszenzen, und nach ein paar Minuten war's vorbei.

Nichts Derartiges schien sich anbahnen zu wollen. Sondern die Frau Paula war wieder in die Küche verschwunden, und ich begann mich mit der trüben Möglichkeit abzufinden, daß sie mich nicht erkannt hätte. Schließlich lag ja mein letzter Besuch beim Demel schon mehr als ein Jahrzehnt zurück.

Aber da stand die Frau Paula an meinem Tisch, stellte einen hohen, mit unverkennbar Köstlichem gefüllten Kelch vor mich hin, dessen Inhalt sich nachmals als »Crème Grenoble« erwies, und sagte:

»Ich glaub, das haben noch nicht gehabt.«

Das war alles, was sie sagte. Und es genügte vollauf, um das Jahrzehnt meines Fernseins wegzuwischen. [...]

Sacher und Wider-Sacher

Umwegige Marginalien zum WienerTortenstreit

(1961)

Vor grauen Jahren lebt' ein Mann im Osten, der ein Rezept von unschätzbarem Wert aus lieber Hand besaß. Es handelte sich um das Rezept der Sachertorte. Und damit bin ich beim Tafelspitz.

Der verblüffte Leser wird die Zusammenhänge alsbald durchschauen. Sie sind teils allgemein kulinarischer, teils persönlich vorbeugender Art. Denn gerade mir, der ich das Loblied des Zuckerbäckers Demel schon wiederholt gesungen habe, scheint es dringend geboten, endlich einmal den Tafelspitz von Sacher zu lobpreisen. Derselbe stellt sowohl im Zuschnitt wie in der Zubereitung, sowohl mit Apfelkren wie mit kalter Schnittlauchsauce einen absoluten Gipfel der Kochkunst dar. Er ist köstlicher als alles, was einstmals bei Meißel & Schadn unter »Rindfleisch« auf der Speisekarte stand. Und das war, man erinnert sich, nicht wenig.

Erinnert man sich? Das Restaurant dieses altehrwürdigen Hotels – Meißel mit e, Schadn, wohl um häßlichen Assoziationen vorzubeugen, ohne ein solches – galt jahrzehntelang als Hochburg der Rindfleischesser. Im Zweiten Weltkrieg wurde es durch Fliegerbomben zerstört. Im Ersten (genauer: im September 1916) fiel dort der k. k. Ministerpräsident Graf

Stürgkh, während er gerade sein Rindfleisch aß, einem Attentat zum Opfer. Der Attentäter wurde zu lebenslänglichem Kerker verurteilt und 1918 durch einen Gnadenakt Kaiser Karls I. in Freiheit gesetzt. Er hieß Friedrich Adler, war der Sohn des Gründers der österreichischen Sozialdemokratie, Victor Adler, und ist erst vor wenigen Jahren in der Schweiz gestorben. Solche Erinnerungen stellen sich ein, wenn man an das Rindfleisch von Meißel & Schadn denkt. Aus ihnen ergibt sich die sogenannte »Tradition«, die man in Wien gewissermaßen als Beilage serviert bekommt. Es ließe sich denken, daß der Kellner, nachdem er das Fleisch vorgelegt und die gerösteten Erdäpfel, sorgfältig vom Spinat getrennt, danebengeschichtet hat, sich fragend an den Gast wendet: »Auch ein bisserl historische Reminiszenzen gefällig, der Herr?«

Indessen gehört zu diesen historischen Reminiszenzen auch schon die Zeit, da sich auf den Wiener Speisekarten – auf allen, nicht bloß auf denen der Nobelrestaurants – eine eigene Abteilung mit dem Titel »Rindfleisch« befand, die zwischen den »Fertigen Speisen« und den »Speisen auf Bestellung« ein gleichberechtigtes und umfangreiches Dasein führte. Da gab es den »Tafelspitz« und das »Beinfleisch« und das »Hieferschwanzel«, das entweder »geteilt« oder »ungeteilt« bestellt werden konnte. Da gab es das »warm garnierte« und das »kalt garnierte« Rindfleisch, das sich auf eine genauere Definition nicht festlegte und sie der Absprache zwischen Gast und Kellner überließ. Da gab es das »weiße Scherzel« und das »schwarze Scherzel« und das »Schulterscherzel«, da gab es den »Kruspelspitz« und den »Kavaliersspitz«, der jedoch nicht, wie man vermuten könnte, der vornehmste unter den »Spitzen« war, der Spitzenspitz sozusagen, sondern das besonders zarte Oberteil des Scherzels und als solches auf eine so kleine Partie beschränkt, daß sich höchstens vier oder fünf servierfähige

Portionen aus ihm herausholen ließen, weshalb er auf vielen Speisekarten gar nicht erst erschien. Auf der Karte des »Grand Hotel« – eines gleichfalls entschwundenen Rindfleischparadieses, wo heute die schmackhafte Atomenergie-Behörde haust – wurde der Kavaliersspitz zwar mitgedruckt, aber ohne Preisangabe und schon durchgestrichen, weil die wenigen Portionen immer für Stammgäste reserviert waren; man wollte nur demonstrieren, daß man ihn führte.

Die übrigen Spezialbezeichnungen, die dem Rindfleischkenner geläufig sein mögen – wie das »Hüfel«, der »Zapfen«, die »Kugel« oder das »Meisel« (das sowohl »mager« als auch »fett« vorkommt, aber in keinem Fall mit dem Meißel vom gleichnamigen Schadn verwechselt werden darf) –, sind Nomenklaturen des Fleischhauer- und nicht des Gastwirtgewerbes. Was beispielsweise als »Schale« eingekauft wird, kommt als »Scherzel« auf den Tisch, und die etwaige Bestellung eines Gastes: »Bringen Sie mir ein schönes Vorderes, knochenfrei!« brächte den Kellner in die größte Verlegenheit. Der Fleischhauer hingegen wüßte den Wunsch einer Kundschaft nach einem schönen Hieferschwanzel sehr wohl zu erfüllen; freilich wüßte er das nicht als Hauer, sondern als Esser.

Es würde zu weit führen, alle hier möglichen Kombinationen und Komplikationen zu erörtern. Genug daran, daß man noch bis 1938 in den Wiener Restaurants unter sechs bis sieben nicht nur verschieden bezeichneten, sondern durchaus verschieden gearteten Rindfleisch-Spezialitäten wählen konnte, und daß so Gast wie Kellner um diese verschiedene Artung sehr wohl Bescheid wußten. Es geschah bei Meißel & Schadn, daß sich einmal ein Stammgast nach eingehender Beratung mit seinem Stammkellner für einen Tafelspitz mit Butterkartoffeln, Fisolen und Dillsauce entschieden hatte, und daß der Kellner, während er die Augenweide aus Schüsseln und Tabletten und Terrinen auf dem Serviertischchen aufbaute, entschuldigend das Ohr des Erwartungsfrohen suchte: »Bedaure vielmals, Tafelspitz war leider schon aus. Hab mir erlaubt, ein Bröselfleisch vom schwarzen Scherzel zu bringen. Sehr schön, sehr mürb, sehr gut abgelegen.« Und es geschah weiter, daß der Gast daraufhin einen glasigen Blick durch den Kellner hindurchgehen ließ, sich sonder Hast erhob und mit dem beißenden Tadel: »Da hätten S' mir ja gleich ein Naturschnitzel bringen können!« das Lokal verließ, verfolgt von den respektvollen Blicken des stumm sich neigenden Kellners.

Wer je in einem halbwegs brauchbaren Wiener Kochbuch die schematische Darstellung »Das Rind« studiert hat, der weiß, daß Tafelspitz und schwarzes Scherzel maximal zehn Zentimeter auseinanderliegen. Und das ist für ein Rind wirklich keine Entfernung.

Nach alledem wird man verstehen, daß ich das Haus Sacher in keinen höheren Tönen lobpreisen kann als durch den Vergleich mit Meißel & Schadn, und daß ich jederzeit zu einer eidesstattlichen Erklärung über die Qualität des Sacherschen Tafelspitzes bereit bin.

Was hingegen die Sachertorte betrifft, so beharre ich auf meiner schon vor dem Gericht – oder, um gastronomischen Doppeldeutigkeiten vorzubeugen: vor dem Gerichtshof – gemachten Aussage, daß die Original-Sachertorte zu Anna Sachers Lebzeiten in der Mitte *nicht* durchgeschnitten und *nicht* mit Marmelade gefüllt war; daß lediglich unter der Schokoladeglasur, um sie der Tortenmasse haltbar zu verschwistern, eine dünne Marmeladenschicht angebracht wurde; und daß die Torte in dieser originalen Form heute nicht von dem in andere Hände übergegangenen Hotel Sacher, sondern von der Konditorei Demel hergestellt wird, die das

Rezept in den Dreißigerjahren von Eduard Sacher, dem letzten männlichen Sproß des Hauses, erworben hat.

Mit dieser Aussage bin ich im Lager der Verlierer. Denn das Oberlandesgericht hat jetzt als II. Instanz den seit vielen Jahren anhängigen Rechtsstreit zugunsten des Hotels entschieden und ihm das alleinige Recht zuerkannt, die Bezeichnung »Original-Sachertorte« und das schokoladene Rundsiegel zu verwenden, indessen Demel seine Sachertorte nur mit einem dreieckigen Siegel versehen und sie nur so bezeichnen darf, wie sie auf Grund eines längst zum Allgemeingut gewordenen Rezeptes von jedem Kochbuch bezeichnet wird, nämlich als »Sachertorte«.

Der harte Schlag des zweitinstanzlichen Urteils verliert allerdings an Härte und Eindeutigkeit, wenn man die Urteilsbegründung näher betrachtet. Sie greift bis ins vorige Jahrhundert zurück – nicht ganz so weit, wie sie eigentlich müßte, nicht bis zu jenen frühen Tagen, da der Kocheleve Franz Sacher die Torte erstmals auf die Tafel des Fürsten Metternich brachte, aber doch bis zu den Anfängen der legendenumwobenen Glanzzeit des Hauses unter dem Regime Anna Sachers (1892–1930). Während der ersten und offenkundig längeren Phase dieser Glanzzeit wurde die Sachertorte weder durchgeschnitten noch mit Marmelade gefüllt. Der Wandel erfolgte – wie die Urteilsbegründung ausdrücklich und mit einer dem geschichtlichen Tatbestand angemessenen Würde feststellt – »im zweiten Jahrzehnt des 20. Jahrhunderts«. Und damit ist, wofern »original« soviel bedeutet wie »ursprünglich« (was es ursprünglich zweifellos tut), doch wohl erwiesen, daß die Original-Sachertorte heute von Demel hergestellt wird. Das heißt: es *wäre* erwiesen, wenn Sprache und Logik zum Erweis genügten, wenn nicht auch die andre, die marmeladengefüllte Sachertorte den vertrackten Anspruch besäße, ein originales Sacher-Erzeugnis zu sein.

Wie sie das wurde, wird ewig ungeklärt bleiben. Vielleicht

geschah es wirklich erst gegen Ende jenes dehnbaren »zweiten Jahrzehnts«, 1919 wohl gar, zu einer Zeit des allgemeinen Sitten- und sonstigen Verfalls, von dem ja nicht nur das Haus Sacher betroffen wurde, sondern auch das wesentlich länger am hiesigen Platz etablierte Haus Habsburg. Vielleicht hat die alte Frau Sacher sich damals nicht mehr um diese Dinge gekümmert, und niemand andrer war da, den Verfallserscheinungen zu wehren und mit drohend erhobenem Kochlöffel ein »Principiis obsta!« zu donnern, als der Chef-Mehlspeiskoch eines Tages beim Abschmecken der Tortenmasse das Gesicht verzog, sich mit den Worten: »Heut is's aber bisserl trocken ausg'fallen!« an seinen Assistenten wandte und in einer plötzlichen Eingebung hinzufügte: »Wissen S' was? Schneiden S' es in der Mitte auf und geben S' eine Lage Marmelad' dazwischen!« Möglich wär's. Die Geschichte kennt Beispiele umwälzender Neuerungen, die auf ähnliche Art zustande kamen.

Jedenfalls muß sich die verwirrte Nachwelt damit abfinden, daß es zwei Original-Sachertorten gibt, eine ursprüngliche und eine spätere, eine aus dem 19. Jahrhundert und eine aus dem zweiten Jahrzehnt des 20., und daß – was bei Originalen nicht just die Regel ist – das spätere den Vorrang vor dem früheren hat, ja die Original-Existenz des früheren geradezu auslöscht.

Dies aber war es eigentlich, wogegen die Konditorei Demel zu Felde zog und, wie es heißt, noch weiter zu Felde ziehen wird, bis zum Obersten Gerichtshof. Ihr geht es, so dünkt mich, nicht um Wollust noch Gewinnst, sondern um eine historische Wahrheit, die mit der kulinarischen identisch ist. Denn die Konditorei Demel – das kann nicht nachdrücklich genug hervorgehoben werden – kämpft ja gar nicht darum, ihre Sachertorte als »original« zu bezeichnen. Sie wünscht nur, daß diese Bezeichnung auch der Sacherschen Sachertorte vorenthalten bleibe. Sie kämpft dagegen, daß von zwei Originalen gerade das spätergeborene als das einzige gelten soll. Sie will das Recht der Erstgeburt nicht um eine Marmeladenschicht verkauft sehen. Es ist ein klassischer Fall von l'art pour l'art, von marmelade pour marmelade. Es ist – und damit wird der scheinbare Anachronismus im höchsten Grade zeitgemäß – eine ideologische Auseinandersetzung. Geschäftlich ist weder die Firma Demel auf den Verkauf der Sachertorte noch die Firma Sacher auf die Verwendung des »Original«-Etiketts angewiesen. Die überwiegende, meist aus dem Ausland kommende Menge derer, die auf den Genuß von Sachertorte erpicht sind, halten die von Sacher erzeugte sowieso für das Original und suchen bei Demel sowieso etwas andres als Sachertorten.

Solange es bei Sacher noch den unvergleichlichen Tafelspitz gibt und bei Demel noch die unvergleichliche Crème du Jour, solange Sacher noch der Demel unter den Restaurants ist und Demel noch der Sacher unter den Konditoreien, solange wir froh sein dürfen, daß wir zwei solche Kerle haben, sollten sie einander nicht ein Etikett streitig machen, das entweder beiden gebührt oder keinem. Möge ihnen dieser Appell zu Herzen gehen. Er kommt aus denkbar objektivster Quelle. Er kommt von einem, dem die Sachertorte in beiderlei Gestalt, mit Marmelade wie auch ohne sie, überhaupt nicht schmeckt.

Kaffeehaus ist überall

(1975)

Selbst die erhabene Gestalt der Tante Jolesch, die niemals in einem Kaffeehaus gesichtet wurde, hat etwas von ihm abbekommen. Man könnte freilich auch sagen, daß das Kaffeehaus etwas von der Tante Jolesch abbekommen hat, daß sie das missing link zwischen talmudischer Ghettotradition und emanzipierter Kaffeehauskultur war, sozusagen die Stammmutter all derer, die im Kaffeehaus den Katalysator und Brennpunkt ihres Daseins gefunden hatten, ob sie's wußten oder nicht, ob sie's wollten oder nicht.

Manche – und nicht die schlechtesten – wollten es nicht. Zu den beinahe untrüglichen Merkmalen eines Stammgastes gehörte die Behauptung, keiner zu sein (was mit gleicher Beharrlichkeit sonst nur Betrunkene von sich behaupten). Ernst Polak, eine der Säulen des Café Herrenhof, aus Prag gebürtig, in erster Ehe mit Kafkas Milena verheiratet, Literaturkenner von hohen Graden und weithin als kritische Instanz anerkannt, versäumte es nie, sein allnachmittägliches Erscheinen am Stammtisch mit der Mitteilung einzuleiten, daß er nur ausnahmsweise gekommen sei und gleich wieder gehen müsse, weil er seine Zeit nicht mit unnützem Herumsitzen und Herumreden vergeuden wolle. Er blieb dann meistens bis zur Sperrstunde, deren Ankündigung durch den Oberkellner Albert ihm ein entsetztes »Was – schon?!« entlockte. Berichten seiner Haushälterin zufolge erwachte er für gewöhnlich mit dem Seufzer: »Großer Gott – schon wieder ein Tag vorbei ...«

Polak blieb seinen Freunden Hermann Broch, Franz Werfel, Willy Haas und anderen auch in der Emigration ein wertvoller Berater. Er starb während des Kriegs in London. Es war ihm nicht mehr vergönnt, noch ein Mal ausnahmsweise im Café Herrenhof zu erscheinen. […]

Von Gustav Grüner, der in mindestens drei Kaffeehäusern die Position eines Stammgastes beanspruchte: im »Herrenhof«, im »Central« und im »Parsifal«, stammt der fundamentale Satz: »Ein anständiger Gast stellt beim Verlassen des Kaffeehauses seinen Sessel selbst auf den Tisch« – hat also, anders formuliert, das Kaffeehaus als einer der letzten zu verlassen. In dieser Form wurde Grüners Postulat Nacht für Nacht im Café Herrenhof von ihm erfüllt.

Ein zweiter, höchst aufschlußreicher Ausspruch geht auf seine Stammgast-Tätigkeit im Café Central zurück, dessen Eingang sich an der Ecke Herrengasse-Strauchgasse befand. Außerdem wies die in der Herrengasse verlaufende Seitenfront eine kleine Glastüre auf, die aber nicht als Eingang, sondern – in der wärmeren Jahreszeit – zwecks Durchlüftung des unmittelbar dahinter gelegenen Schachzimmers benützt wurde. Darauf stützte sich Gustl Grüners Wahrnehmung: »Frühling ist, wenn die Tür in die Herrengasse aufgemacht wird.« Eine andre Möglichkeit, den Eintritt des Frühlings festzustellen, hatte er nicht. […]

Leo Perutz pflegte auf jede Art von snobistischen oder sonstwelchen Möchtegern-Attitüden scharf zu reagieren. […] Er mußte von ihnen keineswegs persönlich betroffen sein, um sie zu brandmarken. Es genügte schon, wenn einer, der in größerer Gesellschaft etwas zum besten gab, mit Absicht so leise sprach, daß alle übrigen Gespräche verstummten und die allgemeine Aufmerksamkeit sich notgedrungen auf ihn konzentrierte. Ein vollendeter Beherrscher dieser gar nicht so leichten Technik war der Schriftsteller Paul Elbogen, der sich gerne mit seiner (tatsächlich vorhandenen) Bildung und Kunstkennerschaft in Szene setzte und seine Weltläufigkeit um einige Grade penetranter zu erkennen gab, als es dem nicht minder gebildeten, nicht minder weltläufigen Perutz erträglich schien.

Die Geschichte, die Elbogen, soeben von einer Italienreise zurückgekehrt und von einer bekannt schöngeistigen Familie eingeladen, mit leiser Stimme zu erzählen begann, spielte – wie sich's für einen Kunstkenner gehört – in Florenz:

»Genau genommen in Fiesole«, verbesserte er sich. »Bei einem Besuch in Fiesole erfuhr ich durch einen absurden Zufall« (er sagte wirklich »erfuhr«, er sprach wie gedruckt) »von einem Museum, das ich nicht kannte. Ich kannte es nicht«, wiederholte er mit selbstkritischem Nachdruck und schüttelte den Kopf. »Es befand sich in einem nahegelegenen Städtchen. Vermutlich die private Stiftung eines dortigen Mäzens. Und dieses Museum enthielt – Sie werden ebenso überrascht sein, wie ich es war – einen unbekannten Tiepolo.«

Er legte eine Pause ein, die seinen Hörern die Möglichkeit gab, ihrer Überraschung Herr zu werden. Dann setzte er mit noch leiserer Stimme fort:

»Selbstverständlich ließ ich mich weder von der Sommerhitze noch von den miserablen Zugsverbindungen abhalten, gleich am nächsten Tag hinzufahren. Die guten Leutchen dort schienen gar nicht zu wissen, welch einen Schatz ihre Mauern bargen. Ich mußte mich mehrmals erkundigen, ehe ich das Museum endlich fand. Es war ein entzückender kleiner Renaissancebau, möglicherweise das Werk eines Palladio-Schülers und natürlich nicht als Museum erbaut, sondern aller Wahrscheinlichkeit nach das frühere Wohnhaus des inzwischen verstorbenen Stifters. Gleichviel – ich hatte es gefunden. Und was mußte ich entdecken?«

Jetzt war Elbogens Stimme bereits so leise, daß die Umsitzenden, ohnehin schon atemlos an seinen Lippen hängend, auch noch die Hand ans Ohr legten, um nur ja kein Wort zu versäumen.

»Ich mußte entdecken, daß das Museum gesperrt war. Es war gesperrt. Und weit und breit war niemand zu sehen, der es mir hätte öffnen können oder mir eine Auskunft gegeben hätte. Bitte versuchen Sie sich das vorzustellen. Ich bin mit einem erbärmlichen Bummelzug eigens hierhergefahren – ich stehe in glühender Hitze vor einem Museum, in dem ein unbekannter Tiepolo hängt – und ich muß mich fragen: wie komme ich in das Museum hinein?«

Abermals machte Elbogen eine Pause, sichtlich erschöpft vom eigenen Flüstern. Und mitten in das angespannte Schweigen erteilte ihm Leo Perutz den freilich verspäteten Ratschlag:

»Vielleicht wenn Sie sich hätten ausstopfen lassen!«

Wir haben nicht mehr erfahren, wie Paul Elbogen in das Museum hineingekommen ist.

Noch gröblicher betrug sich Perutz zur Frau Professor Eugenie Schwarzwald, der verdienstvollen Pädagogin und Leiterin einer von ihr gegründeten Schule, in der sie Wiens höhere Töchter nach den modernsten Methoden in Halbbildung unterwies. Sie war allenthalben für ihre aufdringliche Betriebsamkeit gefürchtet, lud ein und wurde eingeladen, befand sich ständig auf Prominentenfang und stieß damit bei Leo Perutz auf so heftiges Mißbehagen, daß er sich immer wieder den Anschein gab, sie nicht zu kennen, und ihr immer aufs neue vorgestellt werden mußte.

Bei irgendeinem offiziellen Empfang stand Perutz kauend am Buffet, als die Frau Professor zielstrebig auf ihn zugewatschelt kam und ihn gekränkt zur Rede stellte:

»Sie haben mich ja schon wieder nicht gegrüßt, Herr Doktor Perutz!«

»Entschuldigen Sie«, erwiderte Perutz mit vollem Mund. »Ich hab geglaubt, Sie sind die Schwarzwald.«

Den Dolch der mörderischen Ablehnung verstand auch Alfred Polgar zu handhaben, dem es die klebrigen Anbiederungsversuche des Stammgastes Weiß angetan hatten. Als er eines Nachmittags das Kaffeehaus verließ, folgte ihm Weiß auf die Straße, gesellte sich devot an seine Seite und stellte ihm die scheinbar ausweglose Frage:

»In welche Richtung gehen Sie, Herr Polgar?«

Er erhielt den prompten Bescheid:

»In die entgegengesetzte.«

Auf einer Silvestergesellschaft machte sich Weiß mit anreißerischem Lächeln an Polgar heran:

»Das wird Sie amüsieren, Herr Polgar. Ich habe auf dem Weg hierher einen Bekannten getroffen – übrigens ein glühender Verehrer von Ihnen – und der hat sich von mir mit den Worten verabschiedet: ›Also Sie sehe ich erst nächstes Jahr wieder!‹ Witzig, nicht?«

»Das können Sie von mir schon Anfang Februar hören«, brummte Polgar.

Wo Molnár saß, war das Kaffeehaus

(1975)

Hätte er nichts weiter geschrieben als die ›Fee‹ oder den ›Schwan‹ oder das ›Spiel im Schloß‹: sämtliche Theaterdirektoren in sämtlichen Sprachbezirken würden immer wieder auf ihn zurückgreifen, wenn ihr Repertoire eines gesicherten (auch gegen Verriß gesicherten) Erfolgs bedarf. Hätte er nichts weiter geschrieben als ›Die Jungen der Paulstraße‹: er bliebe unvergessen als der Schöpfer einer der zauberhaftesten Geschichten, die jemals das schmerzlich-zarte Zwielicht aus Kinderwelt und Knabenseele eingefangen haben. Hätte er nichts weiter geschrieben als die herbsüße Legende vom unsterblichen Himmels-Hallodri Liliom: er stünde im kleinen Kreis der großen Tragikomödien-Dichter auf unkündbarem Platz. Franz Molnár jedoch, weil er ein Nimmersatt war, hat ›Liliom‹ geschrieben *und* ›Die Jungen der Paulstraße‹ *und* ›Spiel im Schloß‹. Und hätte er das, was er sonst noch geschrieben hat, auf einer Wohltätigkeits-Tombola für talent- und erfolgsbedürftige Zeitgenossen verlosen lassen, so wäre ein gutes Dutzend von ihnen fürs ganze Leben glücklich geworden. […]

»Wo ich sitze«, soll Frankreichs Sonnenkönig gesagt haben, »ist die Spitze der Tafel.« Wo Molnár saß, war das Kaffeehaus, auch dann noch, als es dieses Kaffeehaus in der Wirklichkeit Wiens und Budapests gar nicht mehr gab, auch dort noch, wo es dieses Kaffeehaus niemals gegeben hatte: in New York, dem Ort des letzten Lebensjahrzehnts und dem Ort der letzten Ruhe Franz Molnárs. Es war so viel Kaffeehaus in ihn eingegangen, so viel durchlesene Nachmittage, so viel durchschriebene und durchdiskutierte Nächte, daß er vom Kaffeehaus innerlich gebräunt war, wie ein Skilehrer es äußerlich von der Sonne ist. In ihm war er lebendig geblieben, der Virus der geistigen Anregung, der nur in Rauch und Mokkadampf sich züchten ließ. [...] Er wußte um die Magie des letzten Tisches, wenn von allen anderen schon die umgekehrten Sessel aufwärtsragten wie kahles Knieholz jenseits der Vegetationsgrenze. Und sein Tisch war dann auch der letzte, an dem in der Emigration wehmütiger Rückblick gehalten wurde aufs Unwiederbringliche und das Kaffeehaus erkannt wurde als dieses Unwiederbringlichen zentrale Stätte, als platonischer Ort, als Boden trächtiger Zusammenstöße – als der Schauplatz, kurzum, dem im vorletzten Akt des mitteleuropäischen Dramas ungefähr die gleiche Rolle zukäme wie dem Schlachtfeld bei Shakespeare. »Ein andrer Teil des Kaffeehauses. Getümmel.« So müßte die dazugehörige Regiebemerkung lauten, wenn Molnár das Stück geschrieben hätte.

Daß er's nicht schrieb, lag am letzten Akt. Die unvermutete Wendung, diese eine Drehung der Einfalls-Spirale, durch die sich Molnárs Dramaturgie von der seiner Zunftgefährten unterschied: sie hat sich an ihm selbst betätigt, als er nach Amerika emigrieren mußte. Er, der im Persönlichen wie im Literarischen die gelassene Urbanität des Weltbürgers besaß – er, der in Europa gewöhnlich vier Wohnsitze gleichzeitig unterhielt und von dem man nie genau wußte, ob er gerade in Wien oder Budapest anzutreffen sei, in Paris oder Venedig, in Karlsbad oder an der Riviera – er, dem das aufgezwungene Exil seiner letzten Lebensjahre einfach deshalb nicht behagen konnte, weil er gewohnt war, sich seine Exile selbst auszusuchen –: er war in der Emigration, in dieser Entwurzelung *kat exochen*, seßhaft geworden. Und das paßte ihm nicht, im Doppelsinn des Wortes. Es war ihm nicht recht, und es paßte nicht zu ihm. Er rührte sich kaum noch aus New York hinaus, ja er entfernte sich nur selten und ungern aus dem Umkreis des Häuserblocks, in dem er wohnte. Dort, zwischen Fünfter und Sechster Avenue, entlang dem Central-Park auf der einen und der 57. Straße auf der andern Seite, befand sich das kleine italienische Restaurant, in dem er zu Mittag, und der kleine jüdische Delikatessenladen, in dem er zu Abend aß, dort war er anzutreffen und empfangsbereit, entweder in einem der beiden Lokale oder auf seinem Spaziergang, den er eine Zeitlang sogar bis zur Südseite der 57. Straße ausdehnte. Denn auf der Nordseite war damals gerade ein Haus niedergerissen worden, und durch die Lücke, die da zwischen den Wolkenkratzern entstand, fiel an manchen Nachmittagen zwischen 2 und 3 Uhr ein wenig Sonne auf das gegenüberliegende Trottoir, ungefähr in der Länge der Klavierhandlung Sohmer. Und auf der solcherart besonnten Strecke, die er infolgedessen »Sohmers Riviera« nannte, ging Molnár dann genießerisch auf und ab, zwanzig Schritte hin und zwanzig Schritte zurück. Das war aber schon sein verwegenster Ausflug.

Und das ist, wenn man's näher besieht, schon eine ganz richtige Molnár-Anekdote.

Mit diesen Anekdoten – die noch nicht einmal zahlenmäßig erfaßt sind – hat es eine absonderliche Bewandtnis. Die meisten Shaw-Anekdoten stammen von Tristan Bernard. Die meisten Bernard-Anekdoten stammen von Sacha Guitry. Und in Wahrheit stammen die meisten Shaw-, Bernard- oder Guitry-Anekdoten von keinem dieser drei, sondern sie wurden ihnen von Witzbolden minderen Ranges zugeschrieben. Hingegen stammen die meisten Molnár-Anekdoten wirklich von Molnár. Er hat, als er einmal als Zeuge zu einer vormittägigen Gerichtsverhandlung erscheinen mußte und als seine

Freunde es unter unendlichen Mühen fertigbekamen, den Nachtvogel und Tagschläfer schon zu früher Morgenstunde auf die Straße zu lotsen – er hat da wirklich auf die vielen einherhastenden Menschen gedeutet und verblüfft gefragt: »Lauter Zeugen?« Er hat, als seine im Groll von ihm geschiedene Ex-Gattin Sári Fedák sich in Amerika als Sári Fedák-Molnár lancierte, wirklich Berichtigungen an die amerikanische Presse verschickt, in denen er feststellte, daß die augenblicklich in New York gastierende Schauspielerin Sári Fedák-Molnár nicht seine Mutter sei. Er fand, von einem nach längerer Pause erfolgten Besuch in Budapest zurückgekehrt, für die dort vorliegende Wirtschaftssituation die wirklich aufschlußreiche Formel: »In ganz Budapest sind noch 2000 Pengö, und die gibt jede Nacht jemand andrer aus.« Und weil zwei Generationen von Stückeschreibern und Feuilletonisten, von Kritikern und Cabaretiers bei ihm in die Schule gegangen waren, ehe sie (mit oder ohne Reifezeugnis) von Wien und Budapest aus ihren Weg und ihren Aufstieg nahmen, nach Berlin und Paris und London, auf den Broadway und nach Hollywood: so tragen auch noch die apokryphen Molnár-Anekdoten die Marke seiner Originalität und seines Charakters. Sie wären nicht entstanden ohne ihn, ohne die sublimierte Schärfe seiner Beobachtungen, ohne die Flanken-Strategie, mit der er Menschen und Situationen erfaßte, ohne den Röntgenblick, den er für ihre Schwächen und Fragwürdigkeiten besaß.

Die Prägnanz seiner Definitionen, die Zielsicherheit, mit der er aus unvermuteter Richtung ins Schwarze traf, grenzte bisweilen ans Unheimliche. Von einem Journalisten, der mit der Wahrheit besonders wüst und willkürlich umsprang, sagte er: »Ein unverläßlicher Mensch. Er lügt so, daß nicht einmal das Gegenteil wahr ist.« Als einmal in New York die Rede auf einen nach Europa zurückgekehrten Kollegen kam, der seine Dünkelhaftigkeit und Arroganz unter den bescheideneren Lebensverhältnissen der Emigration abgelegt zu haben schien und dem man zugute halten wollte, daß er sich in der Emigration gebessert hätte, widersprach Molnár: »Er hat sich nicht gebessert. Er hat nur geschwiegen.« Und einem andern, der sich immer nur in der von ihm allerdings meisterhaft beherrschten »kleinen Form« äußerte, in Feuilletons und Aphorismen und scharfgeschliffenen Glossen, und der trotz Molnárs energischem Zuspruch sich nicht dazu verstehen mochte, sein Talent an größeren Aufgaben zu erproben, sagte Molnár einmal am Schluß einer solchen Debatte: »Also gut, dann bist du eben Weltmeister im Schnellaufen über ein Meter.«

Dergleichen hat ihm keiner nachgemacht. In diesen ebenso vehement wie mühelos zustoßenden Sätzen lag alles, was er den anderen voraushatte. Die Anekdote war die Grundform seiner literarischen und seiner Lebensäußerungen. Nicht der absichtsvoll »witzige« Ausspruch, nicht das bedachtsam zugeschliffene »Bonmot«, sondern die präzise Zusammendrängung des Wesentlichen auf minimalen Raum. Fürs Theater verfuhr er dann umgekehrt und löste das Konzentrat so weit auf, daß es wieder abendfüllend wurde (fast allen seinen Lustspielen, mit dem Welterfolg vom ›Spiel im Schloß‹ als Musterfall, liegt eine knapp erzählbare Anekdote zugrunde). Im Leben ließ er es bei der konzentrierten Fassung bewenden.

Indessen verhielt es sich nicht bloß so, daß Molnár Anekdoten prägte oder Geschichten in Umlauf setzte. Mit Vorliebe – und je älter er wurde, desto häufiger – bediente er sich der Anekdote als Mittel zum Zweck, erzählte er eine wirkliche oder erfundene Geschichte, um seinen Standpunkt klarzustellen oder um sein Urteil über einen Menschen, eine Situation, ein Ereignis abzugeben. Das hatte etwas von talmudischer Kasuistik an sich, vom Väterbrauch, welcher das Gleichnis der direkten Mitteilung vorzog. Überhaupt begann Molnár in seinen letzten Lebensjahren immer mehr einem weisen alten Juden zu gleichen, dem man nichts mehr erzählen kann und der darum lieber selbst erzählt. Kein gütiger Patriarch, beileibe nicht, aber doch ein lächelnder aus überlegener Nachsicht. Molnár war nicht unnachsichtig. Nur seine Formulierungen waren es. Wenn er einen Ausspruch tat, dann war es eine Aussage. Und die Geschichten, die er erzählte, hatten Geschichte in sich.

Er sprach das sehr gewählte, ein wenig altmodische Deutsch, das dem ungarischen Bürgertum der einstigen Monarchie eigen war, und sprach es mit dem leisen Singsang, der von der Tonfärbung seiner Muttersprache herkam. Auf die Beherrschung andrer Fremdsprachen legte er keinen Wert, oder tat doch so: »Ich habe nicht den Ehrgeiz, mit Oberkellnern und Hochstaplern zu konkurrieren.« In Wahrheit war sein Französisch nahezu perfekt, sein Italienisch durchaus passabel, und ich bin niemals den Verdacht losgeworden, daß auch sein Englisch wesentlich besser war, als er's merken ließ. Offenbar wollte er sich auf diese bockige Art gegen die Zwangslage seines amerikanischen Exils zur Wehr setzen. Denn er fühlte sich nicht wohl in Amerika, wenngleich er auch dort ein hochberühmter und erfolgreicher Mann war. In seinem Freundeskreis befand sich kein einziger Amerikaner. Ob das wirklich nur an den Sprachschwierigkeiten lag, auf die er sich immer wieder berief? Er brachte jedenfalls auch diese Hemmung, die eine der schmerzlichsten Erfahrungen unsrer Emigrationszeit war, auf die denkbar schlüssigste Formel. Wir unterhielten uns einmal darüber, daß man sich in einer fremden Sprache nur unfrei ausdrücken kann und im Zweifelsfall lieber das sagt, was man richtig und einwandfrei zu sagen hofft, als das, was man eigentlich sagen will. Molnár nickte bestätigend: »Es ist sehr traurig«, resümierte er. »Ich habe oft mitten im Satz meine Weltanschauung ändern müssen ...«

Manchmal wieder bemühte er sich, der amerikanischen Lebensform die guten Seiten abzugewinnen. Auch das besorgte er auf grotesk überspitzte und eben darum überzeugende Art. »Schauen Sie, lieber Freund«, hob er in bedächtig melodischem Tonfall zu erklären an, »es ist doch eigentlich sehr schön hier. Um halb neun stehe ich auf, gehe ins Badezimmer, nehme eine Dusche oder ein Bad, heiß, warm oder lau, alles funktioniert elektrisch, viel besser und viel bequemer als in Europa. Dann kommt das Frühstück – Tomatensaft, Orangensaft oder sonst etwas, was wir in Europa nicht hatten – ausgezeichneter Kaffee – frische Eier direkt von der Hühnerfarm – schmeckt alles wunderbar – dazu lese ich die ›New York Times‹, die beste Zeitung der Welt – so wird es langsam elf – no, und was dann noch passiert, spielt schon keine Rolle mehr.«

In den fünf Jahren von 1945 bis 1950, in denen ich sein New Yorker Exil teilte, wohnten wir nur wenige Minuten voneinander entfernt, und es ergab sich fast von selbst, daß wir regelmäßig zusammenkamen, daß ich ihn auf seinen Spaziergängen begleitete oder eine Mahlzeit mit ihm einnahm. Er hatte seine eigenen, sehr persönlichen Verkehrsregeln aufgestellt, die er sorgfältig beachtete. Die Straße überquerte er grundsätzlich nur bei rotem Licht, weil man da, wie er herausgefunden hatte, »wenigstens nur nach rechts und links schauen muß – aber wenn man bei grünem Licht geht, wird man in der Kurve von hinten überfahren.« [...]

Von den Erleichterungen im Reiseverkehr mit Europa, die nach dem Krieg eintraten, wollte er zunächst nichts hören, und die ersten Kartengrüße, die seine wagemutigen Kollegen ihm von Besuchen in der alten Heimat schickten, schob er angewidert beiseite: »Wie gefällt Ihnen das? Abschaum schreibt Ansichtskarten!« Allmählich aber begann es an ihm zu nagen. Er erwog eine Reise nach Paris – »der einzigen Stadt, wo man in einem Café nur um Schreibzeug bitten muß, und schon wird man mit Maître tituliert«. Dann verwarf er Paris zugunsten Italiens, und zwar einer italienischen Hafenstadt. Auch davon kam er bald wieder ab. Die Verhältnisse in Europa waren ihm zu unsicher. »Aber doch nicht so unsicher, daß man Angst haben müßte, Herr Molnár?« – »Sie verstehen mich nicht, lieber Freund. Ich bin ein älterer Mensch und ein wenig nervös. Ich möchte ganz sicher sein, daß ich im Notfall sofort wegkann. Das heißt, daß ich in einer Hafenstadt bleiben muß. Und zur Beruhigung meiner Nerven wohne ich natürlich in einem Hotel mit Aussicht auf den Hafen, wo das amerikanische Kriegsschiff liegt. Sogar am Abend, wenn ich schon zu Bett gegangen bin und das Licht ausgelöscht habe, möchte ich mich noch einmal überzeugen, daß alles in Ordnung ist. Was tue ich? Ich stehe auf und laufe zum Fenster, um hinauszuschauen. Barfuß. Im Nachthemd. Wenn ich das ein paarmal mache, habe ich die schönste Lungenentzündung. Soll ich vielleicht nach Europa fahren, damit ich in irgendeinem dreckigen Hafenhotel krepiere? Fällt mir gar nicht ein.«

Es war ihm auch niemals eingefallen, nach Hollywood zu gehen. Er als einziger wahrte diese Standfestigkeit selbst den lockendsten Angeboten gegenüber. Er hatte sich ausgerechnet, daß die finanzielle Lockung sich auf die Dauer in ein Verlustgeschäft verwandeln würde, und auch das wußte er mit einer gleichnishaften Geschichte zu begründen; sie stammte noch aus jener Zeit, als er alljährlich ein paar Sommerwochen in Karlsbad verbracht hatte: »Da gibt es doch sehr viele schöne Geschäfte, wie Sie wissen. Und da stehe ich einmal vor der Auslage von so einem schönen Geschäft, und neben mir steht eine ungarische Mutter mit ihrer Tochter.

Sehr dicke Tochter. Und ich merke, wie die Mutter der sehr dicken Tochter etwas ins Ohr flüstert und dabei unauffällig auf mich deutet. Und plötzlich dreht sich die dicke Tochter nach mir um und sagt laut und enttäuscht: ›Der?! Den seh ich doch jeden Tag!‹ Und deshalb, lieber Freund, gehe ich nicht nach Hollywood …«

Requiem für einen Oberkellner

(1958)

Der Oberkellner Franz Hnatek ist gestorben. Vierzig von den annähernd siebzig Jahren seines Lebens war er Oberkellner im Café Herrenhof, also von dessen (des Herrenhofs) Geburt bis zu seinem (Hnateks) Tod. Denn das Café Herrenhof, Wiens letztes Literatencafé, trat erst im Jahre 1918 ins Leben, ungefähr gleichzeitig mit der Republik Österreich. Und ähnlich wie die Republik das Erbe der Monarchie antrat, trat das Café Herrenhof das Erbe des ihm unmittelbar benachbarten Café Central an.

Das »Central« ist längst kein Kaffeehaus mehr, sondern birgt die Verkaufsräumlichkeiten einer höchst literaturfernen Im- und Exportfirma. Das »Herrenhof« ist immer noch ein Kaffeehaus. Es ist sogar – mit Nachsicht aller von der Geschichte eingehobenen Taxen – immer noch ein Literatencafé. Als solches wurde es von einem seiner tatkräftigeren Oberkellner namens Albert durch alle Wirrnisse des Naziregimes, des Krieges und der Russenbesetzung hindurchgesteuert. Der Oberkellner Albert ist heute (nicht mit Unrecht) Besitzer des Lokals und heißt Herr Kainz. Der Oberkellner Hnatek hieß schon als Oberkellner »Herr Hnatek«. Nicht »Herr Ober« und nicht »Hnatek« und schon gar nicht »Franz« (daß er überhaupt einen Vornamen hatte, entnahm man erst dem Partezettel), sondern »Herr Hnatek«. Es ging gar nicht anders. Er war wirklich ein Herr, war es in ungleich höherem Maße als mancher von denen, die er bediente. Wenn er mit soignierter Gebärde seine hochgewachsene Gestalt dem Wunsch des Gastes neigte, verfiel man unwillkürlich in ein respektvolles Flüstern, verbreitete sich alsogleich die vornehm-diskrete Atmosphäre jener englischen Clubs, in denen Herr Hnatek seine Ausbildung genossen hatte. Es ist mir nicht erinnerlich, daß irgend jemand je ein lautes Wort zu Herrn Hnatek gesprochen hätte. Wer die Clientèle eines Literatencafés kennt, wird ermessen, was diese Feststellung bedeutet.

Indessen ist hier weder die Geschichte des Wiener Kaffeehauses noch des Wiener Literatencafés zu schreiben, nicht einmal die Geschichte des Café Herrenhof, ja nicht einmal die mehr oder weniger mit ihr identische Geschichte des Herrn Hnatek. Nur um den etwa noch wissenden Zeitgenossen und ihren etwa noch wissensdurstigen Nachfahren vor Augen zu führen, welch unglaublich reiche Kulturepoche an Herrn Hnatek vorüberzog, sei hier festgehalten, daß sich unter den von ihm betreuten Gästen noch Hugo von Hofmannsthal und Franz Werfel befunden haben, Robert Musil und Hermann Broch, Alfred Polgar und Joseph Roth. Und wenn man jemandem erklären sollte, was das Wiener Literatencafé eigentlich war und wie ein Ober in einem Wiener Literatencafé beschaffen zu sein hatte, dann würde man ihm wohl am besten eine der vielen Anekdoten erzählen, in deren Mittelpunkt Herr Hnatek stand und steht und stehenbleiben wird.

Die folgende spielt zu einer Zeit, da Franz Werfel, schon weidlich arriviert und von den Fesseln der Berühmtheit an seinem geliebten Bohèmedasein weidlich behindert, nur noch in großen Abständen das Café Herrenhof aufsuchte. Und da geschah es einmal – ich war dabei, ich saß am untersten Ende des Tisches, ein junger, nachsichtig zugelassener Literaturlehrling –, da geschah es, daß Werfel, als es zum Zahlen kam, dem Herrn Hnatek wahrheitsgemäß einen Kapuziner ansagte und daß Herr Hnatek sich mit diskreter

Mahnung zu ihm herabbeugte: »Vom letzten Mal, Herr Werfel, hätten wir noch eine Teeschale braun und ein Gebäck.« Werfel, der sich dieses beträchtlich zurückliegenden letzten Mals natürlich nicht entsann und ebenso natürlich in Herrn Hnateks Angaben keinen Zweifel setzte, entschuldigte sich hochrot vor Verlegenheit (denn er war, wie schon gesagt, um diese Zeit bereits sehr arriviert und über die Entwicklungsphase nicht beglichener Zechen längst hinaus):

»Nein – aber sowas«, stotterte er. »Sie müssen verzeihen, Herr Hnatek – ich weiß wirklich nicht, wie mir das passieren konnte.«

Da neigte Herr Hnatek sich abermals zu ihm und flüsterte begütigend: »Das war nämlich der Tag, an dem der Herr von Hofmannsthal gestorben ist.«

Und an einem solchen Tag, wollte Herr Hnatek andeuten, waren die Dichter so niedergeschlagen, daß man's ihnen nicht übelnehmen konnte, wenn sie zu zahlen vergaßen ...

Noch ein andrer Tag und eine andre Geschichte seien aus Herrn Hnateks reichem Leben herausgegriffen. Die Geschichte wurde mir von einem untadelig verläßlichen Freund berichtet, einem der wenigen »Herrenhof«-Insassen, die ich nach meiner Rückkehr am gleichen Tisch wie ehedem und auch ansonsten völlig unverändert vorgefunden habe. Der Tag aber, um den es sich handelt, war der Tag, da die alliierten Truppen in Frankreich landeten und da im Hinterland die widerwilligen Ostmärker einander zuzwinkerten und zunickten. Auch mein Freund und auch Herr Hnatek gehörten zu ihnen, und beide wußten es voneinander. Und deshalb beugte sich Herr Hnatek beim Zahlen ein wenig tiefer ans Ohr des heimlichen Gefährten und fragte:

»Glauben Herr Redakteur, daß die anderen Herren jetzt bald kommen werden?«

Denn Herr Hnatek bezog die Weltgeschichte durchaus auf das Café Herrenhof und hatte für ihr Auf und Ab keinen andern Maßstab als das Fernbleiben oder Erscheinen seiner Stammgäste.

Viele, sehr viele sind nicht mehr in seine Obhut zurückgekehrt. Laßt uns um ihret- und um seinetwillen hoffen, daß es im Himmel ein Kaffeehaus gibt, in dem er sie wiedersieht.

Literatur und Theater

Blumen der Unsterblichkeit

Heinrich Heine: Gedächtnisfeier

(1978)

GEDÄCHTNISFEIER

Keine Messe wird man singen,
Keinen Kadosch wird man sagen,
Nichts gesagt und nichts gesungen
Wird an meinen Sterbetagen.

Doch vielleicht an solchem Tage,
Wenn das Wetter schön und milde,
Geht spazieren auf Montmartre
Mit Paulinen Frau Mathilde.

Mit dem Kranz von Immortellen
Kommt sie, mir das Grab zu schmücken,
Und sie seufzet: »Pauvre homme!«
Feuchte Wehmut in den Blicken.

Leider wohn' ich viel zu hoch,
Und ich habe meiner Süßen
Keinen Stuhl hier anzubieten;
Ach! sie schwankt auf müden Füßen.

Süßes, dickes Kind, du darfst
Nicht zu Fuß nach Hause gehen;
An dem Barrière-Gitter
Siehst du die Fiaker stehen.

In diesem Gedicht ist der ganze Heine. Wäre der Begriff »total« steigerungsfähig – man könnte es sein totalstes Gedicht nennen.

Er war ein evangelisch getaufter Jude, und was an ihm jüdisch war, ist trotz der Taufe jüdisch geblieben. Er hat sich oft genug seines Judentums besonnen, gern, ungern, wehmütig, kämpferisch, verzweifelt. Aber den Anspruch auf ein »Kadosch«-Gebet an seinen Sterbetagen hatte er verwirkt, das wußte er, und den Anspruch auf eine Messe hatte er nicht erworben, auch das wußte er. Im übrigen kennt der evangelische Ritus keine gesungenen Totenmessen, und das jüdische Gebet für die Sterbetage heißt »Jiskor«, nicht »Kadosch« (oder »Kadisch«). Natürlich wußte er auch das und hielt es mit Recht für unwichtig. Hier geht es ja nicht um liturgische Korrektheit, sondern um Bild und Stimmung des Gedenktags, um die fast schon klischierte Vision der Trauer, die sich einer gesungenen Messe und einem gesagten Kadosch beigesellt. Beides wird ihm versagt bleiben. Und darin ist eigentlich schon seine ganze Lebensgeschichte enthalten.

Nicht aber die Geschichte seines Schaffens, seines Werks, seines Ruhms. Denn daß »nichts« gesagt und gesungen würde, daß man seiner vergessen könnte – daran glaubt er ja selbst nicht. Wenn er dennoch so tut, als glaubte er's, geschieht es mit dem koketten Zwinkern dessen, der sich des Gegenteils sicher weiß. Er hat es längst zu Protokoll gegeben: »Nennt man die besten Namen, so wird auch der meine genannt.«

Die Koketterie setzt sich in die nächste Strophe fort, in die skeptische Einschränkung, daß Frau Mathilde sein Grab »vielleicht« besuchen wird, »wenn das Wetter schön und milde«. Sonst vielleicht nicht. Und was sie auf den Montmartre lockt, ist nicht der Friedhofsbesuch allein, sondern gleichermaßen ein Spaziergang mit Paulinen, ihrer Freundin, über die er sich als »Mathildens Melone« lustig zu machen liebte. Das Ganze ist von der Melancholie eines Grabgangs ziemlich weit entfernt.

Immerhin: Frau Mathilde hat einen Kranz mitgebracht, ihm das Grab zu schmücken, und die feuchte Wehmut in ihren Blicken tut der klischierten Trauer eine weitere Genüge. »Pauvre homme!« seufzet sie. »Ich bin ein deutscher Dichter, bekannt im deutschen Land«, hieß es in jenem Protokoll. Aber wenn an seinem Sterbetag schon etwas gesagt wird, wird es französisch gesagt. Klingt ja auch viel hübscher als »Armer Kerl!« Französisches mitten in einem deutschen Gedicht macht sich immer gut, kommt seiner weltmännischen Grandezza gerade recht. Noch einmal flackert die Koketterie von vorhin auf, noch ein letztesmal.

Jetzt nämlich wird's ernst, viel ernster, als es den ungebrochen lässigen Anschein hat, so ernst wie in seiner zur ungefähr gleichen Zeit entstandenen Beschwörung »An die Engel« mit den erschütternden Zeilen: »Seid Schild und Vögte eurem Ebenbilde, / Beschirmt, beschützt mein armes Kind, Mathilde!« und nochmals nach der Todesahnung zum Schluß: »Ihr Engel, schützt Mathilde!« Nur daß in der »Gedächtnisfeier« aus dem armen Kind ein süßes, dickes geworden ist. Nur daß er ihr anstelle des Schutzes der Engel, den er ihr nicht anbieten kann, wenigstens einen Stuhl anbieten möchte – und nicht einmal dazu reicht es. Er muß die Fiaker vom Barrière-Gitter herbeizitieren, damit sie sein süßes, dickes Kind nicht zu Fuß nach Hause gehen lassen.

Es ist ein Kavalier von himmlischen Gnaden, der sich hier verabschiedet und mit wahrhaft überirdischer Eleganz auf Mathilde, auf uns, auf sich selbst herniederlächelt. Es ist der ganze Heine, der uns aus den fünf Strophen dieser Autobiographie entgegenglitzert und entgegenzwinkert. Es ist eine Gedächtnisfeier, wie sie ihm keine noch so klangvoll gesungene Messe, kein noch so fromm gesprochenes Kadosch hätten veranstalten können. Schon deshalb nicht, weil er nicht an solche Gedächtnisfeiern glaubt.

Der Kranz jedoch, den Frau Mathilde ihm mitgebracht hat, besteht aus Immortellen, den Blumen der Unsterblichkeit. An die glaubt er.

Dichter zwischen den Zeiten

Zum 100. Geburtstag Arthur Schnitzlers

(1962)

Arthur Schnitzler, am 15. Mai 1862 in Wien geboren und nicht ganz 70 Jahre später in Wien gestorben, teilt in einer entscheidenden Hinsicht das Schicksal der Stadt, mit der er durch Leben und Werk verbunden ist: immer wieder muß er sich auf allerlei klischierte Formeln bringen lassen, die um eines gefälligen Vordergrundes willen das Vorhandensein einer höchst ungefälligen Hintergründigkeit übersehen oder gar leugnen. Was Wien betrifft, so reicht dieses Klischee vom Dulliöh des Heurigen über Walzer- und Operettenseligkeit und »süßes Mädel« bis zur tändelnden Melancholie und Untergangsstimmung – nun, wessen wohl? Ganz richtig: Arthur Schnitzlers. Er ist mit einbezogen ins vordergründige Klischee, obschon er weitaus mehr mit den Hintergründen zu tun hat, mit jenem Wien, das so ungemütliche Erscheinungen hervorgebracht hat wie Kraus und Musil in der Literatur, Mahler und Schönberg in der Musik, Kokoschka in der Malerei, Adolf Loos in der Architektur, Sigmund Freud in der Psychologie.

Von ihnen allen hat Schnitzler sich freilich dadurch unterschieden, daß er kein Rebell war. Um so viel stand er ihnen nach, so viel hatte er ihnen voraus. Und folgerichtig ist Sigmund Freud von ihnen allen der einzige, der sich mit Schnitzler in Vergleich setzen läßt: weil auch er den Beruf des Arztes ins Weltanschaulich-Humanistische ausgeweitet hat. Denn mit den seelenforscherischen Affinitäten, die zwischen den beiden bestanden und die von Freud ausdrücklich festgestellt wurden, ist der Vergleich noch nicht erschöpft. »Die Seele ist ein weites Land«, heißt es in Schnitzlers wahrscheinlich bedeutendstem Schauspiel, das von eben dieser Sentenz seinen Titel bezieht: »Das weite Land«; und dort hat man sich als Dichter auch ohne jede ärztliche Schulung auszukennen. (Übrigens gibt es gerade in der österreichischen Literatur markante Beispiele für solche Kennerschaft: Raimund etwa und Grillparzer, desgleichen keine gemütlichen Typen, waren den psychologischen Erkenntnissen ihrer Zeit weit vorangeeilt.) Wo der Arzt bei Schnitzler richtig – und im ursprünglichen Sinn dieser Wendung – »ins Spiel kommt«, ist also nicht nur der psychologische Bereich, sondern mehr noch sein latentes Todesbewußtsein, ja ein nahezu freundnachbarliches Gefühl für den Tod, ist eine milde Skepsis, die sich mit der Fragwürdigkeit des solcherart überschatteten Daseins abzufinden versucht und die in den berühmten Schlußworten des »Paracelsus« ihren schönsten Ausdruck gefunden hat:

Es fließen ineinander Traum und Wachen,
Wahrheit und Lüge. Sicherheit ist nirgends.
Wir wissen nichts von andern, nichts von uns.
Wir spielen immer, wer es weiß, ist klug.

Unklug hingegen wäre, wer das »Spiel«, von dem hier gesprochen wird, zur Verspieltheit degradierte – in der Tat eines der beliebtesten Mißverständnisse, denen Schnitzler sich ausgesetzt findet. Ein andres besteht darin, das erotische Element in seinem Œuvre lediglich als gesellschaftlichen Zeitvertreib zu begreifen und nicht zu merken, daß Eros hier weniger die Zeit als den Tod vertreiben will. Und ein weiteres: Ihn von der tiefen Toleranz seines Menschenverständnisses her auf einen großbürgerlichen, areligiösen Liberalismus festzulegen – der sich indessen nur schwer mit Maximen wie der folgenden (aus dem »Buch der Sprüche und Bedenken«) vereinbaren ließe: »Daß wir einen Gott ahnen, ist nur ein unzulänglicher Beweis für sein Dasein. Ein stärkerer ist, daß wir fähig sind, an ihm zu zweifeln.«

Tiefgang und Reichweite Schnitzlers auf diese Weise wenigstens anzudeuten, dürfte im jetzigen Zeitpunkt immer noch wichtiger sein, als ihn literarhistorisch zu würdigen (wofür ja die gebotenen Klischees zum feierlichen Anlaß sowieso bereitstehen). Sicherlich hat Alfred Kerr, als er ihn vor einem halben Jahrhundert den »österreichischen Maupassant« nannte, ihm ein artiges Kompliment machen wollen. Er konnte damals nicht wissen, daß Schnitzler mit der 1900 erschienenen Novelle »Lieutnant Gustl« den späterhin von James Joyce zu höchster Entfaltung gebrachten »inneren Monolog« vorweggenommen hatte, daß in Theaterstücken wie dem erwähnten »Paracelsus« oder dem meisterlichen Einakter »Der grüne Kakadu« schon der ganze Pirandello enthalten war. Und für einen Vergleich mit Tschechow – der mir persönlich als der haltbarste von allen Vergleichen erscheinen will – bestand damals noch keine Basis. Damals begannen sie ja erst zu überlegen, was Tschechow bedeuten und besagen wollte und ob er damit wohl recht hätte. Daß und wie sehr und in wie bezwingender Parallele auch Arthur Schnitzler recht hatte, wissen wir erst heute.

Wissen wir's wirklich? Verhält sich's nicht vielmehr so, daß selbst in Österreich, wo schon vor einigen Jahren eine massive Schnitzler-Renaissance eingesetzt hat und wo neben der längst zum klassischen Volksstück avancierten »Liebelei« nun auch »Das weite Land«, der »Anatol«-Zyklus, »Der einsame Weg« und eine ganze Reihe von Einaktern zum ständigen Bühnenrepertoire gehören – daß selbst hier sich immer wieder Zweifel melden, ob Schnitzler nicht vielleicht »überholt« sei?

Natürlich ist er das. Er ist es nur noch nicht weit genug. Er befindet sich in jenem (mutmaßlich letzten) Wellental seiner Geltung, in jener unvermeidbaren Zwischenphase zwischen »nicht mehr« und »noch nicht«, die ein Tschechow, ein Ibsen, ein Strindberg bereits überwunden haben, die einem Gerhart Hauptmann noch bevorsteht und die Schnitzler erst überwinden wird, wenn niemand mehr lebt, der die Charaktere und die Konflikte seiner Dramen und Novellen noch in natura gekannt hat. So weit ist es noch nicht. Heute steht er unserem Lebensgefühl einerseits zu fern, um ihm zu entsprechen, und andrerseits zu nah, um es nicht doch noch anzusprechen – aber auf eine Weise, die wir notgedrungen als »altmodisch« empfinden müssen und auf die wir nicht mehr angesprochen sein wollen. Es wird noch einige Zeit brauchen, ehe Schnitzler uns auf dem Umweg über die Zeitlosigkeit wieder erreicht und ehe uns die gesellschaftlichen Voraussetzungen seiner Probleme so gleichgültig werden, daß wir die Gültigkeit der Probleme selbst erkennen. Und dann wird auch Arthur Schnitzler erkannt sein, in seiner ganzen Größe und Weisheit, im kunstvollen *con sordino* seiner dichterischen Instrumentation, ein Diagnostiker der Seele und ein Therapeutiker des Lebens.

Der grüne Kakadu

(1959)

Nach den seltsamen Gesetzen der Bühnenmathematik können 2 Einakter mehr sein als 1 Dreiakter. Sogar 1 Einakter kann das. Er kann sogar mehr sein als viele Dreiakter.

Ein solcher Einakter wird jetzt in der Josefstadt gespielt. Er heißt »Der grüne Kakadu« und ist ein großartiges Theaterstück, ein Lehrstück geradezu – aber in keinem dogmatisch verfremdeten Sinn, sondern im ursprünglichen einer Belehrung über Theater und Leben, über das Ineinandergreifen beider und über die Kunst, dies alles so völlig zwanglos geschehen zu lassen, daß man erst nachher merkt, wie viel da geschehen ist.

Zum Beispiel könnte an Hand des »Grünen Kakadu« ein jeglicher Professor seine Schüler darüber belehren, was »Dramaturgie« heißt. Er könnte ferner auf eine vorbildliche Verquickung der Haupt- und Staatsaktion mit der Liebesgeschichte hinweisen, wobei die Haupt- und Staatsaktion tatsächlich eine solche ist (nämlich der Bastillensturm) und wobei die Liebeshandlung in beide Sphären des Stücks hineinspielt und sie zusammenfaßt: die Marquise von Lansac will sich in einer vorgeblichen Verbrecherkneipe von Schmierenkomödianten das Gruseln beibringen lassen und erlebt unversehens den Nervenkitzel einer echten Tragödie zwischen dem Schauspieler Henri und der Schauspielerin Léocadie, die ihn mit einem Herrn aus der Begleitung der Marquise betrügt.

An diesem Punkt seines Lehrkurses wird der Professor

eines unaufmerksamen Schülers gewahr und unterbricht sich:

»Sie dort in der letzten Bank! Ja, Sie! Ich lese Ihnen jetzt eine Dialogstelle vor, und Sie werden mir den Autor nennen. Aufgepaßt. ›Spielt die Marquise oder ist sie wirklich so?‹ fragt der eine. Und der andre antwortet: ›Sein ... spielen ... kennen Sie den Unterschied so genau?‹ Also. Von wem ist das?«

Der Schüler schweigt.

»Ich gebe Ihnen einen weiteren Anhaltspunkt: ›Es ist alles immer nur im selben Augenblick wahr.‹ Wissen Sie's jetzt?«

Der Schüler (erleichtert): »Pirandello!«

»Das dachte ich mir, daß Sie das sagen würden. Noch eine Frage. Wenn die Nobelgäste von den kostümierten Revoluzzern mit ›Guten Abend, ihr Schweine‹ begrüßt und ›Kanaillen‹ genannt werden, denen man am liebsten Gift servieren möchte, und wenn sie dazu begeistert applaudieren – woran denken Sie da?«

»Bitte, da denke ich an Brecht und das westdeutsche Theaterpublikum.«

»Brav. Setzen. Und geben Sie nächstens besser acht. – Wir kommen jetzt zum End- und Höhepunkt des Stückes, an welchem Schnitzler sämtliche Handlungselemente in eins fließen läßt. Henri, der die Ermordung seines Nebenbuhlers vorher nur gespielt hat, ermordet ihn zum Schluß wirklich, und obwohl das mit der Revolution überhaupt nichts zu tun hat, wird er – da es ein Herzog ist, den er tötet – zum Revolutionshelden. Hier zeigt sich ...«

Was sich hier zeigt, ist die von nachsichtiger Skepsis gelenkte Meisterhand des Dramatikers Arthur Schnitzler und ist eine Zwischenlandschaft zwischen Schein und Sein, die er tatsächlich um gute dreißig Jahre vor seinem Zeitgenossen Pirandello betreten hat. Denn wenn der Schauspieler Henri seinen Eifersuchtsmord am Herzog von Cadignan so überzeugend erzählt, daß selbst der abgebrühte Kneipenwirt ihn für wahr hält, und wenn ein paar Minuten später der Mord dann wirklich geschieht: so ist das ein Augenblick von ähnlicher doppelbodiger Erregung, wie sie der Tod des Knaben in »Sechs Personen suchen einen Autor« auslöst. Nur daß im »Grünen Kakadu« der wirkliche Mord zugleich in die politische Realität übergreift, indessen der fingierte zu einer Liebesgeschichte gehört, die ihrerseits für ein komplettes Stück ausreichen würde und deren Entwicklung zu Einsichten führt, wie sie in solcher Delikatesse erst wieder bei Giraudoux auftauchen. [...]

Schwierigkeiten beim Verehren Hugo von Hofmannsthals

(1974)

Man hat's nicht leicht, wenn man unter dem Einfluß von Karl Kraus aufgewachsen ist, eine Zeitlang sogar im engeren Bannkreis seiner Persönlichkeit stand und just in den Jahren der Entwicklung sich nur nach den von Karl Kraus festgesetzten Maßstäben literarische Urteile zu bilden vermochte. Man wird's dann vor allem mit Hugo von Hofmannsthal nicht leicht haben, wird ihn erst mühsam erwerben müssen, um ihn zu besitzen. Ich bin auch heute noch nicht sicher, ob mir das geglückt ist. Auch heute noch muß ich bei jedem neuen Band Hofmannsthalschen Briefwechsels, den der nimmermüde Verlag S. Fischer auf den Markt wirft, an eine Stelle aus der »Demolierten Literatur« denken, 1896 von Karl Kraus veröffentlicht (und damals noch »Demolirte Litteratur« geschrieben): »Seine Bewegungen nahmen bald den Charakter des Ewigen, seine Korrespondenzen den des Briefwechsels an.« Auch heute noch, bei jeder Dithyrambe, die ich über Hofmannsthal zu lesen bekomme, bei jeder Zeitungsnotiz über das Fortschreiten der kritisch-historischen Gesamtausgabe, bei jedem Zuwachs an Sekundärliteratur, fällt mir die Vereinsgründung meines witzigen Kollegen Hans Weigel ein, der »Verein zur Abwehr der Überschätzung des Autors Hugo von Hofmannsthal«. Und mit bübischer Lust erinnere ich mich jener Gymnasiastentage, da einer von uns dem preziös umnebelten Tiefsinn des »Lebenslieds« durch die glorreiche Entdeckung beikam, daß der Text

(»Den Erben laß verschwenden an Adler, Lamm und Pfau ...«) genau in die Melodie des keineswegs tiefsinnigen »Fiakerlieds« paßt: »Ich führ zwei harbe Rappen, mein Zeugerl steht am Grab'n ...« (Sangesversuch empfohlen).

Soweit, so unseriös. Aber ist dies alles, in all seiner Unseriosität, nicht zugleich ein Beweis dafür, wie sehr uns Hofmannsthal seit je beschäftigt, wie unwiderstehlich wir uns zur Auseinandersetzung mit ihm gedrängt fühlen? Unter wechselnden Vorzeichen, gewiß, unter veränderlichen Richtungen des Winds, der ja nicht nur im Frühling durch kahle Alleen läuft, sondern zu jeglicher Jahreszeit eine sich wandelnde geistige Landschaft durchweht. War jene Gymnasiastenzeit nicht die gleiche, da wir den »Rosenkavalier« Wort für Wort auswendig kannten und auf mancherlei Anlaß lieber mit einem Zitat aus dem Libretto reagierten als mit eigenen Formulierungen? Sein schon aso, die jungen Leut ... Ach nein, nicht nur die jungen. Bei mir wird's nun bald ein halbes Jahrhundert her sein, daß ich ohne Hofmannsthal nicht auskommen könnte, daß ich – bleiben wir beim »Rosenkavalier« – über Liebe und Leben, über Gott und die Welt noch kaum etwas Schöneres ausgedrückt fand, als was die Marschallin im ersten Akt zu singen weiß:

Leicht muß man sein:
mit leichtem Herzen und leichten Händen,
halten und nehmen, halten und lassen ...
Die nicht so sind, die straft das Leben
und Gott erbarmt sich ihrer nicht.

Wenn es jemals so etwas wie graziöse Weisheit gegeben hat, dann hier; oder so etwas wie einen aus klassischer Wortkaskade sprudelnden Humor, dann im Auftritt des »Jungen« in der »Elektra«:

Und kurz und gut: der junge Bursch Orest,
der Sohn vom Haus, der immer außer Haus war
und drum so gut wie tot: kurz dieser, der
schon eh und immer sozusagen tot war,
der ist nun sozusagen wirklich tot!
(Springt ab)

Welch eine Spannweite zwischen den beiden Zitaten. Welch grandioser Bogen reicht vom einen zum andern, und über welchen Reichtum an Lebenshaltung, an Atmosphäre, an geistiger und künstlerischer Souveränität hinweg. Am Ende war es gerade dieser Reichtum, diese Reichhaltigkeit, diese schier grenzenlose Vielfalt seiner Ausdrucksmöglichkeiten (von der er sich bis ins kunstgewerbliche Archaisieren des »Jedermann« hineinlocken ließ) – und am Ende war es, knapp und unzulänglich gesagt, gerade das Übermaß seines Talents, daran er zu schleppen hatte und das ihn am Weg zur höchsten Höhe hinderte. Er besaß zuviel davon. Sein Pfund hat mit ihm gewuchert. Und er besaß noch obendrein, nämlich in der Tat als Aufsatz über seinem Zuviel an Talent, ein Zuviel an Intellekt. Er war, abermals mit unzulänglicher Knappheit gesagt, zu gescheit.

Vielleicht liegt hier eine tragischere Ursache seines Produktionskonflikts, als sie im »Brief des Lord Chandos« zutage tritt. Wer um die schöpferischen Bewandtnisse seiner Existenz so genau Bescheid weiß wie der Autor der »Gespräche über literarische Gegenstände«; wessen politische Hellsichtigkeit sich in den stets erneuerten Fassungen des »Turm« ebenso klar dokumentiert wie im Verkehr mit manchen seiner Korrespondenzpartner (mit Josef Redlich etwa oder mit Carl Jacob Burckhardt); wem es nahezu ständig obliegt, seine Musikalität mit seiner Auffassung von »Sprache als geistigem Raum« in Einklang zu bringen; wer seine innere Noblesse lieber dem Verdacht aristokratischer Allure aussetzt als einer vulgären Selbstbehauptung –: wer es mit sich selbst so schwer hat, wird es auch jenen nicht leicht machen, die ihn vorbehaltlos verehren möchten.

Aber das darf sie nicht davon abhalten, sich vor ihm als vor einer ganz und gar einmaligen Erscheinung, als vor dem Inbegriff dessen, was Österreich noch in unsrer Zeit zum Kulturbestand der abendländischen Welt beigetragen hat, in tiefem Respekt zu verneigen.

Der neue Salzburger Jedermann

(1952)

1952 sollte der Salzburger »Jedermann«, bis dahin von Helene Thimig-Reinhardt nach dem hinterlassenen Regiebuch Max Reinhardts in Szene gesetzt, aufgefrischt und »dem heutigen Zeitgefühl nähergebracht« werden. Ernst Lothar, der die Neuinszenierung übernahm – sie wurde dann für die folgenden zehn Jahre beibehalten –, hatte zunächst erhebliche Besetzungs- und sonstige Schwierigkeiten.

SPIELLEITER *(wird auf seinem Regiesessel sichtbar)*
Hat alle Kreatur gegen mich
Ihr Herz verhärtet bösiglich.
Sind kommen Absagen über Absagen,
Hab müssen einem jeden nachjagen.
Ist so rechts wie links, so unten wie oben,
Was sonst in Reihn harrt, davongestoben.
War eine gar vertrackte Geschicht:
Will Quadflieg, oder will er nicht?
Bin worden bittlich in deutschen Landen,
Daß ich eine Besetzung brächte zustanden.
Hab dümmlich gar und ehrvergessen
Die ganze Besetzungs-Scala durchmessen,
Damit des Herrgotts üble Feind,
Wann's nottut, mir gewogen seind.
Was ich vermocht, hab ich vollbracht,
Und nun wird meiner schlecht geacht ...
Möcht wenigstens zeigen, daß ich dies Spiel
Kann näherbringen dem Zeitgefühl.

(Jedermann tritt mit dem Guten Gesellen aus dem Haus hervor, faltet ein Bogen Papiers zusammen und reicht es ihm über)

JEDERMANN Geh du den Mietsvertrag abschließen,
Den leg ich meiner Buhle zu Füßen,
Daß sie noch heute einziehn könnt.
Ist ein möbliertes Appartement,
Mit Bad und Küche wohl versehn!

GUTER GESELL Tut's unter Mieters Schutz auch stehn?

JEDERMANN Ist alls bedacht, mein guter Gesell.

GUTER GESELL Ich sput mich zeitgemäß zur Stell.
(Er besteigt seinen Motor-Roller und rollt ab)

(Ein Espresso-Buffet kommt aus dem Boden empor. Kellnerinnen, einfach aber geschmacklos gekleidet, schieben drei Tische zu einer Tafel zusammen. Es erscheinen verschiedene Junggesellen und Fräuleins sowie keine Spielleute, um Platz zu nehmen. Die Kellnerinnen tragen Rouge und Getränke auf)

JEDERMANN Ihr Gäst und Vettern, stracks herein!

EIN GAST *(singt)*
Ich muß wieder einmal in Salzburg sein.
(Alle fallen ein, nach Art eines Kanons. Sie essen und trinken)

JEDERMANN *(hebt sich angstvoll)*
Wer kommt dort hinter mir heran?
Auf Erden schreitet so kein Mann.
(Steuerexekutor steht da)
Wer ist es, der so fordernd steht?

STEUEREXEKUTOR Von der Behörde Majestät
Bin ich gesandt, und das in Eil,
Um deiner Einkunft ein groß Teil.
Hast lang genug mich lassen rennen –
Itzt naht dein Stund und mußt bekennen!

(Es flüchten viele. Der Steuerexekutor ihnen nach. Jedermann und die Verbliebenen zechen nach kurzer Pause weiter)

DICKER VETTER Potz Velten, Vetter Jedermann,
Ihr seht so bleich! Was ficht Euch an?

JEDERMANN Siehst selber bleich und abgezehrt,
Bist deines Namens nimmer wert.
(Er schiebt ihm einen Teller Suppe hin)

DICKER VETTER Ich esse keine Suppe nicht.
Nein, keine Suppe ess' ich nicht!

MAGERER VETTER Klingt allermaßen mein Herr Vetter
Wie Doktor Hoffmanns Struwwelpetter.

DICKER VETTER Ob Hoffmann oder Hofmannsthal,
Das ist mir schnurz.

MAGERER VETTER Mir piepegal.

JEDERMANN *(schlägt die Faust auf den Tisch)*
Potz Piefke, Vettern! Hör ich recht?
Will mir alls nit behagen, wie ihr da sprecht!

EIN FRÄULEIN *(kichernd)*
Ist wohl um der deutschen Besetzung wegen.

EIN GAST Da tät sich eins gleich niederlegen.
(Er steht auf)

JEDERMANN Was soll's?

GAST Ein Einfall!

JEDERMANN Wird nit frommen.

FRÄULEIN Mag doch kein rechte Stimmung aufkommen.

JEDERMANN Deß hab ich bitter Gram und Weh.

GÄSTE UND VETTERN *(durcheinander)*
Ich zahl. – Ich auch. – Bitte zahlen. – Ich geh.

ALLE *(singen lateinisch)*
Gehmus, gehmus, gehmus – Sprach Romulus zu Remus.
Gehmer, gehmer, gehmer – Sagten die übrigen Römer.
(Sie gehen lachend und singend ab. Jedermann folgt ihnen)

JEDERMANN So geh auch ich. Hab gnug … Was ist?
Was trittst mir in den Weg? Wer bist?
WERKE Ich bin die guten Werke all
Des Herrn von Hugo und Hofmannsthal.
JEDERMANN Dächt wohl, daß ich ein solches sei.
(Will weiter)
WERKE Halt, Jedermann! Bist nit dabei!
Bist worden zeitfremd und veraltet,
Und mußt drum werden neu gestaltet.
JEDERMANN Potz Maus! Ich alt und fremd? Ich? Hier?
RUFE *(aus verschiedenen Richtungen)*
Jedermann! Jedermann!
JEDERMANN Und ruft doch jedermann nach mir!
(Die Rufe werden stärker und kommen von allen Seiten, aus dem Festspieldirektorium, aus der Bundestheaterverwaltung, aus den Fremdenverkehrsbüros, aus dem Verlag S. Fischer, aus der Anwaltskanzlei der Erben Hofmannsthals, schließlich sogar aus dem Publikum)
RUFE Jedermann! Jedermann!
WERKE Schafft mir nur Ärger und Verdruß,
Daß ich's dir dennoch sagen muß.
Bist arg verstaubt und unmodern,
Und siehet dich mehr keiner gern.
Mag's drum mit Himmels Hülf gelingen.
Auf gleich und heute dich zu bringen.
Dein Weg geht hie!
JEDERMANN *(erbost)* Potz Lothar, Frau –!
WERKE Mich dünkt, nun weißt du's ganz genau.
Geh hin! Geh ein! Er macht dich neu.
JEDERMANN O Herr und Heiland, steh mir bei!
(Er versinkt)

Er war genau so und er war ganz anders

Persönliche Erinnerungen an Karl Kraus

(1974)

Meine erste Begegnung mit seinem Werk erfolgte um 1921, als ich ungefähr dreizehn Jahre alt war, also in einem Alter, in dem man das Universum als Privatgeheimnis entdeckt, in dem man auf jede neue Seligkeit, auf Liebe, Sternenhimmel und Musik mit der vehementen Gewißheit reagiert, als erster dahintergekommen zu sein, und jetzt muß man es doch rasch den Anderen sagen, den Ahnungslosen. So ähnlich verhielt es sich mit meiner Reaktion auf ein Heft der »Fackel«, das mir beim Kramen im Bücherschrank meines Vaters zufällig in die Hand fiel – ein nicht mehr ganz neues Heft, noch aus der Kriegszeit stammend und von Themen handelnd, zu denen ich keinen sachlichen Zutritt hatte. Trotzdem »verstand« ich sofort, was da gemeint war und worum es da ging, wie man ein großes Schauspiel oder einen großen Schauspieler auch in einer fremden Sprache versteht. Alles, was ich in dieser »Fackel« las, leuchtete mir ein und bezwang mich: die Empörung, das Pathos, die Aggressivität, der Witz, die Überlegenheit, alles. Nicht nur »verstand« ich's, sondern ich war sicher, daß niemand außer mir es verstünde. Ich hatte Karl Kraus entdeckt. Und ich war von meiner Entdeckung so hingerissen, war ihr so völlig verfallen, daß ich von Stund an alle jene, die Karl Kraus nicht gelten lassen wollten, entweder für Dummköpfe oder für Lügner hielt. Erst viele Jahre später merkte ich, daß sie es wirklich waren.

Was dem Gymnasiasten da zustieß, trug – ohne daß ich's wußte – den Teufelskeim der Rechenschaftslosigkeit in sich und den Ansatz zu einer Persönlichkeitsberaubung, gegen die sich die Ansätze der eigenen Kreativität nur durch völlige Unterordnung behaupten konnten. Ich dachte und urteilte, aber meine Gedanken und Urteile waren von Karl Kraus vorgeprägt. Und als ich dann selbst zu schreiben begann, noch im Gymnasium, konnte ich nur so schreiben, wie meiner Vorstellung nach *er* über das betreffende Thema schreiben würde, ob es sich nun um ein Schulproblem handelte, um einen Theaterbesuch, um einen Justizirrtum oder um eine Vorlesung von Karl Kraus. Die Hoffnung, eines Tags seine Aufmerksamkeit zu erregen oder ihn vielleicht gar persönlich kennenzulernen, schien mir so vermessen, daß ich sie nur den intimsten Freunden gegenüber zu äußern wagte.

Im Frühjahr 1930 ist sie dem Einundzwanzigjährigen in Erfüllung gegangen. Ich war, glaube ich, der letzte junge Schriftsteller, den Karl Kraus noch an sich herangelassen hat. Wie ich hinterher erfuhr, tat er das erst nach langen, gründlichen Erkundigungen bei gemeinsamen Wiener und Prager Freunden. Offenbar wollte er sich keiner jener Enttäuschungen mehr aussetzen, die ihm zumal von jugendlichen Verehrern so oft im Leben bereitet worden waren, und offenbar hatte ihn das Ergebnis der Ballotage befriedigt. Auch an einigen meiner literaturkritischen Versuche hatte er Gefallen gefunden, und über meinen kurz zuvor erschienenen Erstlingsroman, den »Schüler Gerber«, wollte er gleich zur Begrüßung »sehr viel Gutes« gehört haben. All das erleichterte es mir, meine Befangenheit halbwegs zu überwinden. Daß ich damals auch schon mit anderen »Prominenten« in persönlichem Umgang stand, fiel bei der Begegnung mit Karl Kraus, meinem Abgott von Jugendtagen her, kaum ins Gewicht.

Hätte ich meinen ersten Eindruck auf eine Formel zu bringen, dann wäre es die einigermaßen widersprüchliche, daß er persönlich genau so war, wie ich ihn mir auf Grund seiner öffentlichen Erscheinung vorgestellt hatte – und zugleich ganz anders. Erst nach und nach erwies sich, daß der scheinbare Widerspruch nicht in ihm beschlossen lag, sondern in mir, in meinen unzulänglichen und naiven Vorstellungen, die nun von ihm richtiggestellt wurden. Das ergab sich keineswegs lehrhaft oder vorsätzlich, sondern von selbst und selbstverständlich. Da war nichts von jenem stelzbeinigen Präzeptorentum, das seiner in Eigenerzeugung geschaffenen Gloriole zu entsprechen strebt. Da wurde keine Bedeutungspose angenommen und keine Druckreife verausgabt. Und gerade darum (nicht trotzdem) blieb es in jeder Phase des Beisammenseins, blieb es in jeder Sekunde außer Zweifel, daß da ein Bedeutender saß und eine geistige Instanz, in jeder Sekunde.

Natürlich hatte er seine Tabus, hatte Vorlieben und besonders Abneigungen, über die er keine Diskussion zuließ, Ansichten von solcher Unbedingtheit, daß Widerspruch schlimmer als sinnlos gewesen wäre, nämlich unhöflich. Aber in vielen anderen Fragen, auf deren Beantwortung man ihn ebenso festgelegt glaubte, forderte er zum Widerspruch heraus, und mochte die Diskussion dann noch so einseitig werden, mochte schließlich nur er selbst noch sprechen: es war immerhin er, und das war immerhin etwas. Wenn Karl Kraus auf sich einsprach, wies das mehr Elemente einer echten Diskussion auf, als wenn zwei andere aneinander vorbeiredeten.

Aber es gab auch wirkliche Diskussionen, wirkliche Wechselreden zum Zweck des Meinungsaustausches. Es gab sie – denn für ihn, den ins Theater Verliebten, den heimlichen Schauspieler, waren zwei Zuhörer bereits Publikum –, es gab sie im Alleinsein mit ihm. Unter vier Augen durfte man ihm alles sagen, durfte alles in Frage stellen und in Zweifel ziehen, und durfte sicher sein, daß er's gut und richtig aufnehmen würde, mit einer fast schon beschämenden Nachsicht und Konzessionsbereitschaft. Wenn's allerdings zum Wesentlichen kam, ließ er sich nichts abhandeln.

Einmal, auf sein dringliches Befragen, ob mir etwas am Herzen läge (was tatsächlich der Fall war und was er sofort gespürt hatte), verfiel ich in heftiges Wehklagen über die Nutzlosigkeit meiner literarischen Bemühungen, über die Wirkungslosigkeit jeglicher Belletristik, und wie sehr mich das deprimierte, und ob ich's nicht besser bleibenlassen sollte. Karl Kraus hörte sich mein Lamento geduldig an, versuchte mich zu überzeugen, daß es doch immer auf die »Erfüllung des eigenen Auftrags« ankäme, argumentierte – als hätte ich nie eine Zeile von ihm gelesen – mit der Verantwortung des Schriftstellers vor der Sprache, mit der Wechselbeziehung zwischen sprachlicher und geistiger Sauberkeit, mit allem was gut und teuer war. Ich beharrte auf meiner Verzweiflung:

»Aber verstehen Sie doch, Herr Kraus – ich möchte ein *nützliches* Buch schreiben!«

Kraus, nach einigen Sekunden vorgetäuschten Sinnierens:

»Wissen Sie was? Schreiben Sie ein Telephonbuch!«

»Wie alt sind Sie eigentlich?« fragte er mich einmal.

»Dreiundzwanzig«, antwortete ich, der damaligen Wahrheit gemäß.

»Dreiundzwanzig«, wiederholte er ungläubig. »So jung war ich nicht einmal mit vierzehn.«

Begreiflicherweise erinnere ich mich besonders gern an die Anlässe, die mir sein ausdrückliches Lob eintrugen. Eine dieser Erinnerungen bedarf einer Vorgeschichte.

Ein aus Budapest zugewanderter Revolverjournalist, im Vergleich zu seinen kümmerlichen Nachfahren ein Edelbrigant von nahezu Offenbachscher Prägung, hatte in Wien jahrelang sein erpresserisches Unwesen getrieben, ehe er von Karl Kraus nach nimmermüdem Kampf (»Hinaus aus Wien mit dem Schuft!«) verjagt wurde. Kraus hatte diesen Kampf allein geführt und gewonnen, ohne die mindeste Unterstützung von Seiten der Behörden oder gar der Presse, die in feigem, komplizenhaftem Schweigen verharrte. Aber kaum war der Mann draußen, stellten die Wiener Zeitungen in triumphierenden Leitartikeln den von Karl Kraus errungenen Erfolg als den ihren dar.

»Ich habe gewußt, daß sie mir den Sieg davontragen werden«, hieß es daraufhin in der nächsten »Fackel«.

Das war eine jener Sprachfinessen, die Karl Kraus mit unvergleichlicher Meisterschaft handhabte und die dem gelehrigen Leser zu jählings beglückenden Einsichten in das Geheimnis der Sprache verhalfen, in die Doppelbödigkeit der Worte und in dieses doppelten Bodens Tragfähigkeit. Der zweifach gültige Sinn war seit je im Wort beschlossen gelegen; aber er mußte erst von einer schöpferischen Hand herausgeschöpft werden. Und in der oben angeführten Wendung erblickte ich (nicht ohne Neid) das Musterbeispiel eines sprachlichen Verfahrens, mit dem sich ausgeleierte, abgestorbene Phrasen von ihrem Ursprung her neu beleben ließen.

Als wir einmal auf dieses Thema zu sprechen kamen, bagatellisierte Karl Kraus, wie es seine Gewohnheit war, die eigene Leistung und schrieb sie durchaus der Sprache zu (die er ja nicht »beherrschen«, sondern der er dienen wollte).

Bald danach hatte ich eine »Macbeth«-Aufführung zu besprechen, deren Bühnenbild, einem gerade in Schwang gekommenen Modernismus huldigend, mit einer einzigen Dekoration auszukommen meinte, so daß beispielsweise der Wald von Dunsinan auf keinem Schlachtfeld, sondern mitten im Schloßhof des schottischen Thans auftauchte. Ich brachte das mit dem sprichwörtlichen Geiz seines Volkes in Zusammenhang und bezeichnete es als »doch wohl allzu schottische Sparmaßnahme, daß die Schlacht direkt ins Haus geliefert wurde«, war also dem »liefern« auf eine ähnliche Doppelspur gekommen wie Karl Kraus dem »davontragen«.

So sehr ich mich sonst hütete, ihm Proben meiner Produktion vorzulegen – diesmal, ein wenig ängstlich und ein wenig stolz, riskierte ich's.

Karl Kraus las und lächelte:

»Sehen Sie. Wenn man brav ist, bekommt man's von der Sprache geschenkt.«

Mitunter waren es Geschenke von zweifelhaftem Wert: ein gedankenlos verwendetes Klischee, eine leerlaufende Floskel, eine unbemerkte Fehlkonstruktion. Nicht etwa, als hätte man im Gespräch mit Karl Kraus besonders »aufpassen« müssen, um sich nur ja bei keinem Fehler erwischen zu lassen. Er besaß ein sehr feines Ohr dafür, ob es sich um eine natürliche Lässigkeit handelte oder um einen Verstoß gegen den Geist der Sprache (den man vielleicht gar nicht als solchen wahrnahm).

Einmal – es geschah noch zur Zeit meiner Aktivität als Sportschwimmer, und ich hatte das abendliche Klubtraining mitgemacht – kam ich verspätet ins »Café Parsifal«, obwohl ich damals die Vergünstigung genoß, daß ich als erster erscheinen und eine gute Stunde mit ihm allein verbringen durfte, ehe der eigentliche »Kreis« sich zusammenfand.

»Wo waren Sie denn?« fragte er mich nach der Begrüßung.

Da ich ihn mit Details des (ihm fremden) Sportbetriebs nicht behelligen wollte, beschränkte ich mich auf die Antwort:

»Ich war schwimmen.«

Karl Kraus zuckte kaum merklich zusammen:

»So? Werden Sie auch morgen schwimmen sein?«

Und jetzt war das Zusammenzucken an mir.

Die rechtens gerügte Schlamperei konnte ich dann wieder dadurch gutmachen, daß ich ihm den (nicht von mir erfundenen) »Satz mit fünf Infinitiven hintereinander« auftischte, die Frage des jüdischen Hausierersohns an seinen Vater:

»Haben müssen gehen lernen schwimmen, Tateleben, die Hausierer bei die Pfahlbauern?«

Es war rührend, wie leicht er sich durch solcherlei erheitern ließ. Überhaupt gab er für sprachliche Spielereien, sofern sie wirklich mit der Sprache zu tun hatten, einen bereitwilligen Zuhörer ab, bereit zum Schmunzeln wie zur Anerkennung. [...]

Heute, bald vierzig Jahre, nachdem ich Karl Kraus zuletzt gesehen habe, erfüllt mich diese Erinnerung mit einer Wehmut, für die es in meinem von wehmütigen Erinnerungen allmählich überfrachteten Gedächtnis kein Gegenstück gibt. Ich möchte sie um keinen Preis missen. Zwar ist manch eine der Beziehungen, die ich seither zu anderen Großen meiner Zeit anknüpfen durfte, zu so inniger Freundschaft gediehen, daß der respektvolle Kontakt, den Karl Kraus mir einige Jahre lang gestattet hat, sich daneben wie eine wohlwollende Duldung ausnimmt. Aber keine einzige von ihnen hat meine Entwicklung nachhaltiger bereichert und beeinflußt als die Beziehung zu Karl Kraus. Er ist (mit allen Abstrichen, die sich aus dieser Entwicklung und aus dem unweigerlichen Ablauf der Zeit ergeben) für mich auch heute noch die Instanz, die er von Anfang an war – und die er so gar nicht hervorkehren mochte. Er war von einer oft und mühelos bestrickenden Liebenswürdigkeit, von einem sonderbar unglatten, fast schon unbeholfenen Charme, und seine ureigene Reaktion auf alle Unbill, die ihn umdrängte, war das Kopfschütteln. Er konnte, weil Zynismus ihm meilenferne lag, nicht eben zwinkern. Aber er konnte schmunzeln. Und er lebte und schuf aus der enormen Spannung zwischen diesem Schmunzeln und einem Höllengelächter, das er schon längst über die Welt hereinbrechen hörte, als wir alle noch glaubten, daß wir Grund zum Lachen hätten.

Briefe, die uns leider erreichten

Karl Kraus: Briefe an Sidonie Nádherný von Borutin

(1974)

Die erste Presse-Resonanz auf die höchst ungewöhnliche, schon durch ihren Umfang und ihr Register weit vom Üblichen entfernte Briefsammlung ist im Abklingen begriffen und hat bestätigt, was sensiblere Kenner des gewaltigen von Karl Kraus geschaffenen Werks a priori befürchtet hatten: daß ihm, dem Werk wie seinem Schöpfer, mit der Publikation dieser Liebesbriefe kein guter Dienst erwiesen wurde.

Extreme Verehrung, extremer Glaube an die Größe eines Mannes und an die Wichtigkeit seines jeglichen Tuns berühren sich unweigerlich – wie's eben die Gewohnheit von Extremen ist – mit dem eigenen Gegenteil.

Wäre die Herausgabe all der Briefe, Karten und Telegramme, die Karl Kraus im Verlauf von 23 Jahren an die Baronin Sidonie Nádherný gerichtet hat, von seinen Feinden und Neidern veranlaßt worden – sie hätten es nicht besser (und ihn nicht tiefer) treffen können, als seine devoten Freunde und zweifellos gutgläubigen Partisanen ihn jetzt getroffen haben.

Das in der Presse-Resonanz mitschwingende Indianerstaunen angesichts der Tatsache, daß der »große Hasser«, der »unerbittliche Kritiker«, auch lieben konnte – oder, wie es in einer Besprechung hieß: »sich je für die Liebe Zeit genommen hat« –, mag noch auf simple Ahnungslosigkeit vor dem

Phänomen Karl Kraus, ja schlechthin vor dem Phänomen Mensch zurückgehen und bezeugt eine Geistesverfassung, die folgerichtig vermuten müßte, daß etwa Albert Einstein immer mit der Logarithmentafel ins Bett gegangen sei. So weit, so komisch.

Aber die triumphale Genugtuung darüber, daß »diese Korrespondenz den gallebitteren, melancholischen Satiriker auf die Erde zurückholt« (weil er doch sonst, melancholisch wie er war, in den Wolken zu schweben pflegte) oder daß sie ihn »als ungeduldigen, eifernden, galanten Liebhaber ältester Bauart« offenbare (weil Liebe bekanntlich in Bauarten eingeteilt wird); das schmatzende Behagen, mit dem die allerpersönlichsten Anrufe der Sehnsucht, der Hingabe, der Leidenschaft aus dem Kontext gerissen und dem »selbsternannten Kultur-, Sprach- und Sittenrichter« hämisch vorgehalten werden: Dies und dergleichen ist ungleich schlimmer als jene Ahnungslosigkeit. Und was das Schlimmste ist: Es war vorauszusehen und war zu verhindern.

Wie? Die Welt hat ein Recht, zu erfahren ...? Einen Schmarren hat sie. Die von der Herausgeberschaft beigebrachten Hinweise, daß Karl Kraus mit einer späteren Veröffentlichung der Briefe einverstanden gewesen wäre, sind weder schlüssig noch zwingend, denn Einverständnis stellt noch keinen Auftrag dar. Und selbst über einen Auftrag hätte man sich hinwegsetzen dürfen, in die entgegengesetzte jener Richtung, in die sich Max Brod über den Auftrag Franz Kafkas, sein hinterlassenes Werk zu vernichten, hinweggesetzt hat. Die Nichtveröffentlichung dieses Werks hätte eine schmerzliche Einbuße für die Welt bedeutet. Die Veröffentlichung der Liebesbriefe von Karl Kraus bedeutet eine schmerzliche Einbuße für Karl Kraus. »Nie hatte ich einen edleren Versteher als Dich«, schreibt er in einem dieser Briefe. Nie hatte er grausamere Mißversteher als die für ihr Erscheinen Verantwortlichen.

»Du, Sidi, mir ist so bang...«, heißt es in einem andren Brief. Die Arglosigkeit, mit der sich ein liebender Mensch hier bloßlegt, war einem andren liebenden Menschen anvertraut und niemandem sonst. Man wird, wenn man arglos liest, von solchen Stellen bis zum Heulen gerührt sein; und bis zum Heulen wütend bei dem Gedanken, wer solche Stellen fortan beglotzen, begutachten, bekritteln darf.

Liebende haben ihre eigene Terminologie, wer wüßte das nicht. Sie verleiht den banalsten Worten originäre Bedeutung, stattet sie mit geheimen Zärtlichkeiten aus, die nur den beiden Liebenden inne und von ihnen nur füreinander bestimmt sind, sie bildet einen Teil des Schutzwalls, den sie um ihre eigene Welt errichtet haben. Wie sehr es eine eigene Welt war, wird in diesen Briefen oft und ausdrücklich gesagt. Und wie sehr diese eigene Welt sich durch Andeutungen und Anspielungen, durch Abkürzungen und Verschlüsselungen gegen den Zutritt Unbefugter, also gegen die Außenwelt, absichern wollte, ginge sogar ohne Lektüre der Briefe schon aus dem Umfang des Registerbandes hervor: 439 Seiten Erläuterungen zu 687 Seiten Text.

Zu »rezensieren« wäre allenfalls der Registerband – und leider mit keinem sonderlich positiven Ergebnis. Bei allem Respekt für die imposante Arbeitsleistung und die ungeheure Mühe, die hier aufgewendet wurde: Die Sorgfalt hat mit ihr nicht immer Schritt gehalten. Man stößt auf irrige oder unzulängliche Interpretationen, auf falsche Daten, auf falsche Zitate gar. Die Überfülle des Materials hat Fehlgriffe gewiß unvermeidlich gemacht. Aber so manches hätte sich durch Anfrage bei besser informierten Stellen – über deren Vorhandensein die Herausgeberschaft offenbar nicht informiert war – ins rechte Lot bringen lassen, und so manches, was die Erläuterungen als »nicht ermittelt« klassifizieren, wäre sehr wohl zu ermitteln gewesen. Mit den Details werden sich Philologen und Kraus-Forscher befassen – einer von ihnen, in London, hat sich bereits dazu angeschickt.

Dem Rezensenten bleibt hier nur die Feststellung übrig, daß es an dem Briefband als solchem nichts zu rezensieren gibt. Lesern, die sich durch diese Nichtrezension vielleicht genasführt fühlen könnten, sei zum Ersatz mit ein paar sozusagen technischen Angaben aufgewartet:

Der Briefband umfaßt insgesamt 1065 Schriftstücke, manche bestehen nur aus wenigen Zeilen, manche nur aus wenigen Worten, ein Brief aus dem Jahr 1914 enthält nur ein Fragezeichen, ebenso ein Brief aus dem Jahr 1916. Zur Zeit, da sie einander kennenlernten, war Karl Kraus 39 und Sidonie Nádherný von Borutin 28 Jahre alt. Das erste der wiedergegebenen Dokumente ist ein Telegramm vom 15. September 1913, das letzte ein Brief vom 15./16. Mai 1936 (wenige Wochen vor dem Tod des Schreibers). Die Anrede »Du« scheint erstmals in einem neun Zeilen langen Brief vom 21. Dezember 1913 auf. (»Ich bin von Deinem Fieber geschüttelt. Liebste!«) Der erste halbwegs ausführliche Brief – aber auch er dürfte in der winzigen Handschrift von Karl Kraus kaum länger als eine Seite gewesen sein – stammt von Mitte März 1914. Das späterhin gelegentlich verwendete »Sie«, gekoppelt mit Anreden wie »Hochverehrte Baronin«, ist vermutlich als freundliche Ironie gemeint; keinesfalls drückt es eine Spannung oder gar Entfremdung aus. Das distanzierende »man«, eine in Adelskreisen nicht ungebräuchliche Form der indirekten Anrede oder Bezugnahme, könnte von Baronin Nádherný in die Korrespondenz eingeführt worden sein; zwei der seltenen Stellen, die Karl Kraus aus ihren Gegenbriefen zitiert, lassen diese Vermutung zu. Die Dokumentation des Jahres 1918 besteht größtenteils – bis zum Mai ausschließlich – aus Telegrammen. 1922, nach mehr als 500 Seiten und 745 Schriftstücken, fehlt erstmals eine Anrede am Briefbeginn; dabei bleibt es – mit zwei Ausnahmen – bis 1936, bis zum letzten Brief.

Und bis zum letzten Brief behält Karl Kraus die um 1900 abgeschaffte »Th«-Schreibung bei, auf die er im Druck verzichten mußte. Deutlicher hätte er die private Welt dieser Liebesbeziehung von der Welt seines öffentlichen Wirkens nicht scheiden können.

Nur sehr sporadisch kommt er auf die Arbeit zu sprechen, die ihn gerade beschäftigt, auf deren Anlässe und Ursachen, auf Zeitereignisse. Die Veröffentlichung einer behutsamen Auswahl aus diesen sehr wenigen Briefen wäre zu rechtfertigen gewesen. Für fast alle anderen, für gut 1000 der 1065 Dokumente, gilt das in keiner Weise. Sie gehören nicht zu seinem Werk. Sie gehören seiner Person. Ihre Veröffentlichung ist ein Einbruch in die Privatsphäre eines Menschen, der sein Leben lang gegen solche Einbrüche und gegen die Übermacht der Einbrecher gekämpft hat. Jetzt, im Jahr der hundertsten Wiederkehr seines Geburtstags, hat er den Kampf verloren.

Der Zerrissene
oder
Nestroy an der Sahnefront

(1959)

»Es herrscht eine allgemeine Bestürzung unter den Gästen.«
(Stifler im 1. Akt zu Lips)

Leider herrscht sie nicht. Es herrscht vielmehr ein allgemeiner Jubel. Die Neuinszenierung des »Zerrissenen« gehört zu den wenigen Erfolgen dieser betrüblichen Saison. Und das ist das Betrüblichste an der Sache.

Die ersten Anzeichen des kommenden Trübsals traten schon während der Introduktionsmusik auf. Aus dem kleinen, von Alexander Steinbrecher geleiteten Orchester wurden nämlich ganz deutliche Spinettklänge vernehmbar – und ein Spinett paßt zu Nestroy wie eine Hirtenflöte zu Armin Berg. Doch vergewisserte man sich durch einen raschen Blick ins Programmheft, daß für diese Stillosigkeit nicht Meister Steinbrecher verantwortlich war, der nur die musikalische Leitung innehatte. Verantwortlich war der Komponist Kurt Heuser aus Berlin, wo sie zwischen Barock und Biedermeier nicht so pedantisch unterscheiden. Er war, wie sich allmählich klären sollte, noch für ganz andre Dinge verantwortlich. Warum er überhaupt herangezogen wurde, blieb freilich ungeklärt. Wenn schon der Müller im Archiv nicht gut genug ist: der Steinbrecher im Haus hätte den Heuser ersparen müssen. Aber an unseren Bundestheatern wird bekanntlich nicht gespart, und so bekam man denn, nachdem sich zu hartnäckiger Spinettbegleitung der Vorhang gehoben hatte, noch einen Zwischenvorhang zu sehen, gar kunstgewerblich bemalt von der trefflichen Demoiselle Kniepert, die uns schon viele anmutige Ausstattungseffekte beschert hat und deren Kostüme auch diesmal zu den Erquicklichkeiten des Abends gehörten. Ihre Bühnenbilder taten das nicht. Und der Zwischenvorhang auch nicht.

War schon dieser Beginn dubios genug, so stand bald darauf unzweifelhaft fest, woran man war. Denn bald darauf erschien der Herr von Lips, um sein Auftrittscouplet vom »fürchterlichen G'fühl« zu singen, »wenn man selbst nicht weiß, was man will«. Und man wußte es doch ganz genau: man wollte das Auftrittscouplet des Herrn von Lips hören, das, welches mit den wohlvertrauten und vielgeliebten Zeilen anhebt:

»Ich hab' vierzehn Anzüg', teils licht und teils dunkel,
Die Frack' und die Pantalon, alles von Gunkel ...«

Was aber sang der Herr von Lips?

»Ich hab' vierzehn Anzüg', alle von Kniže,
Zieh' s' einmal nur an und schon kauf' ich mir frische«

sang der Herr von Lips. Geh' der Herr von Lips! Daß ihm das nicht bis in die Darm' hinein wehtut! Daß er keine Kongestionen kriegt von diesem qualvollen Unreim! Ganz abgesehen davon, daß man sich vielleicht frische Eier kaufen kann, aber keine frischen Anzüge. Und daß es den Kniže damals noch nicht gegeben hat. Auch wenn er damals schon im Handelsregister eingetragen war (was von angeblich zuständiger Seite tatsächlich als Argument vorgebracht wurde): es hat ihn noch nicht gegeben. Und was wäre das überhaupt für ein Argument? Traut man dem heutigen Publikum nicht soviel Phantasie zu, einen Lieferanten von Anzügen, Fräcken und Pantalons als Schneider zu durchschauen? Muß man ihm auch noch einen heutigen Namen dazuliefern? Da wäre es fast besser, den Schneider gar nicht zu nennen:

»Ich hab' vierzehn Anzüg' vom teuersten Schneider,
Ich weiß gar nicht mehr, wohin mit die Kleider«

hieß es einmal in einer Lindtberg-Inszenierung am Zürcher Schauspielhaus, und das ließ sich immerhin hören, das mochte, in Zürich zumal, als durchaus gangbarer und respektvoller Ausweg gelten. In Wien haben die Frack' und die Pantalon von Gunkel zu sein, weil der Gunkel von Nestroy ist. Stillose Modernisierungen im Text und stilloses Zeitkolorit in der Musik – ein Kniže auf der Bühne und ein Spinett im Orchester –: meiner Seel, 's is a fürchterlich's G'fühl.

Daß es von einem urwienerischen Regisseur wie Rudolf Steinboeck verursacht und von einem urwienerischen Schauspieler wie Josef Meinrad vermittelt wurde, machte es noch fürchterlicher. Und es fand immer neue Nahrung. Da waren zum Beispiel die Liegenschaften des Herrn von Lips nicht »assekuriert« sondern »versichert« und Herrn Wixers Anhänglichkeit nicht »prätendiert« sondern »vorgespielt« – alles mit der (späterhin aufgetauchten) Begründung, daß insbesondere der jüngere Teil des Publikums die Fremdwörter vielleicht unverständlich fände.* Aus dieser Rücksichtnahme

* Hier eröffnen sich ungeahnte Perspektiven bzw. räumliche Ausblicke, die bis zu unseren höchsten literarischen bzw. schrifttümlichen Gipfeln reichen. Wenn die beherzten Spielführer so weitermachen (und sie *machen* so weiter), werden wir demnächst von Faust zu hören bekommen, daß er, ach und u. a. Rechtswissenschaft und Heilkunde durchaus gelernt hat mit heißem Bemühn, und folgerichtig wird er dann nicht mehr die einzige Phiole grüßen, sondern den einzigen langhalsigen, flaschenartigen Behälter. Grau, teurer Freund, ist alle reine Erkenntnis ohne Rücksicht auf Anwendbarkeit (Keyser-Kienle, Fremdwörterlexikon, S. 408: »Theorie«).

auf eine Jugend, deren Bildungslücken somit vom Theater nicht mehr beseitigt sondern gehätschelt werden, blieb es dem Schlosser Gluthammer verwehrt, sich bei der Erzählung seiner mißglückten Geschäfts- und Liebesabenteuer als gewesene Marchandemode zu bezeichnen. Nein, eine »Putzmacherin« war er, sechs- oder sieben erbarmungslose Male. Die »Marchand'mode«, die schon an sich eine Pointe ist (ähnlich wie die Wendung »alles von Gunkel« schon an sich ein Zitat), wurde glatt umgebracht, Gluthammers Aufschrei: »Oh, ich war auch Marchand'mode!« glatt gestrichen. Das heißt: glattgestrichen, also der Nuancenlosigkeit einer heutigen Hörerschaft und einer heutigen Regie angeglättet. Dabei stand als Gluthammer Hugo Gottschlich auf der Bühne, und seine dämonische Verraunztheit hätte aus den beiden langgezogenen »O« des originalen Klagerufs wahre Katarakte von Tragik herausgeplärrt. Man muß sich nur vorstellen, wie das bei ihm geklungen hätte: »Oh, ich war auch Marchand'mode!« Man muß es sich vorstellen. Und das kann doch wohl der Zweck einer Nestroy-Vorstellung nicht sein: daß man sich den echten Nestroy vorstellen muß, statt ihn vorgestellt zu bekommen.

Doch hielt sich dies alles, wie nestroywidrig es schon war, immer noch in den Grenzen einer Nestroywidrigkeit heimischer Prägung, die sozusagen ein Hundertguldenkraut verausgabte, wo die Tausender nur so herumlagen. Der Einbruch in diese Grenzen, die wirkliche Grenzüberschreitung, erfolgte im dritten Akt und ging ins Mark, war ein Deutscher-Mark-Einbruch von ruinösen Folgen.

Im dritten Akt hat Herr von Lips ein Couplet zu singen, sein Couplet, geradezu das Schlüsselcouplet des Zerrissenen, in dem er sich mit dem fürchterlichen G'fühl der Zerrissenheit und mit seiner ganzen, aus der Art geschlagenen Existenz abfindet: »So gibt es halt allerhand Leut' auf der Welt!« Dieses Couplet war gestrichen – vielleicht wollten seine organischen Funktionen dem Regisseur nicht einleuchten, vielleicht hat sich kein Reim auf Humhal gefunden, wer weiß. Jedenfalls hörte man statt dessen ein andres, für den »Zerrissenen« in keiner Weise typisches Couplet aus der Posse »Alles will den Propheten sehen«, in die es seinerseits organisch hineingehört, denn es macht sich über die Billigkeit nachträglicher Prophezeiungen lustig. Gleichviel: es ist ein gutes Couplet und man hätte sich's unter Umständen auch im »Zerrissenen« gefallen lassen, mit dem es nichts zu tun hat. Da aber geschah's. Die Refrainzeile, nachstehend in der Schreibweise der kritisch-historischen Gesamtausgabe wiedergegeben (aus der überdies hervorgeht, daß es sich um eine kurze, dreihebige Zeile handelt):

»Hint'nach is a jed'r a Prophet«

– diese Zeile lautete im Akademietheater zu Wien:

»Hinterher ist ein jeder ein Prophet«

und damit wir's nur ja nicht überhören, wurde uns das unsägliche »Hinterher« gleich dreimal ins Ohr gesplittert:

»Hinterher ist ein jeder,
Hinterher ist ein jeder,
Hinterher ist ein jeder ein Prophet.«

An dieser Stelle bliesen die Hohenfriedberger Trompeten endgültige Retraite von Nestroy und bliesen ihn zu Grabe. Denn weder er selbst noch irgendein Wiener, irgendein Österreicher hat jemals im Leben »hinterher« gesagt, so wenig, wie ein Berliner oder ein Preuße jemals »hintennach« sagen würde. Daß der Berliner Komponist Kurt Heuser mit diesem Wort nichts anzufangen wußte, ist also ganz in Ordnung. Und da sein kompositorischer Einfall ungefähr entlang des Schimmels »Hüoho, alter Schimmel, hüoho« einherlief, verwandelte sich das ihm völlig fremdartige »hint'nach« von selbst in das ihm geläufige »hinterher«, das wiederum uns völlig fremdartig ist.

Nun, darauf muß man in Berlin, oder in einer sonstwo deutschen Aufführung, vielleicht keine Rücksicht nehmen. Aber in Wien?

Auch in Wien nicht, wie sich zeigt. Auch an Österreichs repräsentativem Theater nicht. Ein preußischer Komponist schaltet mit Nestroytexten nach seinem eigenen sprachlichen Gutdünken, ein Wiener Regisseur ist damit einverstanden, ein Wiener Schauspieler singt's und ein Wiener Publikum, dessen Gehör von Sahne und Tomate, von Hauswart und Anschrift hoffnungslos korrumpiert ist, hört es und merkt nichts mehr, hört es und jubelt. Und die Wiener Kritik rühmt der Aufführung auch noch besondere Originaltreue nach.

In Wahrheit besteht die ganze Originaltreue darin, daß auf dem Programmzettel kein Bearbeiter angegeben ist. In Wahrheit liegt hier die schmählichste Niederlage vor, die Österreich bisher an der Sahnefront erlitten hat. In Wahrheit wirkt, was man hier zu sehen bekommt, wie eine durchschnittliche Wiener Posse, inszeniert im Hinblick auf eine baldige Deutschland-Tournée. Sehr lustig, gewiß, und mit erstklassigen Kräften, kein Zweifel. Herrn Meinrads Bühnenpersönlichkeit wird sich auch in einer danebengeratenen Gestaltung durchsetzen, Frau Seidler legt als Madame Schleyer ein Solo exquisitester Komik hin, der jungen Christiane Hörbiger glückte eine überraschend zulängliche Kathi, und nebst Herrn Gottschlich spielt auch noch Herr Böheim ganz echten Nestroy. Aber für eine Burgtheater-Inszenierung dieses hintergründigen, vielschichtigen »Zerrissenen« ist das alles ein bißchen zu wenig. Oder, um Nestroy selbst zu Wort kommen zu lassen: Det iss jerade so, als ob man 'nem Walfisch 'ne Bulette zu futtern jibt.

Offener Brief an einen preußischen Grammatiker

Betr. »ö.« und »r. d.«

(1948)

Sehr geehrter Herr!

In einer kürzlich an ein hiesiges Wochenblatt* gerichteten Zuschrift beschäftigen Sie sich mit einem vom österreichischen Unterrichtsministerium geplanten Wörterbuch, das an Stelle des Duden eingeführt werden soll und das bestimmte preußische Sprachgebräuche, laut Duden die einzig richtigen, nicht länger gelten lassen will; vielmehr wird es sie durch ein eingeklammertes »r. d.« als reichsdeutsche Abweichungen kenntlich machen und sie damit auf jene bedingte Zulässigkeit reduzieren, die der Duden vermittels eines eingeklammerten »ö.« den in Österreich üblichen Formen bewilligt.

Über diesen Akt, der die Eigenwüchsigkeit Österreichs nun auch im Sprachlichen zu legitimieren plant, läßt sich ganz gewiß diskutieren – aber ganz gewiß nicht mit Ihnen. Denn Ihnen, sehr geehrter Herr, geht dieser Akt dergestalt wider die preußische Natur, daß Sie ihn glattweg als »unverschämt« bezeichnen, wobei zu vermuten ist, daß Sie das nicht ö., sondern r. d. aussprechen, also nicht »*un*verschämt« sagen, sondern »unver*schämt*«.

* »Aufbau«, New York

Auch sonst ist man bei der Lektüre Ihres »Offenen Briefes« vielfach auf Vermutungen angewiesen. Man merkt zum Beispiel nicht sogleich, daß die »tiefe Genugtuung«, mit der Sie die Schaffung eines österreichischen Wörterbuchs eingangs begrüßen, von Ihnen als Witz respektive Scherz gemeint ist, ja wohl gar als Ironie. Erst wenn Sie im weiteren Verlauf Ihres Briefes von einer »schmählichen Bevormundung des österreichischen Schrifttums durch Lessing« sprechen oder wenn Sie »gehört« haben wollen, daß das österreichische Unterrichtsministerium »bereits eine amtliche Übersetzung der Werke Hölderlins, Kants und Thomas Manns ins Österreichische« beschlossen hätte, wird der Leser allmählich des sonnigen preußischen Humors gewahr, der Ihre gesamten Ausführungen überglänzt wie ein Hosenboden das Gesäß. Ob hingegen Ihre »Hoffnung«, daß künftig »die österreichischen Staatsmänner sich nicht wie bisher im Jodeln« ausdrücken würden, noch eine Ironie darstellt oder schon eine Unverschämtheit, ist nicht mehr ganz klar. Es ist beinahe so unklar wie der folgende Satz aus Ihrem Brief:

Als Berliner und Preuße, der seine Emigration immer vor allem als Refugium der deutschen Sprache aufgefaßt hat, nun in Verteidigung der Vorzüge des Deutschen die erwarteten »sachlichen und scharfen Argumente« zu liefern, muß ich mir, übermannt von der Freude des Aufatmens über eine klare linguistische Separation, freilich versagen.

Ich meinerseits, übermannt von der Freude des Aufatmens, daß dieser Satz zu Ende gegangen ist, muß mir freilich versagen, ihm auf den Grund zu kommen. Mit Sicherheit entnehme ich ihm nur, daß Sie Berliner und Preuße sind – ein Einbekenntnis, dessen bewundernswerter Freimut an jenen Zugspassagier gemahnt, dem sein Coupégefährte am Schluß einer angeregt verlaufenen Reise das Geständnis macht, daß er Jude sei, und der darauf mit den Worten reagiert: »Vertrauen gegen Vertrauen – *ich* hab' einen Buckel.«

Sie also, sehr geehrter Herr, sind Berliner und Preuße, und sind infolgedessen unbedingt und unter allen Umständen, ja geradezu immer vor allem, für das preußische Partizip, in welchem man nicht gestanden, gesessen oder gelegen *ist*, sondern gestanden, gesessen oder gelegen *hat*. Ich weiß sehr wohl, daß diese Formen in Berlin üblich sind, denn ich war seinerzeit oft genug dort – nicht, wie Sie sagen würden, »da«, denn wenn ein Österreicher »da« sagt, meint er »hier«, nicht »dort«; und ich möchte auch ganz gern wieder einmal hinkommen – nicht, wie Sie sagen würden, »vorbei«, denn wenn ein Österreicher »vorbeikommen« sagt, meint er »vorübergehen«, und das mit Recht, besonders im Falle Berlins. Indessen, und wie immer dem sei, würde weder ich noch sonst ein vom Duden-Haß Besessener Ihnen, sehr geehrter Herr, verwehren, irgendwo gelegen, gesessen oder gestanden zu haben, und wenn Ihnen das einen sprachlichen Vorsprung vor mir einräumt, so werde ich schon deshalb nicht versuchen, Sie einzuholen, weil »einholen« bei Ihnen doch etwas ganz andres bedeutet, und weil Sie dann vielleicht glauben würden, daß ich Sie einkaufen will, und das will ich nicht.

Wir könnten uns also getrost voneinander verabschieden und könnten einander laufen lassen (wobei Sie unter »laufen« abermals etwas andres verstünden als ich, nämlich »gehen«), wären Sie nur nicht so unvorsichtig gewesen, zur Festigung eines Standpunktes, auf dem Sie ja schließlich seit jeher gestanden haben, einige Autoren heranzuziehen, an deren Zeugenschaft Ihnen, als Berliner und Preußen, selbst dann nichts gelegen haben sollte, wenn diese Autoren mit Ihnen auf einer Sprachschulbank gesessen *hätten* und nicht, als Wiener und Österreicher, auf ihrer eigenen gesessen *wären*.

Sie berufen sich – und das, sehr geehrter Herr, hätten Sie

nicht tun sollen – auf Daniel Spitzer, Karl Kraus und Alfred Polgar; auf Daniel Spitzer, der in den siebziger Jahren des vorigen Jahrhunderts ein Feuilleton über Ihre Geburtsstadt mit dem Satz begann: »Außer ihren 800 000 Einwohnern verfügt die Stadt Berlin über keinerlei Merkwürdigkeiten«; auf Karl Kraus, der sich in der Alternative zwischen Spree und Donau immer noch – um nicht zu sagen: allemal – für die Donau entschieden hat; und auf Alfred Polgar, bei dem selbst Sie sich genötigt finden, von »mehr ironischen Austriazismen« ausdrücklich und nachsichtig »abzusehen«.

Sie berufen sich da, sehr geehrter Herr, auf drei Autoren, in deren gesamtem Werk die Form »gestanden hat« niemals gestanden ist, und ich fürchte, daß kein noch so ironischer Prussianismus Sie davor bewahren wird, gerade in dieser Berufungsinstanz Ihren Prozeß gründlich und endgültig zu verlieren.

Und dann wird hoffentlich Ruh' sein: wenn Sie und die übrigen angriffslustigen Verfechter der preußischen Grammatik vor einem Sprachgerichtshof gestanden sind – und gestanden haben, daß sie nicht Deutsch können.

Plädoyer für den Zwischenraum

(1965)

Gesprochen auf der Tagung der »Deutschen Akademie für Sprache und Dichtung« in Darmstadt, Oktober 1965.

Ich habe Ihnen dafür zu danken, daß Sie mich als Mitglied aufgenommen haben, und ich glaube meinen Dank nicht besser abstatten zu können als dadurch, daß ich die Bedeutung dieser Mitgliedschaft richtig zu verstehen trachte. Mitglied der »Akademie für Sprache und Dichtung« zu sein, bedeutet – wenn ich's richtig verstehe – eine doppelte Verpflichtung, nämlich sowohl der Sprache wie der Dichtung gegenüber; und bedeutet, daß man die eine oder die andre Verpflichtung, oder womöglich beide, schon vorher erfüllt haben muß, sonst wäre man ja nicht als Mitglied aufgenommen worden. Man muß entweder ein guter Dichter sein oder man muß mit der deutschen Sprache gut umzugehen wissen. Jenes entzieht sich der objektiven Feststellbarkeit, dieses erheischt sie. Und damit bin ich schon mittendrin in der Abstattung meines Dankes.

Es war, wie Sie sich denken können, eine große Freude für mich, die Mitteilung des Präsidenten von meiner erfolgten Wahl zum Korrespondierenden Mitglied in Händen zu halten. Ich las den Brief zwei- oder dreimal durch, um diese Freude richtig zu genießen, und machte mich dann sofort an die Lektüre des mit gleicher Post eingelangten Jahrbuchs 1964.

Ich begann am Anfang, mit der Vorbemerkung, und die

Vorbemerkung begann mit den Worten: »Auf Grund einer freundlichen Einladung ...« Das war das erste, was ich las. Eigentlich aber – und vielleicht dürfte ich sogar sagen: recht eigentlich – las ich nicht: »Auf *Grund* einer freundlichen Einladung«, sondern ich las: »*Auf*grund«. Die beiden Worte waren nämlich zusammengeschrieben. Sie bildeten ein einziges Wort, das ich beim Lesen unwillkürlich auf der ersten Silbe betonte, ganz so, als gehörte »aufgrund« zur gleichen Adverbklasse wie »aufrecht« oder »aufwärts«, oder – da es ja großgeschrieben am Anfang des Satzes stand – ganz so, als wäre der Aufgrund ein Gegenstück zum Abgrund: der sich bis dahin nur im Zeitungsdeutsch vor mir aufgetan hatte. Jetzt aber trat er mir im Jahrbuch der »Akademie für Sprache und Dichtung« entgegen, noch dazu als das überhaupt erste Wort, so daß ich beinahe glauben wollte – so *daß*, nicht *so*-daß –, es sei leitmotivisch gemeint und schlage eine Brücke zu einem andern im Jahrbuch behandelten Thema: »Diskussion über die Deutschnote 5 im Abitur«.

Mir ist natürlich klar, daß Sprache sich ändern und erneuern muß, daß Fremdwörter eingedeutscht werden und Eingedeutschtes verfremdet wird, und daß unter den Wandlungen, gegen die man sich weder sperren kann noch sperren soll, bisweilen auch Verkürzungen eintreten mögen, auf durchaus organischem Weg und zu durchaus sinnvollem Ende. Hier jedoch, so scheint mir, handelt sich's nicht um eine Verkürzung, sondern um eine Beschleunigung: die besser wohl den Zeitungen anheimgestellt bleibe, wo der eilige Leser vom eiligen Schreiber zugleich mit dem Atem der Zeit auch die Atemlosigkeit mitgeliefert bekommt und wo sogar der Zwischenraum zwischen zwei Worten unter Druck steht.

Einem der sprachgenialsten deutschen Dichter, Christian Morgenstern, verdanken wir die Geschichte vom Lattenzaun »mit Zwischenraum, hindurchzuschaun«, und vom Architekten, der eines Tages plötzlich dastand – »und nahm den Zwischenraum heraus und baute draus ein großes Haus«. Man soll, heißt das, mit Zwischenräumen nicht leichtfertig umgehen, denn sie sind ausbaufähig. Man soll sie durchschauen und nicht übersehen. Sie verdienen es, daß man sich Zeit für sie nimmt. Sie haben ihren guten Sinn, sie gehören zum Wort, und diese Zusammengehörigkeit erweise sich auch weiterhin an Hand von Trennungen, statt daß *an*hand dessen, was heutzutage alles zusammengeschrieben wird, sich die Trennung vom guten Sinn vollzieht. Sie sind ein Teil des edlen Materials, das wir zu verwalten und mitzuformen haben. Und wenn ich heute, aufgrund Ihrer freundlichen Einladung, als neues Mitglied vor Ihnen stehe, so möchte ich meinen Dank dafür mit einer Bitte abschließen und möchte in der Akademie für Sprache und Dichtung Fürsprache für die Sprache einlegen, damit sie nicht auf Grund läuft.

Zwischen Nestroy und Kafka

Ein Versuch, Herzmanovsky-Orlando zu orten

(1977)

Im Jahre 1928 erschien in einem obskuren Wiener Verlag ein Roman mit dem verwirrenden Titel »Der Gaulschreck im Rosennetz« von Fritz von Herzmanovsky-Orlando – das einzige Buch dieses Autors, das er zu seinen Lebzeiten gedruckt sah. Es hatte keinen Erfolg, wurde alsbald verramscht und blieb von da an verschollen. Als Herzmanovsky 1954 starb, war sein Name nur noch einem kleinen Kreis von literarischen Feinschmeckern bekannt und drohte völlig in Vergessenheit zu geraten.

Heute, da der Geburtstag des am 30. April 1877 in Wien Geborenen sich zum hundertsten Male jährt, hat sein Name nicht nur einen festen Platz in der deutschsprachigen Literatur – er steht repräsentativ für ihre gern als »austriakisch« bezeichnete Sparte und ist in Österreich zu einem in die Alltagssprache eingegangenen Begriff geworden. Bestimmte Bizarrerien, zumal wenn sie sich im Bereich des Amtsschimmels zutragen, bestimmte für Österreich charakteristische Verwicklungen und Groteskituationen werden als »herzmanovskysch« bezeichnet, man zitiert seine Formulierungen, er wurde ins Französische und Italienische übersetzt, in Wien heißt eine Gasse nach ihm, die österreichische Postverwaltung ehrt sein Geburtsjubiläum durch eine Gedenkmarke, und es gibt keine neuere Literaturgeschichte, die ihn nicht ausführlich und rühmend verbuchen würde.

Von alledem hätte sich Herzmanovsky nichts träumen lassen, sowenig wie seine (inzwischen verstorbene) Witwe, als sie mich bald nach seinem Tod mit der Sichtung, Bearbeitung und – wenn möglich – Herausgabe seines literarischen Nachlasses betraute. Auch ich selbst könnte nicht behaupten, etwas dergleichen vorausgesehen zu haben. Mir ging es zunächst nur darum, den üppig wuchernden Dschungel, als der sich die Phantasielandschaft seiner Produktion darbot, so weit zu roden, daß er für das lesende Publikum zugänglich und gangbar wurde. In den Vor- und Nachworten zu der von mir betreuten Edition habe ich über die Abenteuer und Fährnisse dieser Werkbearbeitung alles gesagt, was mir zu sagen nötig schien, und ich möchte mich schon deshalb nicht wiederholen, weil ich heute um einiges mehr zu sagen hätte, vor allem im Hinblick auf den Hochmut der Germanisten, welche bekanntlich der Meinung sind, Literatur entstehe hauptsächlich zwecks Abfassung von Dissertationen. Ohne damit etwas beweisen zu wollen, begnüge ich mich im hier gegebenen Rahmen mit der Feststellung, daß die ursprünglich in vier Bänden erschienene Gesamtausgabe nach mehreren Neuauflagen durch eine zweibändige abgelöst wurde und daß auch die jetzt vorliegende Ausgabe des »Gesamtwerks in einem Band« sich nach wie vor regen Interesses erfreut.

Es ist erst wenige Wochen her, daß ich in dieser Zeitung – aus einem von ihr herbeigeführten Anlaß – einige besonders enthusiastische Kritiken über Herzmanovsky zitieren durfte und dazu einige der erlauchten Namen, die von der Kritikerzunft zum Vergleich mit ihm herangezogen worden sind; ich nenne ihrer zehn, in alphabetischer Reihenfolge: Doderer, Gogol, Hašek, Hofmannsthal, Kafka, Kraus, Musil, Nestroy, Jean Paul, Raimund. Und man darf wohl sagen, daß ein Autor, der so viele und so divergente Vergleiche zuläßt, jedenfalls ein Original sein muß. Hätte ich die beiden Brennpunkte dieser weitgeschwungenen Vergleichs-Ellipse zu fixieren, ich würde – und nicht nur deshalb, weil sie in meinen Augen die Gewichtigsten sind – Nestroy und Kafka nennen.

Nestroy hat die Skurrilität im Alltag entdeckt und daraus ein sozusagen zentripedales Weltbild entwickelt, in dem sich Konflikte und Katastrophen auf die kleinlichsten, primitivsten Ursachen zurückführen lassen, nämlich auf die Unzulänglichkeiten des menschlichen Charakters. Herzmanovsky verfährt umgekehrt: er entdeckt den Alltag in der Skurrilität, findet scheinbar Groteskes völlig normal, scheinbar Verschrobenes völlig selbstverständlich. Mit jener ehernen Logik, die wir bei den großen Clowns kennengelernt haben, etwa bei den 3 Rivels, wenn sie mangels anderen Materials aus ihren eigenen Körpern »eine Brücke, eine Brücke, eine Brücke« bauten, oder bei Grock, wenn er zur Exekution eines Klaviersolos den Konzertflügel an den weit entfernten Drehstuhl heranschob – mit dieser Logik entwickelt Herzmanovsky ein zentrifugales Weltbild, weg von der vordergründigen Wirklichkeit ins hintergründig Surreale, das ihm nicht nur ein Kunstmittel bedeutet, sondern die Über-Wirklichkeit schlechthin, zu der er sich an mystischen Fäden hingezogen fühlt.

Dabei behält er sein Österreich beharrlich und unerbittlich im Auge, wenngleich unter einem anderen Blickwinkel als Nestroy, bei dem es vorwiegend aus Domestiken besteht oder aus emporgekommenen Kleinbürgern, die einander mit »Herr von« anreden. Herzmanovskys Protagonisten gehören zur wirklichen Aristokratie oder mindestens zum Beamtenadel (dem auch er selbst entstammt). Die präzise Zeichnung ihrer Charaktere oder gar ihre psychologische Grundierung beschäftigt ihn nicht lange, da sie ihm ohnehin nur als Vollzugsorgane einer höheren, auf Österreich projizierten Welt- und Machtordnung gelten. Auch die konsequente Führung einer Handlungslinie – sei's auf der Bühne oder im Roman – ist seine Sache nicht, ähnlich wie manche Stücke Nestroys nach einer perfekten Exposition allmählich zerflattern (ohne daß der Substanz dadurch ein Abbruch geschähe).

Am deutlichsten tritt Herzmanovskys Verwandtschaft mit Nestroy in seinen sprachlichen Kurzschlüssen und in der Nomenklatur der handelnden Personen zutage. Wenn die Bahnwärterstochter Nozerl der lästigen Witfrau Gackermeyer, um sie endlich loszuwerden, den Ausfall eines Zugs vortäuscht und ihr barsch empfiehlt: »Gehn S' nach Haus oder wo S' her sind«; wenn sie dem Kaiser Joseph die geplante Einführung einer fünften Wagenklasse erläutert, in der es nicht nur keine Sitzplätze, sondern überhaupt keinen Boden geben würde und die Passagiere mitlaufen müßten, aber »halt doch das Gefühl hätten, daß sie einen Zug benützen«, womit sie der Majestät den Stoßseufzer entlockt: »Mein Gott, auf was die Fachleut' alles draufkommen, wann man sie laßt«, so könnte das ebensogut bei Nestroy stehen.

Überhaupt bewährt sich Herzmanovskys satirischer Zugriff in knappen, treffsicheren Formulierungen. Das »Normaltarockspiel«, nach dem sich die alljährliche Wahl der vier Könige Tarockaniens richtet, wird in einem Panzergewölbe unter Verschluß gehalten, »vergleichbar dem Urmeter zu Paris, dieser Stadt der gockelhaft aufgeblasenen Symbole«. Der Spitalsvorstand Professor Schattenfrosch »legitimiert sich durch intensiven Jodgeruch sogleich als Mann der Wissenschaft«. Ein Höfling, der auf einer Kaffeehausterrasse im Gespräch ein Mitglied des Kaiserhauses erwähnt, »legt den in der Richtung zur Hofburg gelegenen Mundwinkel in servile Falten«. Wien wird von einem erfahrenen Diplomaten »die Mongolendrüse Europas« genannt, »oder besser vielleicht die Orientalenmühle. Halt wo die Völker des Ostens zu Europäern gemahlen werden. Daher eine gewisse Idiosynkrasie gegen alles, was aus dem Westen kommt.« Und Prinz Max von Eschenlohe, eine der markantesten Erscheinungen im »Bordfest am Fliegenden Holländer«, äußert zum gleichen Thema: »Die Leut' glauben immer, Österreich ist ein Gamsbart am Hut. Das ist ganz und gar oberflächlich beurteilt. Wir tragen den Gamsbart innen.« Bei solchen Gelegenheiten bekundet Herzmanovsky eine kritische Schärfe, für die sich weder Nestroy noch Karl Kraus schämen müßten.

Mit den Namen seiner Figuren verfährt Herzmanovsky nicht weniger raffiniert als sein großer Vorgänger. Unter den im »Gaulschreck« auftretenden Hofzwergen, denen sich zum Kartenspiel der einzige noch lebende Hofriese Xaver Baumrucker beigesellt, befindet sich neben Zephises Zumpi auch »der unvergeßliche Krschisch«, der zur Erheiterung eines schwermütigen Habsburgers die böhmische Sprache ersonnen hat. Das »Maskenspiel der Genien« beschert uns die Subalternbeamten Schwenzeltritt und Schleimhascher, in der Oper gastieren die Tenöre Klöhn und Jaulemann, der Münchner Raritätensammler Franz X. Naskrückel berichtet: »Da hab i amal an Kanari g'habt, an gewissen Maxl«, und auf der Adria-Insel Scoglio Pomo suchen drei deutsche Gelehrte namens Grollebier, Fehlwurst und Hühnervogt sommerliche Erholung. (Die Insel wird von der k. u. k. Kriegsmarine aus Versehen für eine Manöverscheibe gehalten und zusammengeschossen.) Ein pensionierter Hofkonzipist, aus Gesundheitsgründen in das milde Klima Tarockaniens verzogen, heißt Philipp Bogumil Hahn Edler von Hennensieg, ein Sektionsrat der Böhmischen Hofkanzlei stellt sich als Stojaspal von Standschlaf vor, und selbst um die Namen, die zum Beruf oder Status ihrer Träger in keiner offenbaren Beziehung stehen, schwebt eine schwer zu definierende Aura.

Aber da ist, wie so oft bei vermeintlichen Erfindungen Herzmanovskys, schon wieder Vorsicht geboten. Eines meiner ersten Gespräche mit ihm, um 1930, am Beginn unserer

Bekanntschaft, war mir eine gute Lehre. Die Rede kam auf eine Stelle des »Gaulschreck«, wo ein im kaiserlichen Hofhengstendepot beschäftigter Ahnenprobenexaminatorstellvertreter II. Cl. während eines Nickerchens im Sorgenstuhl seines Arbeitszimmers von einem Hufschlag hinweggerafft wird; seiner kummerbeladenen Witwe – so heißt es dann weiter – verbleiben außer einer kargen Pension »18 Blatt gerahmter Kupferstiche: ›Die berühmtesten Beschälhengste des k. Gestütes zu Lipizza‹, wackere Arbeiten eines gewissen Blasius Hampfelmayer«.

Ich hatte die Stelle (zu Herzmanovskys sichtlicher Freude) wörtlich zitiert und hatte hinzugefügt, daß mir das alles einleuchtete – nur eines verstünde ich nicht:

»Warum heißt der Kupferstecher Blasius Hampfelmayer?«

Herzmanovsky sah mich aus wasserblauen Augen verständnislos an:

»Weil er so geheißen hat«, antwortete er. Und brachte am nächsten Tag aus dem Archiv der ehemaligen Hofstallungen einige dieser Kupferstiche (nicht alle 18) angeschleppt. Sie stammten von Blasius Hampfelmayer. [...]

Liegen schon die von Herzmanovsky aufgegriffenen Exzesse der Wirklichkeit weit jenseits dessen, was in seinem Œuvre an Nestroy gemahnen mag, so gilt das erst recht für ein Rand- und Grenzgebiet seiner Phantasie, wo unglaubhafte Realität und surreale Glaubhaftigkeit zu Sachverhalten verschwimmen, deren Leuchtkraft nur noch von ihrer Komik übertroffen wird und vice versa. Da erfährt man aus einer zum Verzweifeln einprägsamen Schilderung Venedigs, daß dort selbst Eingeborene sehr oft den Weg nach Hause nicht finden, aus falscher Scham auch nicht danach fragen und lieber wehklagend vor Madonnenbildern niedersinken, um mit feierlichen Gelübden ihre Heimführung herbeizuflehen. »Damit dürfte auch das auffallend rege Straßenleben der im Grunde nur wenig bevölkerten Stadt endlich eine Erklärung gefunden haben: es kommt von den vielen Verirrten.« Da wird von internationalen Eisenbahnzügen berichtet, die »im Innern Österreichs schon nach kurzer Frist spurlos versickern, nachdem sie irgendwann auf der Strecke durch einen rätselhaften Abschuppungsprozeß den Speisewagen verloren haben«. Da begegnet Cyriak von Pizzicolli im finsteren Waldgelände Tarockaniens einer Gruppe von Verschwörern, deren Oberhaupt (namens Quarrengrüller) auf die Segnungen der Zivilisation nicht gänzlich verzichten will und ein zusammenlegbares Wasserklosett mit sich führt, das sich mühelos an jeden Wasserfall anschließen läßt. Da wird Cyriak in eine tarockanische Irrenanstalt eingeliefert, »in einen Saal mit vielen weißen Betten, in denen angegurtete Sänger lagen; ein großes Fragezeichen auf der Tafel über dem Kopfende seines Bettes belehrte ihn über seine Person«. Vollends was er dort erlebt und wie er befreit wird (nämlich durch ein irrtümlich in den Akteneinlauf der Irrenanstalt geratenes Begnadigungsdekret für mittlere und leichte Verbrecher) – das alles rechtfertigt die von einem deutschen Kritiker geprägte Formel, Herzmanovsky sei »ein ins Groteske umgekippter Kafka«, das alles hat jene zwingende Überzeugungskraft, die selbsttätig zu wirken beginnt, sobald die unwahrscheinliche Voraussetzung als Ausgangspunkt akzeptiert ist, sobald man zur Kenntnis genommen hat, daß Gregor Samsa, als er eines Morgens erwachte, sich in ein Ungeziefer verwandelt fand. Das weitere entwickelt sich dann schon ganz normal. [...]

Ballade vom verlorenen Lächeln

Christian Morgenstern:
Ein Lächeln irrt verflogen ...

(1976)

Ein Lächeln irrt verflogen
durch einen lauten Saal,
bis es auf einem Bogen
von schillerndem Opal
sein kleines Leben endet,
den letzten Blick noch matt
zu der herabgewendet,
die es verloren hat.

Dreierlei ist vorauszuschicken: Erstens, daß ich einer Generation entstamme, die mit Christian Morgenstern aufgewachsen ist; wer damals nicht mindestens ein Dutzend »Galgenlieder« auswendig wußte, galt als Analphabet und durfte im Kreis der literarisch Interessierten nicht mitreden. Zweitens, daß das hier zu interpretierende Gedicht *nicht* zu den »Galgenliedern« gehört, sondern zur sozusagen »ernsten« Lyrik Christian Morgensterns. Und drittens, daß er selbst sich diese Bezeichnung, ja schon die Unterscheidung als solche, vor allem aber jegliche Interpretation heftigst verbeten hätte. Es ist ein dubioses Beginnen, Christian Morgenstern zu interpretieren.

Trüge das eingangs wiedergegebene Gedicht einen Titel, es

müßte »Ballade vom verlorenen Lächeln« heißen, und es wäre die kürzeste Ballade, die sich jemals so nennen durfte. Was sich in diesen knappen acht Zeilen – alexandrinisch gesetzt, wären es nur vier – an Handlung zusammenballt und an Spielraum eröffnet, ist enorm.

Schon die beiden Anfangszeilen etablieren eine Situation von geradezu bestürzender Vielfalt, fangen sie optisch und akustisch ein, vermitteln ungefähr das, was die Filmtechnik eine »Totale« nennt, am ehesten die Totale eines Ballsaals, von oben gesehen, und außer den Menschen mag auch noch Musik dazu beitragen, daß es so laut zugeht. Man könnte sich vorstellen, daß die Kamera durch das Gewühl und Gewoge fährt und nah vor einem Gesicht stehenbleibt. Es ist das Gesicht einer Frau. Ein Lächeln tritt auf ihre Lippen. Und im Augenblick, da sie es entläßt, setzt die Handlung ein.

Das Lächeln muß jemand Bestimmtem gegolten haben, einem, der darauf wartet, vielleicht seit Stunden, vielleicht seit Tagen oder noch länger. Jetzt hat es sich auf den Weg zu ihm gemacht – und kann ihn nicht finden. Weiß er nicht, daß es ihn sucht? Oder ist er des Wartens müde geworden und hat sich abgewandt? Gleichviel – es findet ihn nicht. Es verfliegt sich. Es irrt verflogen durch das Gewühl, das ihm nicht wohlgesinnt ist, in dessen lärmendem Durcheinander es untergehen wird. Schon schwinden ihm die Kräfte, schon muß es sich auf einen Bogen von schillerndem Opal retten (der Saal, kein Zweifel, ist zeitgerecht im Jugendstil gehalten). Noch einmal blickt es um sich, verzweifelt nach jenem suchend, dem es zugedacht war ... aber da fällt es schon der tödlichen Ermattung anheim, da ist ihm nur noch ein letzter Blick vergönnt, herab zu der, die es verloren hat, verloren und vertan, es ist vorbei, es ist zu Ende, beides ist zu Ende, das kleine Leben des Lächelns und das kleine Gedicht, in dem so unendlich vieles sich birgt.

Oder war es ein zielloses Lächeln von Anfang an? Mußte

es daran zugrunde gehen, daß die, von der es ausging, ihm keinen Sinn mitgeben konnte für sein kleines Leben? War sie selbst eine Verlorene mitten im lauten Saal, war es ein wehmütiges Lächeln, mit dem sie Ausschau hielt nach einer Stille, die es nicht gibt? Und war es das, was ihr des Lächelns letzter, matter Blick bedeuten wollte?

Was immer es bedeutet, was immer sich aus ihm herausdeuten läßt – ich glaube mit der Deutung gerade dieses Gedichts durchaus im Sinne seines deutungsfeindlichen Autors zu handeln: und zwar durch die Erkenntnis, daß es Fleisch vom Fleische und Geist vom Geiste der »Galgenlieder« ist, die ja kein schöneres Anliegen kennen als die Vermenschlichung von Begriffen, als Abstraktes sinnfällig zu machen und Gedachtes gegenständlich.

Gegenstände als solche, wie sie in den »Galgenliedern« desgleichen leibhaftig auftreten, fallen nicht in diese Kategorie. Der Stiefel, der mit seinem Knecht von Knickebühl gen Entenbrecht wandert, geht einen anderen Weg. Aber der verliebte Seufzer in der Anfangszeile: »Ein Seufzer lief Schlittschuh auf nächtlichem Eis«, oder der raffgierige Schnupfen in einer artverwandten: »Ein Schnupfen saß auf der Terrasse«, und schließlich (nun schon ganz nah am vorliegenden Fall): »Ein Glockenton fliegt durch die Nacht« – sie alle sind echtblütige Geschwister des Lächelns, das verloren durch einen lauten Saal irrt und uns von hoch oben herab wissen läßt, daß groteske Lyrik ebensogut ernst sein kann wie ernste Lyrik grotesk. Wenn sie nur ebenso gut ist. Und bei Christian Morgenstern ist sie's.

Prokoperl bitte Gedichti schneuzen

Erinnerungen an Peter Hammerschlag

(1972)

[...] Du bist – ich weiß, man soll mit Fremdwörtern vorsichtig sein, aber ich glaube, hier läßt es sich nicht umgehen – Du bist aus Hammerschlag ganz und gar. Eine Individualität, mein ich. Was schon daraus hervorgeht, daß ich, wenn wir einmal in der Zeit aneinandergeraten, unwillkürlich in Deinen Stil verfalle. Oder sagen wir: in Deine Diktion. Aber jedenfalls ist es ein sicheres Zeichen. Ich kann mir eben im Bannkreis Deiner schriftlichen Ausstrahlungen nicht anders helfen als mit Dir selbst. Weil Du, wie gesagt, die Individualität bist. Und mir demzufolge den Stempel aufdrückst. Oder ist es Dir schon jemals eingefallen, mit mir in den geschraubten, diagonal ineinandergeschachtelten, von Gedankenstrichen zerfetzten und mit runden Klammern nur mühsam zusammengehaltenen Satzgefügen der torbergschen Epik zu verkehren? No siehstu. Und überhaupt hast Du es in jeder Hinsicht besser. Auch dadurch, daß für meine Nachwelt der Kittel* sorgt, für Deine aber ich. Du wirst zugeben –. Vor eben dieser Nachwelt freilich wird das nur geringe Bedeutung haben, und vielleicht werden sie in hundert Jahren, wenn sie sinnend vor unsrem Doppeldenkmal stehen und sich kopfschüttelnd fragen: »Wer war das ...?« – vielleicht werden sie dann gar nicht mehr wissen, welcher es welchem verdankt. Dennoch aber bleibt mein ganzes Streben darauf gerichtet, daß wir dereinst zueinander im ungefähr gleichen Verhältnis gestanden sein mögen, wie der Seidl zum Anastasius Grün. Kannst Dir aussuchen [...]

Aus einem Brief Torbergs
an Hammerschlag vom 25. 8. 1936

---

* Gemeint ist der Verlag Julius Kittls Nachf., siehe Fußnote S. 38

Peter Hammerschlag, 1902 im Wien Kaiser Franz Josephs geboren, 1941 aus dem Wien Adolf Hitlers nach Polen verschleppt, gehörte zu den originellsten Begabungen, die im Wien der Ersten Republik, genauer: in den Jahren 1928–1938, zwischen Cabaret und Literatur hin und her pendelten. Wäre er zwei oder drei Jahrzehnte früher auf die Welt gekommen – er hätte sich in der Groteskdichtung des deutschen Sprachraums, irgendwo zwischen Christian Morgenstern und Joachim Ringelnatz, einen sicheren Platz erworben. So aber kennen ihn heute nur noch ein paar in alle Winde verwehte Gefährten seines einstigen Wirkens, ein paar literarische Feinschmecker, ein paar Eingeweihte von früher her. Sein Werk ist so gut wie verschollen, sein Name so gut wie vergessen.

Hiermit wird der Versuch unternommen, diesem in jeder Hinsicht unwürdigen Zustand ein Ende zu setzen.

Es ist ein Versuch mit keineswegs untauglichen, aber doch mit beschränkten Mitteln. Was ich soeben sein »Werk« genannt habe – und was er selbst, kodifiziertem Fortbestand und literaturhistorischen Ambitionen zutiefst abhold, niemals so genannt hätte –, ließ sich eben darum nur zu geringem Teil noch auftreiben, wurde erst in jahrelanger Mühe aus verschiedenen Himmelsrichtungen und verschütteten Quellen herbeigeschafft. Manches war einem glücklichen Zufall zu danken, manches einem Freund oder Liebhaber, dem unter wirren Umständen einige Texte in die Hand gefallen waren, manches einem vergilbten Programmheft, einem Mitautor von damals, einem Sammler alter Zeitungsausschnitte. Das meiste hatte ich selbst im Besitz oder bekam es von Peters überlebendem Bruder aus Argentinien zugeschickt, als wir nach Kriegsende wieder Kontakt fanden und er mich zum literarischen Nachlaßverwalter bestimmte. [...]

Auch möchte ich gleich an dieser Stelle noch einen weiteren Hinweis anbringen, der mir nach früheren Herausgeber-Erfahrungen, zumal mit den Werken Herzmanovsky-Orlandos, geboten scheint: Die Edition des literarischen Nachlasses von Peter Hammerschlag erforderte zugleich eine redaktionelle Einrichtung. Ähnlich wie bei Herzmanovsky, mußte oft genug aus vier oder fünf voneinander abweichenden Fassungen die bestmögliche herausdestilliert oder zusammengesetzt werden; und das war, anders als bei Herzmanovsky, noch mit der zusätzlichen Komplikation verbunden, daß es sich bei manchen der aufbewahrten Fassungen nicht um Originale handelte, sondern um Abschriften aus dem Gedächtnis, und zwar aus dem Gedächtnis der Aufbewahrer – dem ich im Zweifelsfall mein eigenes Gedächtnis vorzog. Im übrigen durfte ich mich für diese Einrichtungen und Rekonstruktionen in noch höherem Ausmaß als bei Herzmanovsky auf die vom Autor mir zugestandene Befugnis stützen.

Ich war mit Peter Hammerschlag viele Jahre lang engstens befreundet, so eng, wie man mit einem Gleichaltrigen und Gleichartigen irgend befreundet sein kann. Hätte die himmlische Planung jenes um zwei oder drei Jahrzehnte vorverlegte Geburtsdatum, das seinem Ruhm so förderlich gewesen wäre, gleichzeitig uns beiden vergönnt, dann wäre vermutlich eine der typischen »Dichterfreundschaften« entstanden, wie sie das 19. Jahrhundert hervorzubringen liebte, mit betulichem Briefwechsel und peniblem Meinungsaustausch über eine Neuformulierung der Zeile 7 von unten und dergleichen Wichtignehmereien mehr. In Wahrheit hat sich's zwischen uns nicht annähernd so pompös abgespielt. Von meiner Seite aus war's eine völlig klare Beziehung: Ich liebte ihn, ich liebte seine skurrile Begabung und seine kauzige Wesensart (deren weltfremde Versponnenheit späterhin zu so tragischen Folgen führen sollte), ich war ihm nach Kräften behilflich, seine Gedichte in Zeitungen und Zeitschriften unterzubringen, im »Querschnitt« und im »Simplicissimus«, in der »Vossischen« und im »Prager Tagblatt« – und mußte mich zwischendurch immer wieder über seine formalen Nachlässigkeiten ärgern, über seine Sprachschlampereien, über die oft dilettantische Art, wie er mit Reim und Rhythmus umging. Er seinerseits behandelte mich mit einer Mischung aus lächelnder Nachsicht und grimmigem Respekt, hielt mich für einen pedantischen Literaturbeamten, dem er dennoch einen eher rebellischen als pedantischen Erstlingsroman gutzuschreiben hatte, verübelte mir wohl auch ein wenig meine sachlichen Hilfeleistungen (nämlich die Tatsache, daß der Erfolg jenes »Schüler Gerber« mich zu solcher Hilfe bereits instand setzte) – und ließ, wenn ich nicht dabei war, kein Stäubchen Tadel an mich heran, verhehlte auch nicht, daß ich in handwerklichen Fragen für ihn eine Instanz bedeutete, von der er gern Gebrauch machte.

Meistens vollzog sich das so, daß er mit Gedichten, an denen ihm wirklich etwas lag, unangesagt bei mir auftauchte, sei's im Kaffeehaus, sei's zu Hause in Wien oder in Prag – ich teilte damals meinen Aufenthalt zwischen diesen beiden Städten (und hatte meiner Prager Komponente den Spitznamen »Prokop« zu verdanken, mit dem er mich in Wort und Schrift bedachte). Da stand er also oder setzte sich vor mich hin, schob mir ein paar Manuskriptblätter zu und sagte in der Kinderzimmersprache, die zwischen uns üblich war: »Prokoperl bitte Gedichti schneuzen!«

Ich schneuzte. Manchmal ging es ganz leicht, manchmal bekam ich es mit so argen Verstopfungen zu tun, daß ich mir für die erforderliche Remedur mehrere Stunden oder gar Tage ausbedingen mußte – in jedem Fall akzeptierte er das Ergebnis und hat das betreffende Gedicht dann immer in der von mir geschneuzten Fassung vorgetragen oder veröffentlicht. Dank wurde weder erstattet noch erwartet. Nur einmal sah er mich nach Kenntnisnahme der Korrekturen beinahe zärtlich an und sagte: »Wenn du möchtest kriegen eine schöne, eitrige Mittelohrentzündung, könnt' sich wenigstens der Papa bei dir revanchieren.« (Sein Vater, Professor Viktor Hammerschlag, war ein bekannter Ohrenspezialist.) [...]

Soweit seine Schöpfungen sich komplett zustande bringen oder zuverlässig rekonstruieren ließen, liegen sie nunmehr gesammelt vor [...] Es ist ungefähr die Hälfte dessen, was unter sozusagen normalen Umständen als literarischer Nachlaß Peter Hammerschlags übriggeblieben wäre, es ist ganz gewiß die wichtigere Hälfte, und es sollte ausreichen, um denen, die ihn erst jetzt kennenlernen, ein Bild seiner Person und seiner Begabung zu vermitteln. Er wurde, daran besteht für mich kein Zweifel, wiederholt vom Genieblitz gestreift und nur deshalb nicht voll getroffen, weil er so zapplig war, weil er nicht stillsitzen und sich nicht konzentrieren konnte, weil er all diese Dinge – einschließlich seiner selbst – nicht ernst genug nahm.

Daß es ihm an jeglicher praktischen Fähigkeit gebrach, daß er seine Chancen und Gefährdungen, seine Umwelt und seine eigene Position niemals richtig einzuschätzen vermochte, gab ihm schon arg zu schaffen, als ihm die Umwelt noch verhältnismäßig freundlich gegenüberstand. Als sie unfreundlich wurde und immer unfreundlicher, mußte er seine Lebensfremdheit mit dem Leben bezahlen. Freunde hatten ihn aus dem nazibesetzten Österreich nach Jugoslawien gebracht, er war gerettet und man hätte ihm weitergeholfen. Aber er fand sich in der fremden Umgebung nicht zurecht, schon der erste fehlgeschlagene Versuch, ein Visum nach Übersee zu ergattern, deprimierte ihn so sehr, daß er für einen zweiten keine Geduld mehr aufbrachte, er wußte nicht, wohin mit sich – und ging nach Wien zurück. Noch immer hätte er überleben können: Der ihm befreundete Komponist Alexander Steinbrecher, nicht nur in musikalischer Hinsicht ein wahres Prachtexemplar, nahm ihn auf und versteckte ihn. Vielleicht wäre er als »U-Boot« durchgekommen. Aber eines Abends gingen ihm die Zigaretten aus, er wollte sich aus dem Gasthaus an der Ecke welche holen, wurde von einer SA-Streife geschnappt und kam nicht wieder.

In einem letzten Brief, der seinen Bruder noch erreicht hat, schildert er einen Straßenbau in Polen, zu dem man ihn – bevor er in einem Vernichtungslager unterging – als Zwangsarbeiter eingesetzt hatte. Aus diesem Brief atmet eine so heitere Gelassenheit, daß man sie fast schon als überirdisch bezeichnen darf. Sie ist nicht mehr von dieser Welt. Und bald darauf war's auch er selbst nicht mehr.

Vielleicht bleiben es ein paar von seinen Gedichten.

Anm. d. Hrsg.: Siehe Edwin Hartls »Hammerschlag mit Seitenhieben«, Anhang S. 263 ff.

Worauf ich gut und gerne verzichten könnte …

Antwort auf eine Umfrage zum 70. Geburtstag Bertolt Brechts

(1968)

Ich frage mich, warum ich überhaupt nach meiner Meinung über Bertolt Brecht gefragt werde.

Die habe ich nun schon so oft geäußert, daß es allmählich langweilig wird. Oder fragt man mich eben deshalb? Erwartet man von mir, da ich bekanntlich »gegen Brecht« bin, etwas Abfälliges über ihn zu hören? Nun, da hätte ich eine kleine Enttäuschung bei der Hand. Da kann ich mit einem Zitat aufwarten. Es entstammt einem Vortrag, mit dem ich im Jahre 1960 eine Brecht-Diskussion im Westdeutschen Rundfunk eingeleitet habe, und es besagt, daß ich Brecht »für einen sehr bedeutenden Dichter halte. Er ist vielleicht nicht so bedeutend, wie eine beflissene und ganz gewiß nicht von künstlerischen Erwägungen geleitete Meinungsmache ihn hinstellen will, aber er ist ganz gewiß bedeutend genug, um Anspruch auf unbedingte, allerbemühteste Ernst- und Wichtignahme zu haben.«

Das war mein Standpunkt vor acht Jahren, das war er übrigens auch schon vor achtzehn und vor achtundzwanzig Jahren, und das ist er noch heute. Eigentlich brauchte ich ihm nichts mehr hinzuzufügen.

Ich möchte weder auf die künstlerische Erscheinung Bertolt Brecht verzichten, der ich die unbeirrbare Freude an einer großen Anzahl wunderschöner Gedichte und an einer kleinen Anzahl sehr guter Theaterstücke zu danken habe; noch auf die geistige Erscheinung Bertolt Brecht, deren eigenwillig provokante Gedankengänge zu den wenigen wirklichen Anregungen gehören, die mir in der klischierten Ödnis des deutschen Geisteslebens zuteil geworden sind; und nicht einmal auf die politische Erscheinung Bertolt Brecht, an der sich die Unhaltbarkeit dogmatischer Gesinnungskrämpfe geradezu vorbildlich ablesen läßt und die immer deutlicher zu ihrem eigenen Dementi wird.

Worauf ich gut und gerne verzichten könnte, ist ein bestimmter Typus von Brecht-Anhängern, die diese reizvoll schillernde Erscheinung zu einem trostlosen Tabu erstarren lassen möchten, sind die dialektischen Taschenspieler, die eine ersprießliche Diskussion um Bertolt Brecht unmöglich machen, indem sie je nach Bedarf die künstlerischen Gegenargumente auf der politischen Ebene beantworten und umgekehrt. Ich bin nicht »gegen Brecht«. Ich bin gegen die Brechtokokken.

Anm. d. Hrsg.: Siehe Günther Nenning »Die Ballade vom armen F. T.«, Anhang S. 269 ff.

Angewandte Lyrik von Klopstock bis Brecht

Eine Literaturgeschichte in Beispielen

(1932)

Klopstock

Schön ist, Mutter Natur, deiner Erfindung Pracht.
Aber wenn sich des Sees, streng in horazischem Takt,
Ein Professor ermächtigt,
Dann vergeht dir die Lust zum Baden.

Uhland

An stillen Sommertagen, wann lau die Lüfte wehn,
Da tut es gut, im alten Balladenwald zu gehn.
So Hirtenknab wie König sind von vertrauter Art,
Darüber rauschen Bäume, dahinter rauscht ein Bart.

Heine

Das war eine große Verwirrung,
Das war des Neuen zu viel:
Satire, Chansons, Polemik,
Und heimliche Tränen und Stil …

Heut weiß man, daß du der Dichter
Des »Buchs der Lieder« bist
Im Zweifelsfalle entscheiden
Die Deutschen sich stets für den Mist.

Platen

Am Busento bei Cosenza, Harmosan und Sassaniden,
Tote Goten, falsche Türken, Sarazenen, Moslemiden,
Schwall und Schwerter, Ruhm und Rhythmus, Kind im Manne, Mann im Kinde,
Und melodisch klingt selbst August Graf von Platen-Hallermünde.

Preußische Barden

Von Becker und von Schenkendorf will ich euch Kunde geben,
Von Strachwitz, Redwitz, de la Motte-Fouqué und Fallersleben,
Von Arndt und all dem heldischen, hohlklirrenden Gelichter –
Der Gott, der Preußen wachsen ließ, der wollte keine Dichter.

Tu, Felix Austria

Den guten Kaiser Joseph, den edlen Prinz Eugen,
Im Grün bei einem Seidel kann man sie sitzen sehn.
Es sprießt der Halm im Bauernfeld, ein Vogel singt im Stillen …
Die Parzen weben anderswo. Du, Österreich, hast Grillen.

Volksschul-Lesebuch

Burg Niedeck ist im Elsaß
Zu Breslau in der Stadt
Zu Limburg auf der Feste
Auf steilem Felsengrat.
Vasall und Schenk und Truchsess
Und Treue bis ans Grab –
Hie Kerner, Sim- und Gerok!
Hie Müller, Greif und Schwab!

Liliencron

Ein Edelmann, ein Biedermann,
Ein wackrer deutscher Liedermann
Find't nimmer Ruh.
Gleicht's auch wie's Ei dem andern Ei,
Er singt sich eins, er singt sich zwei,
Wer weiß, wozu.

Wedekind

Ich hab meine Tante geschlachtet,
Meinen Onkel geschändet, und dann
Bei einer Hure, ja Hur übernachtet,
Und behielt doch immer den Stehkragen an.

Stefan George

der meister eh er noch die feder tauchte
denkt schon an bütten schon an offizin
den grauen augen staut sich der erlauchte
satz-bau von georg bondi in berlin

Rilke

Strophen gibt es, die singen
sich von selber zu Bett.
Und du träumst von verblichnen Dingen,
von Bändern, und wie sie sich schlingen,
durch einer Madonna Korsett.

Hofmannsthal

Und Dichter wachsen auf und lesen vieles,
und sind wie Lamm und Pfau, und sehr umragt
von der Bemühtheit ihres eignen Stiles.
Und dennoch sagt der viel, der »Trakl« sagt.

Soziale Note

Steh auf, Prolet! Die Ketten sind zerrissen!
Ich sing dir was von Schächten und von Schloten!
Ich geig dir was von Streik! Ich muß es wissen,
denn meine Noten sind soziale Noten.
Ich mach das Lied, du reiß die Welt in Fetzen!
Steh auf, Prolet! Und laß mich setzen.

Karl Kraus

Der, welcher rechnet, ob, wenn er sich's richtet,
er Sprache sprachlos macht, und dennoch dichtet –
der hat, sei ihm das Resultat erbötig,
zur Arithmetik auch die Ethik nötig.

Prager Schule

Früh, wie ich aufsteh, geb ich mich ins Dichten.
Die Köchin singt ihr »Šla Naninka« leise mit.
Ich brauch den Blick nur auf den alten Friedhof richten.
Ich hab von Haus aus Kolorit.

Wiener Schule

Es ist sehr halb. Aus halb verhangnen Stuben,
die halb Kaffeehaus sind und halb Barock,
aus Katholiken und aus Judenbuben
formt sich halb müd, halb geil ein ganzer Schmock.

Berliner Schule

Wir dichten mit der kalten Lameng,
wir machen Changsongs mit Gebrauchsrefreng,
mal schnieke, mal dufte, mal kesse.
Und sagt wer, das sei keine Literatur,
dann haut ihm die Voss, die Beh-Zett, das Zwölfuhr
beng-bang mittenmang
dann haun wa ihm eins in die Fresse.

Bert Brecht

Brüder, seit ich begabt aus dem Dickicht der Städte
hervorbrach
wurdet ihr längst zu Genossen. Es müssen aber
aus den Genossen auch Leser werden. So
will es das ZK der KPD, das EKKI-Plenum, RH,
Agitprop und WC. Folglich
dichte ich so, daß es jeder verstehn kann. Ihr
werdet es verstehn, Genossen. Ihr
könnt es eventuell auch selber schreiben.

Ob er will oder nicht: er ist ein Dichter

Peter Handke: Die Innenwelt der Außenwelt der Innenwelt

(1969)

Pressemeldungen und Fußnoten zu Vorabdrucken hatten den Inhalt der 150 Seiten, die Peter Handke unter dem Titel »Die Innenwelt der Außenwelt der Innenwelt« jetzt in Buchform herausgegeben hat, als »Gedichte« bezeichnet. Das Bändchen selbst trägt keine nähere Bezeichnung, und im Text der bibliographischen Vorbemerkung ist – hoffentlich ohne Wissen des Autors, der sich gegen solch herabwürdigende Gleichmacherei doch wohl wehren müßte – von »Texten« die Rede.

Aber es sind Gedichte. Wahrhaftig, es sind Gedichte. Es sind, ob Handke das so haben will oder nicht, sogar schöne, unheimlich schöne Gedichte darunter. Denn Peter Handke, ich kann's ihm leider nicht ersparen, ist ein Dichter.

Nun widerstreben Begriffe wie »Dichter« und »Gedicht« (nebst allem, was sich ihnen assoziiert) seit eh und je einer schlüssigen Definition, bieten seit eh und je dem Erspüren bessere Handhabe als dem Erfassen. Obendrein befinden sie sich gerade jetzt in einem akuten Stadium jenes Prozesses, den Hermann Broch schon vor mehr als vier Jahrzehnten als »Wertzerfall« erkannt hat. Damit sind sie in höherem Maß als je zuvor auf subjektive Befunde angewiesen, und wer sich darauf einläßt, über sie zu befinden, ist zu persönlicher Standortbestimmung gehalten.

Sie lautet in meinem Fall dahin, daß ich drei Viertel alles dessen, was sich derzeit – sei's unter welchem Kennwort immer – als »Lyrik« darbietet, für schieren, bübischen Unfug halte, von dem ich mich abwechselnd gefoppt und gelangweilt fühle. Unter »Lyrik«, damit auch das noch gesagt sei, verstehe ich eine literarische Kunstform, deren ebenso unerläßliches wie untrügliches Charakteristikum darin besteht, daß sie etwas ausdrückt, was sich anders als im Gedicht nicht ausdrücken ließe – ein Exklusivmerkmal, auf das weder die epische noch die dramatische Kunstform Anspruch erheben können.

Ob Peter Handkes Gedichte diesen Anspruch erheben, weiß ich nicht. Ich weiß nur, daß sie ihn erfüllen.

Sie erfüllen ihn ganz und gar von der Sprache her, die den Dichter Peter Handke ganz und gar erfüllt, in jeder Phase seines Denkvermögens, in jeder Faser seines Fühlvermögens, erbarmungslos, bis zum Rand – und um kein Jota weiter. Haargenau dort, wo sie ihn zu sprengen droht, wird er der Fülle ihrer Gesichte, wird er der hundert Inhalte, die er erlebt und erlitten hat, Herr. Es ist ein atembeklemmender Vorgang, ein Seiltänzerakt ganz oben in der Kuppel, für jedes Wort wird das Sprachseil aufs neue gespannt, jedes Wort will durchgangen und jeder Durchgang ausbalanciert sein. Ein anderer würde vielleicht verstummen oder lallen oder aufbrüllen. Aber da Handke weiß, daß Verantwortung von Antwort kommt und Antwort vom Wort, so ist er, wenn er dem Wort sich endlich stellt, wenigstens vor dem Absturz gesichert. Er weiß, womit er umgeht.

Um diese Sprachverantwortung – schon weil er darauf verzichtet, sie in den Rang oder in die Richtung eines ethischen Postulats zu dirigieren – steht es bei Handke anders als etwa bei Karl Kraus, ohne den sie freilich nicht gut denkbar wäre und dem sie sich überall dort, wo ihr satirische Ventile eröffnet werden, tatsächlich annähert. Solche Ventilation begibt sich erquicklich oft, denn Handke – auch das unterscheidet ihn vorteilhaft von den tierischen Ernstnehmern seiner Zunft – ist alles eher als humorlos.

Stücke wie »Die drei Lesungen des Gesetzes« oder »Was ich nicht bin, nicht habe, nicht will, nicht möchte ...« oder »Die Wortfamilie« wurzeln zutiefst in dem von Karl Kraus aufgerodeten Sprach-Humus, fügen sich adäquat in sein sprachliches, sein geistiges (und somit fast schon in sein ethisches) Weltbild.

Dennoch scheint mir Handkes Verwandtschaft mit einem andern Österreicher erheblicher, nämlich die mit Ödön von Horváth. Sie bekundet sich im entlarvenden Gebrauch der Phrase, die bei Horváth der Verdeutlichung von Charakteren dient und bei Handke der Verdeutlichung von Zuständen. Es ist ihr eine Art Bumerang-Funktion zugeteilt: die Phrase wird abgeschnellt, kurvt durch die Gegend, und wenn sie sich in die Druckerschwärze ihres Ursprungsortes niederläßt, hat alles, was sie unterwegs gestreift hat, ein andres Gesicht. »Veränderungen im Lauf des Tages«, »Geschichtslügen«, »Die unbenutzten Todesursachen« liefern die stärksten Beispiele dafür.

Manchmal scheint's, als flöge der Dichter mit, ja als wäre er der Bumerang und der Getroffene zugleich. In dem Gedicht »Die verkehrte Welt« zeigt sich das bis zum Skelett entblößte Sprachgesicht in seiner äußersten Ambivalenz: »Ich entledige mich nicht der Kleider, sondern die Kleider entledigen sich meiner ... Ich reiße das Pflaster von der Wunde, und die Wunde ist im Pflaster ... Ich kaufe eine Zeitung und werde überflogen ... Ich laufe ins Freie und werde verhaftet ...«, bis zum ausweglos folgerichtigen Schluß: »... und flüchte mich aus dem unerträglichen Traum in die sanfte Wirklichkeit / und summe fröhlich Zeter und Mordio.«

Nicht der unerträgliche Traum ist die Qual. Die Qual ist, ihn auch noch zu Protokoll geben zu müssen. »Ich rede mir nicht Wörter ein, sondern Wörter reden mich mir aus«, heißt es im selben Gedicht. Die Qual ist, der eigenen Vernichtung das Wort zu geben – und in der letzten Sekunde innezuhalten, um wenigstens das eigene Wort vor der Vernichtung zu bewahren.

Es gibt keine Sekunde, keine letzte Sekunde, in der sich Peter Handke dieses qualvollen Auftrags nicht bewußt wäre. Dünnhäutig und verwundbar wie nur einer, öffnet er sich das Ventil in die Satire gerade weit genug, um ein wenig Luft zu schnappen, flüchtet er in die sanfte Wirklichkeit der »Besitzverhältnisse« und der »Reizwörter«, nur um sich an ihr zu erzürnen, und selbst seine gelegentlichen Ausbrüche in die optische Büberei, in ein Faksimile, eine Schlagzeilenmontage, eine Mannschaftsaufstellung des 1. FC Nürnberg haben etwas rührend Vergebliches an sich. Es wird ihm nichts nützen.

Dicht dahinter lauert die Verzweiflung, lauert, was er nur ganz selten so ausdrücklich benennt: das Erschrecken, die Scham (»Ja, ich als einziger im Klassenzimmer hebe den Arm, ja, ich schäme mich«), lauert der Schmerz. »Im Wirtshaus sind die Tischtücher so weißblau kariert, daß man Heimweh kriegt.« Aber diesem Heimweh nachzugeben, verbietet er sich schon wieder. »Und atme nicht ein / und atme nicht aus / und rühre mich nicht vom Fleck«: ein aussichtsloser Wunschtraum, so aussichtslos wie die Sehnsucht, »worttaub« zu werden. Nichts da. Die Hellhörigkeit ist sein Los.

Nicht ohne Grund war eingangs von einem »Rand« die Rede, bis zu dem ihn die Sprache erfüllt, nicht ohne Grund schreibt er 1966 ein Gedicht, das »Der Rand der Wörter« heißt, und 1968 ein zweites mit dem selben Titel und mit den Schlußzeilen: »Wo der Rand der Wörter sein sollte, fängt trockenes Laub an den Rändern zu brennen an, und die Wörter krümmen sich unendlich langsam in sich selber: / ›Diese Trauerränder!‹ / Dieser Rand der Trauer.«

Daß die Wörter, die sich ihm ausreden, daß die »Verwechslungen« und die »Vergleiche für nichts Vergleichbares« da und dort überraschende Steckkontakte finden und zu sprachlichen Kurzschlüssen führen, deren Stichflamme weithin Helligkeit wirft (»Diese Wüste ist eine Fata Morgana«), schafft seiner Trauer keinen Trost. Ihm wird, wenn alles gesagt ist, doch immer zumute sein, »wie wenn man ein Tuch über den Käfig wirft, um die Vögel zum Schweigen zu bringen«.

Ihm bleibt die Verzahnung des Unentrinnbaren zweifach auferlegt: indem er sie vornimmt – und indem er sich ihr preisgibt. Er artikuliert das namenlose Entsetzen, dessen die Welt voll ist. Das heißt: er gibt ihm Namen. Das heißt: er macht uns begreiflich, was wir anders nicht begreifen könnten. Das heißt: er ist ein Dichter. Und was er hier geschrieben hat, sind Gedichte. Ich möchte sie am liebsten als »Informationslyrik« bezeichnen. Man weiß hernach viel mehr, als man zuvor gewußt hat. Man weiß viel besser, warum es eigentlich am schicklichsten wäre, Selbstmord zu begehen – und warum man's trotzdem nicht tut.

Hineingezogen in des Spieles Strudel …

William Shakespeare: Was ihr wollt

(1972)

Es darf noch Theater gespielt werden. Es muß auf der Bühne nicht unbedingt finster zugehen – »finster« im Sinn von undurchschaubar, nicht im Sinn einer ausgeschalteten Notbeleuchtung, deren dämmeriges Gefunzel ein ganzes Stück zum Scheitern bringen kann. Auch müssen die gesellschaftskritischen Aspekte, die jedem Kunstwerk ohnehin innewohnen, nicht unbedingt durch vordergründige, kunstlose Aggression zur Geltung kommen. Es darf auf der Bühne noch lebensnah und lebensvoll zugehen, heiter und poetisch, verliebt und verzweifelt, und alles das entrückt in jene seltsam überhöhte, jene anheimelnd verfremdete Sphäre, die nur das Theater – laut Alfred Polgar »ein Scharlatan, der wirklich zaubert« – herzustellen vermag. Es darf noch Theater gespielt werden.

Der Zauberer, dem wir diese reaktionäre Wahrnehmung verdanken, heißt William Shakespeare, der Zauberlehrling, der sie uns vermittelt hat, heißt Otto Schenk. Dieser Otto Schenk ist unter den jüngeren Erfolgsregisseuren insofern ein Unikum, als er seine Erfolge tatsächlich mit den von ihm inszenierten Stücken erzielt und nicht mit irgendwelchen aufgepfropften In-Szene-Setzlingen, die das Stück zur bloßen Vorlage regielicher Selbstgefälligkeit degradieren. Schenk – er hat das zuletzt in München (mit »Der Widerspenstigen

Zähmung«) bewiesen – nimmt beispielsweise an, daß Shakespeare genau gewußt hat, was er will, sogar genauer als Peter Zadek. Er vertraut dem Genius des Dichters und der Dichtung, und da er dieses Vertrauen auch seinen Darstellern einzuflößen weiß, hat er gewonnenes Spiel. Und zwar Spiel.

Denn in kaum einer anderen von Shakespeares Zauberkomödien sind Leben und Liebe so sehr im Begriff des Spiels zusammengefaßt, so tief ins Spielerische eingebettet, so kreuz und quer ineinander verspielt. »Nun walte, Schicksal. Niemand ist sein Eigen!« lautet die Schlüsselzeile – und es gibt keine zwei unter den Agierenden, die das nicht zu spüren bekämen, die nicht in des Spieles Strudel gerissen und von ihm durcheinander gewirbelt würden und aufeinander zu und aneinander vorbei.

Glück und Ereignis der Salzburger Inszenierung beruhen darin, daß Otto Schenk dem Märchenspiel dessen eigene Logik abgewinnt, daß er die Geschehnisse auf der ihnen gemäßen Ebene glaubhaft macht – und sie eben dadurch viel näher an eine uns geläufige Wirklichkeit heranführt, als wenn er's etwa darauf angelegt hätte, daß die Zwillinge Viola und Sebastian einander »wirklich« zum Verwechseln ähneln oder daß Orsino die ihm zubestimmte Viola »wirklich« für einen Caesario hält, statt die ihm nicht zubestimmte Olivia sich ans blamable Gaukelwerk verlieren zu lassen (was fast schon einer ahnungsvollen Rache für ihre grausame Unzugänglichkeit gleichkommt). Es zählt zu den schönsten Augenblicken des Spiels, wenn Orsino seinem Botenjungen Caesario einen Abschiedskuß auf den Liebeswerbungsweg mitgibt und verwirrt zurückbleibt. Hier durchdringen einander halb durchschauter Schein und halb vorweggenommene Wahrheit. Hier ist die Stimmgabel aller Verstrickungen angeschlagen. Es stimmt.

Allerdings hat es leicht stimmen, wenn einem hervorragenden Regisseur hervorragende Darsteller zu Gebote stehen. Schon was Klaus Maria Brandauer aus der gar nicht so großen und gar nicht so dankbaren Rolle des verliebten Herzogs Orsino macht, geht über alles bisher Gewohnte weit hinaus, ist zugleich rührend und männlich, zugleich impulsiv und nachdenklich – und gerät doch niemals in die bedrohlich lockende Nachbarschaft der Sentimentalität. Ähnliches bringt Sabine Sinjen mit der sonst immer ein wenig larmoyanten Olivia zuwege. Die in ihrer Abwehr wie in ihrer Bereitschaft mit einemmal nicht herrisch wirkt, sondern mädchenhaft, die nicht aus purer Laune handelt, sondern aus purer Sehnsucht. Und vollends Christine Ostermayer als Viola! Sie ist – und so etwas bekommt man nicht alle Tage – auf holde Weise mürrisch, auf spröde Weise schmiegsam, sie ist ein kleines Wunder für sich inmitten des wundersamen Geschehens.

Wie die Musik der Liebe Nahrung, sind Rüpelszenen die des Lustspiels. Shakespeare gibt uns volles Maß davon, ja sogar ein Übermaß, weil im Grunde noch die Kammerzofe Maria hierhergehört. Christiane Hörbiger läßt denn auch keinen Zweifel an ihrer Fähigkeit zu vollsaftiger Kumpanei und behauptet sich, ohne das geringste von ihrer Weiblichkeit einzubüßen, als durchaus gleichrangige Partnerin des Junkers Tobias von Rülp, den Hans Dieter Zeidler in legitime Falstaff-Nähe spielt. Das heißt, daß hinter seinem trinkfrohen Torkeln doch immer die menschlichen Konturen sichtbar bleiben.

Sie bleiben es auch bei Helmut Lohners Junker Bleichenwang, der den wahrlich schon nuancenreichen Abend um eine gewaltige Dimension bereichert. Ein Schwadroneur der Schwäche, ein Trunkenbold aus mangelnder Trinkfestigkeit, der feigste Haudegen in ganz Illyrien, er sagt es ja selbst: »Ich bin schon ein Kerl!« und erschrickt vor seiner eigenen Angeberei. Und wenn er dann noch seine armseligen Kapriolen schlägt, möchte man am liebsten heulen. So innig waren Tragik und Komik noch selten in eins verflochten, so hinreißend hat sich Shakespeares Kunst der Menschengestaltung noch selten offenbart.

Zwischen den beiden Sphären, zwischen Lustspiel und Liebesspiel, stolziert der Malvolio Josef Meinrads von ungewissem Ursprung zu trostlos gewissem Ende: in die Einsamkeit einer eitlen Selbstüberschätzung, die nicht daran glauben mag, daß man sich über sie lustig machen könnte. Daneben und rings umher die Vollstrecker der kleineren, aber darum nicht minder relevanten Anliegen Shakespeares: das hintergründige Freundespaar Sebastian und Antonio (Wolfgang Hübsch und Rudolf Melichar), der sozusagen als Verbindungsrüpel wirkende Fabio Heinz Mareceks, der Narr Karl Parylas und all die anderen, die samt und sonders voll auf ihrem Posten standen.

Wie bitte? Kulinarisches Theater? Keine Beziehung zum Heute? Museale Erstarrung? Dann wollen wir jetzt hurtig alle verfügbaren Museen dem Erdboden gleichmachen, mitsamt den Tizians und Rembrandts, die dort erstarrt herumhängen.

Ich habe fünfzig Jahre lang »beharrlich« geschrieben

Dankrede anläßlich der Verleihung des Großen Österreichischen Staatspreises für Literatur

(1979)

Herr Bundesminister, meine Damen und Herren,

Sie alle kennen den immer noch ein wenig feierlichen Augenblick, wenn's im Theater dunkel wird und der Vorhang aufgeht. Es ist ein Augenblick voll der konzentrierten Erwartung, daß jetzt etwas Interessantes kommt. Er hat nur ein einziges Gegenstück, nämlich den Augenblick, wenn ein Redner ans Pult schreitet und sein Manuskript entfaltet. Es ist ein Augenblick voll der konzentrierten Befürchtung, daß jetzt etwas Langweiliges kommt. Angstvoll schielen die Blicke derer, die diesem Vorgang ausgesetzt sind, nach dem Stoß der Manuskriptblätter und versuchen daraus auf die Zeitdauer des ihnen Bevorstehenden zu schließen, hoffnungsfroh beobachten sie, wie der beiseite geschobene Stoß allmählich höher wird – es sei denn, der Redner schiebe die schon verbrauchten Blätter tückischerweise unter die noch nicht verbrauchten oder er bediene sich, noch tückischer, eines von Stichworten besäten Zettels, aus dem sich überhaupt nichts schließen läßt.

Ich selbst halte, wie Sie sehen, weder ein Manuskript noch einen Zettel in Händen, aber ich warne Sie vor dem Trugschluß, daß ich mich auf meine Rede nicht vorbereitet hätte. Und ich gestehe Ihnen gleich jetzt, daß mir die Vorbereitung nicht leicht gefallen ist. Das hatte mehrere und in ihrer Wertigkeit verschiedene Gründe. Zunächst die Rücksichtnahme auf Sie, meine freundlichen und geduldigen Zuhörer. Sodann den für mich ebenso ehrenvollen wie hemmenden Umstand, daß ich nicht zum erstenmal für eine mir erwiesene Auszeichnung zu danken habe und daß ich einigermaßen verlegen bin, wie ich das anstellen soll, ohne mich zu wiederholen. Vor allem aber rührt meine Verlegenheit daher, daß es sich diesmal um die höchste der mir bisher zuteil gewordenen, um die gewichtigste aller für einen österreichischen Schriftsteller erreichbaren Auszeichnungen handelt, um den Großen Staatspreis für Literatur.

Wenn die aus diesem Anlaß mir zugegangenen Glückwünsche ehrlich gemeint waren – und ich sehe keinen Grund, das zu bezweifeln –, dann gibt es nicht wenige, die mir den Preis von Herzen gönnen, die der Meinung sind, daß ich ihn verdient habe oder gar schon früher verdient hätte und die sich mit mir über die Preiszuerkennung freuen. Daneben aber – auch dafür habe ich Anhaltspunkte – gibt es einige, die sich darüber ärgern und deren Ärger, wie ich freimütig bekennen muß, mir die Ehre der Preiszuerkennung erheblich versüßt. Damit hier kein Mißverständnis entsteht: sie ärgern sich nicht etwa aus Konkurrenzneid, sondern weil sie mich ganz einfach – sei's aus persönlichen, aus literarischen, aus politischen oder aus welchen Gründen immer – nicht schmecken können (was durchaus auf Gegenseitigkeit beruht). Und sie kleiden ihren Ärger – sofern sie mir die Freude machen, ihn zu äußern – in die hämische Tarnform, daß ein Schriftsteller, der die Siebzig überschritten hat, eben darum für diese Art offizieller Ehrung geradezu fällig wird.

Nun, dagegen habe ich nichts. Alter ist gewiß kein Verdienst, so wenig wie Jugend; es ist eine Fügung, für die man nichts kann. Aber wenn einer mehr als fünfzig von seinen mehr als siebzig Jahren sich der Tätigkeit des Schreibens hingegeben hat, dann mag er, wenn schon nicht für die Beharrlichkeit seiner Jahre, so vielleicht doch für die Beharrlichkeit seines Schreibens auch einer offiziellen Ehrung würdig geworden sein. Ich spreche nicht ohne Absicht von »Beharrlichkeit«. Sie ist meine einzige Leistung, sie ist das einzige, worauf ich mich beziehen und berufen kann, ohne in den Verdacht der Selbstbeweihräucherung zu geraten. Ich habe fünfzig Jahre lang »beharrlich« geschrieben. Ich habe auf meiner persönlichen Haltung beharrt, ich bin von meinem literarischen Standort nie abgewichen, meine politische Überzeugung hat niemandem Konzessionen gemacht. Und wenn ich die offizielle Ehrung, die mir heute zuteil wird, mit gutem Gewissen entgegennehmen darf, so deshalb, weil ich es mit keiner einzigen jemals von mir geschriebenen Zeile auf eine offizielle Ehrung angelegt hatte.

Meine Damen und Herren, lassen Sie mich zum Schluß noch ein kleines Postscriptum zu der von mir erwähnten und geübten Beharrlichkeit anbringen. Sie war nicht nur eine Frage der inneren Entscheidung und somit etwas Selbstverständliches. Sie mußte sich auch gegen Widerstände und Widernisse von außenher behaupten und bewähren. Ich habe zehn Jahre in der Emigration verbracht, und ich brauche Ihnen nicht erst lang und breit zu erzählen, was diese Emigration für mich als einen in Österreich geborenen Juden bedeutet hat: das erzwungene Verlassen der Heimat; die Flucht vor den Schergen des Nationalsozialismus; den ruhelosen, von Tag zu Tag gefährdeten Aufenthalt in fremden, feindseligen Ländern; den für einen Schriftsteller besonders schmerzhaften, ja schlechthin ruinösen Verlust der sprachlichen Identität; den Ausbruch des Zweiten Weltkriegs; die freiwillige Meldung zum Militärdienst in Frankreich; den Zusammenbruch Europas; abermals Flucht; das abermals täglich gefährdete Warten auf das lebenswichtige Visum nach Amerika; und die Rettung dorthin.

In all diesen Jahren wäre mir nichts so absurd vorgekommen wie der Gedanke an einen österreichischen Staatspreis für Literatur – absurd schon deshalb, weil es damals keinen Staat namens Österreich gab und weil niemand wußte, ob es ihn jemals wieder geben würde. Die Erinnerung an jene Zeit wird mich bis an mein Lebensende nicht verlassen, so wenig wie die Erinnerung an den heutigen Tag. Ich danke der Vorsehung, die mich diesen Tag erleben ließ. Ich danke dem Schicksal, das es mir ermöglicht hat, den Großen Österreichischen Staatspreis für Literatur zu empfangen. Es ist unlösbar verbunden mit dem Schicksal, das es dem Staate Österreich ermöglicht, große Literaturpreise zu vergeben.

Franz und Alma Werfel

Also die Feuchtwanger-Geschichte

Aus einem Brief an Franz Werfel

(1942)

23. Juni 1942

... Also die Feuchtwanger-Geschichte, und das ist wirklich eine Pracht. Er war also wieder einmal zu einem Bankett geladen – erinnerst Du Dich noch an diese Gelegenheitsdichter, die sich für Hochzeiten, Geburts- und Todesfälle »u. dgl.« empfohlen hielten? –, und zwar wurde dieses Bankett von irgendeinem jüdischen Women's Club behufs Erhaltung, Ausgestaltung oder Verzierung irgendeines Homes for Jewish War Veterans veranstaltet (wobei vielleicht der Schluß nicht ganz unerlaubt ist, daß Lion selber sich auf Grund seiner Abenteuer in Frankreich für einen Kriegsveteranen hält).

Da die Veranstaltung Downtown stattfand, mußte er erst eine schriftliche Erlaubnis von den Behörden einholen, sich unter Überschreitung der 5 Meilen-Zone dorthin begeben zu dürfen, – und das wird wohl demnächst wieder in einem Brief an die NY-Times gebührlich verwendet werden: wie soll dieses Land den Krieg gewinnen, wenn ich, Feuchtwanger, erst um Erlaubnis bitten muß, vor einer eben deshalb einberufenen kriegswichtigen Versammlung eine Rede zu halten ...? Und zwar wird er das so darstellen, obwohl es ganz, ganz anders ausfiel. Und zwar. (Bericht von Prof. Arlts Sekretärin, die aus Gott weiß welchen Gründen der schaurig-schönen Festlichkeit anwohnte.)

Es begann also um 12 Uhr mit einem Lunch, dessen er aus Diätgründen nicht genoß, sondern er hörte den Jüdinnen lediglich beim Essen zu und wetzte unruhig zwischen Chairwoman und Acting Secretary hin und her. Um 1 wurde endlich ans Glas geklopft, jedoch weit gefehlt. Es erhob sich die Chairwoman und pries die Tätigkeit des Vereins. Es erhob sich ein greises Ehrenmitglied und pries die Veteranen. Es erhob sich eine Dritte und pries die Verdienste der einzelnen Mitglieder, welche sie denn auch beim Namen nannte. Und es erhob sich jede der genannten, es traten nacheinander etwa hundert geschminkte israelitische Tigerinnen ans Mikrophon, und jede erzählte, was sie geleistet hatte, warum, und unter welchen Mühen, auch hoben sie die Decken hoch die sie gestickt, die Schecks die sie gezahlt hatten, Beifall über Beifall brauste auf, und bei einigen besonders generösen Spenderinnen eilten die Blitzlichtler herzu und lichteten blitz.

Über dem wurde es 4 (vier) Uhr, – und noch allerweil keine Spur vom Lion: dessen Permit um 5 ablief. Und so geschah es denn auch. Als die Oberjüdin ihn endlich, auf sein immer nervöseres Gestikulieren hin, ans Mikrophon ließ, konnte er gerade noch sein Manuskript schwenken (ähnlich wie seine Vorgängerinnen Decken und Pulswärmer geschwenkt hatten), teilte mit, daß er es leider nicht mehr zu Gehör bringen könne, und ging ab.

Schon gut. Aber das Beste kam erst am nächsten Tag in der Presse. Nämlich ein ausführlicher Bericht über die Veranstaltung, gekrönt vom Blitzfoto der Chairwoman und einer besonders generösen Spenderin, gespickt mit Aufzählungen und Titeln, und ganz, ganz zum Schluß: »Present also was Mr. Lion Feuchtwanger«! Also der geronnene Albtraum seiner gesamten Existenz: daß er irgendwo einmal nichts weiter gewesen sein könnte als »also present«. – Wahrlich, noch selten hat das Unwesen der Womenclubs, gepaart mit jüdischer Manierlosigkeit (die es im Grunde ja ist), ein vortrefflicheres Ergebnis gezeitigt, und wir wollen es ihnen danken für und für …

Was heißt überhaupt »Luft«?

Aus einem Brief an Franz und Alma Werfel

(1944)

New York, 4. 8. 1944

»Ach, bester Bostel, lebst Du? Sprich!«
»Kann sein«, sprach er. »Man wasche mich.«

So auch mich. Und zwar ununterbrochen. Denn was sich hier unter der nachlässigen Bezeichnung »Hitze« abspielt, übersteigt alle meine Vorstellungen, – noch jetzt, wo ich doch schon mitten drin bin. Habt Ihr das eigentlich jemals erlebt? Es ist einfach lächerlich. Und das Schlimmste ist – nein, alles ist das Schlimmste.

Es wäre vergebens, eine Rangordnung herstellen zu wollen. Im übrigen wird mir soeben inne, daß Erschöpfung und Luftmangel sich auch auf den Stil auswirken. Es ist so heiß, daß man keine langen Sätze schreiben kann. Was wohl in diesem Klima aus der Joseph-Tetralogie geworden wäre ... Ich bitte von vornherein um Entschuldigung für diesen Brief, es wird nichts weiter herauskommen als ein Gelalle über die Hitze, ich weiß es.

Die einzige Rettung, die Lebensrettung geradezu, ist dieses airconditioned room. Da schwitz ich wenigstens *normal*. Gestern, in einem gleichfalls luftbedingten Restaurant, geschah es mir, daß ich plötzlich vom Tisch aufstand und hinausgehn wollte, »an die Luft«, weil ich es drinnen nicht mehr aushielt; erst unterwegs fiel mir ein, daß ich doch schon *drinnen* »an der Luft« bin, – und da bin ich mir also vorgekommen wie der letzte Akt Aida.

Was heißt überhaupt »Luft«? Luft, im Eigen-Sinn bürgerlicher Konvention, *gibt* es ja gar nicht. Das draußen ist doch ganz gewiß keine, und drinnen, wo sie conditioned ist, schmeckt sie wie filtriertes Moldauwasser. Und drinnen, wo sie *nicht* conditioned ist – nun, davon wollen wir erst gar nicht reden. Man geht auf der Gasse, d. h. man schleppt sich dahin, und man betritt, um sich z. B. Zigaretten zu kaufen, z. B. eine Apotheke – und da ist es also drinnen heißer als draußen. Dann aber tritt man wieder auf die Gasse hinaus – und siehe, da ist es draußen heißer als drinnen. Es ist ganz richtig das, was unsere fellow-Ungarn einen cirkulusch witzjozusch nennen. Mitunter mag es vorkommen, daß sich an einer Straßenecke so etwas wie ein Windhauch erhebt. Dann stoßen die dort Herumstehenden kleine, spitze Schreie der Lust aus und machen wilde Gebärden, um auch noch andre herbeizulocken, – aber ich bin bei solchen Gelegenheiten noch immer zu spät gekommen und habe nichts mehr verspürt als einen leisen, resignierten Gestank.

Auch bin ich in den ersten Tagen, wenn ich mich irgendwo niedergesetzt hatte, gleich darauf nervös wieder aufgestanden, weil ich glaubte, daß mein Sessel mit irgendwelchem Leim beschmiert war, jetzt hab ich mich aber schon dran gewöhnt und weiß, daß es nur die Hosen sind, die einem nach ein paar Minuten selbsttätig am Popo kleben. Weiters muß man sich daran gewöhnen, die Wahl des Restaurants *nicht* nach der Qualität des Essens zu treffen, d. h. die Frage lautet nicht: »Wo gibt's ein gutes Schnitzel?« sondern: »Wo gibt's ein gutes airconditioning?« Und leider ist das, für mich wenigstens, eine Alternativ-Frage. Knoblauch mit Schokolade ist hier sehr teuer.

Eine besondere Fleißaufgabe des Schicksals ist es, daß unser Office sich nicht im kühlen, ventilatorengespickten Time & Life Building befindet (c/o dessen ich jedoch zu erreichen bin), sondern in einer Dependance dieses Unternehmens im Grand Central Annex, ganz richtig, der gleichnamige Bahnhof – und von der Luft, die *dort* herrscht, kann man sich also *wirklich* keinen Begriff machen; ich habe gestern bereits ein kleines Stückchen Brikett gehustet und es für die kalten Wintertage beiseite gelegt. […]

FRIDERICI TORBERGIS
EPISTOLAE NOVAYORKENSES SIVE DE CALORE

und es tut mir leid, daß gerade Ihr die Empfänger dieser Episteln sein müßt. Aber da es sich um den Klagelaut der verstörten Kreatur handelt, und da ich mir keine Ohren weiß, die mir günstiger wären, so sei es drum. Auf Antwort rechne ich nicht, nur auf Geduld. Es ist nämlich so, daß man von gar nichts andrem reden *kann*, und es will mir scheinen, als ob die fürs erste nicht ganz einleuchtende Fragestellung »How are you *today*?« denn doch nicht allen Sinns und Rechts entriete; die Antwort freilich dürfte im besten Fall »I *am*!« lauten, nicht »fine« oder gar »swell«. Denn es ist schon das Höchsterreichbare, daß man *ist* und daß die Segel sich noch einmal, noch ein Mal füllen. – Ich möchte brüllen.

Es steht für mich endgültig fest, daß dieser Kontinent *nicht* zur Bewohnung durch Menschen gedacht war, sondern (von ein paar Hunderttausend Indianern abgesehn) höchstens für Alligatoren und Schildkröten. Selten noch hat sich Geschichte so einwandfrei als »Sinngebung des Sinnlosen« demonstriert wie hier. Denn selbstverständlich erfolgte jener »Zug nach dem Westen« ausschließlich deshalb, weil die verstörten Anwohner des Ostrands nicht *glauben* konnten, daß dies die Wirklichkeit wäre, ja sogar die *ganze* Wirklichkeit, und weil sie eine Gegend finden wollten, wo man vielleicht doch leben könnte. »Goldrush« und »Pioniertum« und dergleichen sind nachträgliche Fälschungen, ähnlich etwa wie sich die Wiener so lange »Wien, Wien, nur du allein« vorgesungen haben, bis sie nicht anders konnten als es glauben: sonst wären sie sich ja wie die Idioten vorgekommen. So mußten auch die Amerikaner sich irgendetwas erfinden, um die andernfalls völlig unbegreifliche Besiedlung dieses Kontinents zu rechtfertigen. Aber es ist nicht wohlgetan in den Augen Gottes, und die Heimsuchungen, die er auch über den an sich erträglichen Streifen an der Westküste schickt – Erdbeben in San Francisco, Filmindustrie in Hollywood –, erhalten derart einen tiefen Sinn. Das Ganze war ein Irrtum, einer der verhängnisvollsten der Menschheitsgeschichte, und jetzt haben sie die Bescherung. Jetzt müssen sie sich refrigerators erfinden und airconditioning und Coca-Cola. Der Untergang des Abendlandes beginnt in Bakersfield.

Das hypokritische Bestreben, jenen Irrtum zu vertuschen, hat die empörendsten Folgen. Zum Beispiel würden die Menschen hier sich um keinen Preis eingestehen, daß sie in einem supersubtropischen Klima leben. Mit kecker, wenngleich schweißtriefender Stirn halten sie die Fiktion eines normalen Betriebs aufrecht, gehen städtisch gekleidet, arbeiten tagsüber, wohnen in dünnwändigen Hochhäusern und verbieten sich und einander, in öffentlichen Lokalen den Rock abzulegen, auch wenn er noch so zwetschkenblau ist. Das hat, für mich zum Beispiel, die Folge, daß ich täglich drei Hemden verbrauche, solchermaßen der »Klabriaspartie«*

* Adolf Bergmann: »Die Klabriaspartie«, ein kabarettistischer Einakter (erstmals erschienen 1894); Klabrias oder Klaberjaß (jiddisch), ein Kartenspiel.

mich nähernd (in der also wirklich alles vorkommt) und dem dortselbst entworfenen Bild vom Kaiser Franz Joseph, der bekanntlich den täglich sein Hemd wechselnden Rothschild noch übertrumpft: »Franz Joseph?« spricht der unvergeßliche Simon Dalles und wiegt den Kopf. »Franz Joseph … Zieht an, zieht aus – zieht an, zieht aus …«

Ich kann nicht weiter. Mein Fleisch, ohnehin kein allzu festes, schmölzt. Bedrohliche Risse und Sprünge zeigen sich auf der Oberfläche meiner Haut. Ich werde mich auftun und mich selber verschlingen. Das Ende naht. Vergebt. Ich sterbe.

(Er stirbt)

Jacobowsky and the Colonel

Aus einem Brief an Franz Werfel

(1944)

New York, 19. 8. 1944

Lieber Werfel,

Du kennst die Geschichte von der Französischen Delegation, die in Prag vom Bürgermeister Baxa empfangen und auf französisch begrüßt wurde, und deren Führer in seiner Dankrede mit Freude und Genugtuung auf den Umstand hinwies, daß die Tschechen, nebst allem andern was sie mit den Franzosen verbände, auch eine Sprache hätten, die der französischen sehr ähnlich wäre.

Ich habe also gestern ein Theaterstück gesehn, das »Jacobowsky and the Colonel« heißt und große Ähnlichkeit mit einem Stück gleichen Namens aufweist, das Du einmal geschrieben hast, – keine so große Ähnlichkeit, daß direkt von einem Plagiat die Rede sein könnte, aber es gibt doch Stellen, die ganz unverkennbarer Werfel sind und die denn auch wie farbensattes Öl auf dem Wasser schwimmen, und zwar auf dem schalsten, seichtesten Brackwasser. Das Schlußbild (von der Kritik, wenn ich mich recht erinnere, eine »anticlimax« gescholten) ist das weitaus beste, das vorausgehende fünfte Bild, im Café zu St. Jean de Luz, ein Fall von böswilliger Exekutionsverhinderung durch den Bearbeiter oder eigentlich durch den Autor des American play, was es in diesem Bild tatsächlich ist. Es ist kaum glaublich, mit welcher Mühelosigkeit hier der Sprung von der Hintergründigkeit in die Banalität vollzogen wird, und mit welchem schweißlosen, glasierten Lächeln der Akrobat nach jedem Salto an die Rampe tritt, um den Beifall auf offener Szene einzuheimsen.

Der Professor zum Beispiel, der unbemerkt Selbstmord begangen hat, wird mit raschem Husch überspielt, denn da sich keinerlei commercial announcement einer Beerdigungsfirma mit ihm verbinden läßt (»Zahlen Sie jetzt – sterben Sie später!«), ist er nur unangenehm und stört das Getriebe der lovable characters, deren die Szene voll ist. Der tragische Herr, dem die Jacobowsky-Rede aus dem 2. Bild in den Mund gelegt ist, hat gleichfalls einen kräftigen Einlauf aus dem Banalisator bekommen und landet mit beiden Plattfüßen auf der pompösen Feststellung, daß Hitler an die Macht gekommen ist, weil Amerika und England nichts gegen ihn unternommen haben (Beifall), was auf geheimnisvolle Weise an die Treffsicherheit sozialdemokratischer Parteiredner unter Dollfuß erinnert. Der Herr mit den grauen Handschuhen zieht eben diese so auffällig an und aus und an, daß er allein daraufhin von der Gestapo sofort verhaftet und zu zehn Jahren Zwangsarbeit verurteilt werden müßte, und wenn er fragt warum so kriegt er zwanzig. Und von der Bumbum-Szene red ich erst garnicht.

In den andern Bildern halten die richtigen und die verschobenen Akzente einander ungefähr die Waage, wobei es den Kenner keineswegs überraschen wird, daß die großen Lacher fast ausnahmslos auf *Dein* Konto gehen. Und zwischendurch, wie schon angedeutet, blinkt da und dort ein wirklicher Satz auf, ein menschlicher Zug, eine kleine Atemlosigkeit, ein Wegweiser in die Transparenz, eine gültige Deckung der beiden Böden, die zur Doppelbödigkeit gehören. Es ist – und das halte ich für das große Glück – es ist so eindeutig klar, was original play ist und was based on same, daß Du Dich des Erfolgs genau so legitim erfreuen darfst wie ein Komponist einer Oper mit schlechtem Libretto. Ein Gesamtkunstwerk ist es nicht.

Ob gut oder schlecht gespielt wird, kann ich nicht recht beurteilen – ich war schon zu lange in keinem richtigen Theater, eigentlich seit Europa nicht, und da ham sie's natürlich schwer bei mir, die Buben. Es gibt, wenn Dir das vielleicht etwas sagt, Aufführungen, in denen die Schauspieler gut sind, und man hat außerdem noch das Gefühl, daß sie wissen was sie spielen; dieser Idealforderung genügt im Jacobowsky-Ensemble eigentlich nur der Bromberg (Szabuniewizc). Dann gibt es Schauspieler, die gut sind und *nicht* wissen was sie spielen; das ist der Karlweis. Dann gibt es die, die schlecht sind, aber immerhin noch *wissen* was sie spielen; das ist die Annabella. Und dann gibt es die, die schlecht sind *und* nicht wissen was sie spielen, und das ist das gesamte übrige Ensemble, – wobei ich allerdings, wie mir soeben innewird, die Tatsache außer acht gelassen habe, daß sie ja nicht so sehr Werfel spielen wie Behrman, und da ist es eigentlich gar nicht so wichtig, ob sie wissen was sie spielen: denn was wüßten sie gar schon, *wenn* sie's wüßten? Am Ende verhält es sich so, daß von *diesem* Standpunkt aus sogar gut gespielt wird. Der Erfolg scheint eher dafür zu sprechen, es war krachvoll, es wurde gelacht und geklatscht, ganz wie in einem richtigen Theater, und es ist gar keine Frage, daß es sich hier um einen smash hit der entertainment industry handelt. Wenn Gott gibt – und er gebärdet sich ja neuerdings wirklich so, als ob er geben wollte –, dann werden wir »Jacobowsky und der Oberst« bald auch als Aufführung eines Theaterstücks von Werfel erleben.

Ich hätte Dir noch mancherlei zu sagen, aber da dieser Brief nun schon in die sechste engbeschriebene Seite geht, ist es mir, als hörte ich vom andern Ende her den Pfiff der Alma schrillen, ich erhebe mich eiligst und verschreckt, denke mir mein Teil zu Deiner hämischen Aufforderung, mich doch von der Alma nicht einschüchtern zu lassen, und halte mich bis zum nächsten Mal empfohlen. F. T.

Treffen sich also zwei Emigranten

Aus einem Brief an Franz und Alma Werfel

(1945)

New York, 15. 1. 1945

Treffen sich also zwei Emigranten, die auf demselben Schiff herübergekommen waren, nach einigen Jahren wieder, und »Hello!« ruft der eine, »Hello, Mister Rappaport! I'm glad to see you! How have you been all the time?« Der Angesprochene blinzelt angestrengt und verlegen: »Wie bitte?« fragt er. »Was sagen Sie?« – »Well – I mean – how are you?« trompetet der andre weiter drauflos. »Where are you living? What have you been doing since your arrival?« – »Entschuldigen Sie«, spricht Rappaport, »ich weiß nicht was Sie meinen. Ich versteh Sie nicht.« – »Sie *verstehn* mich nicht?« wundert sich der Englischredner auf deutsch. »Sie sind doch auf demselben Schiff herübergekommen wie ich – Sie sind doch genau so lang hier wie ich – und Sie verstehn die Sprache nicht?!« Rappaport lächelt müde. »Die Sprache, lieber Herr? Die Sprache? *Ich bin froh, wenn ich einen amerikanischen Siebner machen kann!*«*

---

* In diese Reihe gehört auch die *kürzeste* Emigranten-Geschichte, gleichfalls eine Begrüßung: »Habedjehre, Herr Abeles – wie geht es Ihnen – was machen Sie – *wie heißen Sie*?« (Weil doch hier alle Rosenblatts plötzlich Robbins heißen usw.)

Das ist, wie Du zugeben wirst, die unterste Stufe der Assimilation, und mancher lernt's nie. Nicht daß es gar so wichtig wäre, und ich will Dir schon deshalb nicht zureden, es zu lernen, weil ich am 31. sowieso aus dieser Wohnung hinausmuß und dann vielleicht eine Adresse haben werde, in der gar kein Siebner vorkommt. Diesmal aber, bei diesem Brief, hat es ein gewaltiges Ritardando verursacht, daß Du ihn an die 42. Straße adressiert hast, wo ich in gar keiner Weise wohne. Zum Glück stehe ich im Telefonbuch, und zum Glück ist die findige Post auf die Idee gekommen, dortselbst nachzublättern und sodann einen korrekten 72er unter den Deinigen inkorrekten zu malen.

Was Du gemacht hattest, war, wie gesagt, ein Vierer. Den Vierer seinerseits macht man hier am ehesten so, wie man bei uns ein griechisches Delta gemacht hat, denn was man bei uns als Vierer gemacht hat, gilt hier in weiten Kreisen als Neuner. Und den Siebner, damit auch das gesagt sei, macht man weder so wie Du ihn gemacht hast, noch macht man ihn mit edel gewelltem Aufstrich, noch mit einem kalligraphischen Häkchen als Auslauf, noch mit einem queren Schwänzchen durch die Mitte, sondern man macht ihn ziemlich wie einen arabischen Einser, indessen der arabische Einser viel eher einem römischen gleicht, ein Längsstrich, schmucklos ganz und gar, und das mit Recht. Wie man hier einen römischen Einser macht, weiß ich nicht, und wenn ich's wüßte, würde ich es Dir nicht sagen, weil ich Dir auf ein Mal nicht zu viel zumuten will und weil bekanntlich alles – wenn man von Polen und der Tschechoslowakei absieht – seine Grenzen hat. Das Viertelstündchen zur Unterhaltung und Belehrung ist beendet.

Dein Brief, Alma. Dein lieber, lebensvoller, draufloser Brief. Erinnerst Du dich noch: auf den Stationen der Stadtbahn (der *alten* Stadtbahn, die ihren Namen noch mit Recht getragen hat, die noch eine wirkliche *Bahn* war mit Dampf und Ruß und Sonntags-Erregung, nicht dieser abgetriebene Bankert von Sub- und Tramway, der späterhin draus wurde) – auf den Stationen der Stadtbahn gab es eine Reklame der Zigarettenhülsen Marke SPHINX, darstellend eine Sphinx mit ungemein ausdrucksvollem Antlitz, und davor waren auf raffinierte Weise metallene Längsrillen angebracht, welche bewirkten, daß die Blicke der Sphinx einem folgten wohin man auch ging und daß sie einen ansah wo man auch stand. Daran erinnern mich Deine Briefe. (Und das ist jetzt keine tückische Anspielung auf Deine wilde Handschrift, die man desgleichen von wo immer anschaun kann – und manche Worte, oh staunenswerter Fall, sind sogar dann lesbar, wenn man das Blatt verkehrt in der Hand hält. [...]

Zum Tod Franz Werfels

Aus einem Brief an Alma Werfel

(1945)

New York, 8.9.1945

Liebste, liebste Alma,

ich bin sehr glücklich über die beiden Briefe von Dir, die rasch nacheinander angekommen sind, ich bin glücklich über alles, was Du von *ihm* schreibst *und* von Dir, es ist *alles* so wie er sich's nur wünschen konnte oder wünschen würde, angefangen vom Hinunter- und Hinübergleiten und vom sanften, heiteren Todes-Antlitz, bis zu Deiner *tapferen Trauer*: denn das ist sie, *das* und *keine* traurige Tapferkeit – was es ja *auch* gibt und was so ziemlich das genaue Gegenteil wäre. Es ist alles *richtig* so wie es ist, verstehst Du mich? Natürlich verstehst Du mich.

Das Schreckensbild, unter dem ich in den ersten Tagen gelitten habe – die Erinnerung an Deine völlige *Aufgelöstheit* damals nach dem schweren Anfall, die ich mir da also verzehnfacht und verhundertfacht vorgestellt habe –: ich möchte Dich jetzt fast um Verzeihung dafür bitten.

Trauer, glaube ich, Trauer, die einen *Sinn* hat, ist genau so die Sache dessen um *den* getrauert wird, wie die des Trauernden selbst. Du, um IHN, *kannst* nur so trauern wie Du es tust. Mit jeder Zeile die Du jetzt diktierst – mit jedem Blick in sein Zimmer – ja noch mit jedem sinnlosen Vorwurf, den Du Dir machst (Du *mußt* es tun, Du *darfst* Dir kein einziges Ventil Deiner Trauer verschließen) – und noch die sinnlose Frage: wie Du ohne diesen süßesten, reinsten Menschen weiterleben sollst. Weißt Du, wie? Indem Du Dich fragst, wie Du ohne diesen süßesten, reinsten Menschen weiterleben sollst. Genau so. Daraus wächst von selbst die Antwort. Sie *ist* ja schon gewachsen. Du *lebst* sie ja schon. Alles, was Du tust, ist ein Beweis dafür.

Ob auch ich ihm so gerecht wurde mit meiner Trauer: dessen bin ich noch nicht sicher. Es ist noch zu viel Wehleidigkeit dabei und zu viel Zorn. Aber es wird schon richtig werden. Vorläufig sitz ich noch da und stöber in alten Briefen und Aufzeichnungen herum und lese in seinen Gedichten, den gedruckten und denen die ich im Manuskript besitze, – und es ist ein so *grandioser* Reichtum, daß er überhaupt nie versiegen *kann*. Es ist so eindeutig und unverwechselbar und unersetzlich, daß sogar mein ganz persönlicher und alleiniger Verlust etwas Unersetzliches wird, *als Verlust*, es ist noch Gewinn in diesem Verlust, es ist noch Leben in diesem Tod, es ist ein Wunder. [...]

Kaisers Geburtstag, Alma

Brief zum 70. Geburtstag Alma Mahler-Werfels

(1949)

Haines, Fall, 18. August [1949]

Kaisers Geburtstag, Alma –

und das ist eine vortreffliche Gelegenheit, sich des königlichen zu erinnern, der Dir bevorsteht*. Denn wenn er erst einmal da ist, wird es von Erinnerern derartig wimmeln, daß ich mich in ihrem ungebärdigen Chor höchstens als ein piepsendes Stimmchen bemerkbar machen könnte, und ich bin dem Piepsen abhold.

Laß mich also schon heute, im vollsten Bariton, den ich Dir irgend zur Verfügung stellen kann, wie folgt zu Dir sprechen:

Ich liebe Dich. Ich liebe Dich mit allem Durcheinander, das Deine Einmaligkeit in einem weniger einmaligen Menschen (wie ich es bin) hervorbringt. Ich möchte keine einzige Minute, die wir jemals zusammen verbracht haben, und ihrer sind viele und bunte – ich möchte keine einzige aus meinem Leben missen, gleichgültig, wie es in der betreffenden Minute gerade zugegangen ist: denn immer warst es Du, die ihr den Stempel gegeben hat, und dieser Stempel ist es, der übrig bleibt, und es ist der Stempel der Einmaligkeit. Und ich möchte, daß Du noch ungezählte Minuten oft, noch ungezählte Jahre lang, auf mir umeinanderstempelst, daß mir Hö-

* Alma Mahler-Werfels siebzigster Geburtstag am 31. August 1949.

ren und Sehen vergeht und daß ich Hören und Sehen lerne. (Und ich möchte bei dieser einen, einzigen und ausnahmsweisen Gelegenheit ganz allein zu Dir gesprochen haben, so, als ob wir sonst durch gar nichts verbunden wären – gerade weil wir wissen, wodurch und wie sehr wir's sind.)

Dies alles, mit Ausnahme der Klammer, aus der das Schicksal sie leider ausgeklammert hat, würde Dir auch die Marietta sagen, ganz genau so, weil sie Dich ganz genau so liebt. Aber sie ist erstens nicht hier, – ich bin noch immer in meiner Berg- und Arbeits-Einsamkeit*, – und zweitens ist sie, wiewohl dem Piepsen nicht minder abhold als ich, keine sehr gute Sagerin, zumindest schriftlich nicht.

Nimm's also von mir für uns beide entgegen, in Gnaden und Hulden, und sei, von Stund an bis daß der termingerechte Jubelchor Dich umbraust, von uns beiden innigst, innigst umarmt.

Der Deine immerdar

F. T.

---

* F. T. arbeitete an seinem Roman »Die zweite Begegnung«.

Gottes Kind und Gottes Sänger

Persönliche Anmerkungen über Franz Werfel

(1955)

Es ist nicht ungefährlich, Dichter aus der Nähe kennen zu lernen. Sie entsprechen nur in den seltensten Fällen der Vorstellung, die man sich auf Grund ihres Werks von ihnen gemacht hat, und oft genug widersprechen sie ihr geradezu, oft genug führt solches »Kennenlernen« zu einer Enttäuschung nicht nur in bezug auf die Person, sondern, rückwirkend, auch in bezug auf das Werk: das man hernach mit andern Augen sieht, das von der Person her in Frage und in Zweifel gestellt erscheint, und das einem alsdann vielleicht minder gefallen will als zuvor.

Bei Franz Werfel, dem lebensnahen und himmelsfrohen, der vor zehn Jahren, noch nicht 55jährig, buchstäblich an gebrochenem Herzen im Exil verstarb; in dessen Lächeln die Spitzbüberei eines von Gott verwöhnten Kindes sich mit der Wehmut eines um Gottes Wohlergehn besorgten Weisen mischte; und dessen füllige Heiterkeit immer zugleich von dieser Welt war und von jener –: bei Franz Werfel bestand die Gefahr einer solchen Enttäuschung nicht. Wen sein Werk zur Bekanntschaft mit ihm gelockt hatte, der fand alle Vorstellungen, die er sich vom Autor dieses Werks gemacht haben mochte, glorreich bestätigt, der war dem Werk hernach noch fragloser, noch zweifelsfreier zugetan, mitsamt den kleinen

Schwächen, die es aufwies und die sich von der Person her, rückwirkend, als Stärken offenbarten: nämlich als Echtheiten. Franz Werfel nämlich – und ich wüßte nicht, wie ich ihn besser bezeichnen und besser rühmen könnte – war ein echter Dichter.

Was heißt das eigentlich? Warum will solche Bezeichnung heute bereits als Huldigung verstanden sein? Und soll, wenn wir sie so verstehen, der Ton auf »echt« liegen oder auf »Dichter«?

Rechtens und im Grunde wäre das »echt« als überflüssiger Zusatz abzutun und dürfte einer, dessen Echtheit nicht unantastbar feststeht, gar nicht als »Dichter« bezeichnet werden. Aber wie die Dinge nun einmal liegen, müssen wir's wohl ein wenig billiger geben, müssen uns damit abfinden, daß heutigentags schon als Leistung gilt, was früher deren simple Voraussetzung war, daß der einstige Pleonasmus gerade noch zur Begriffsklärung ausreicht, und daß – anders als auf dem segensreichen Gebiete des technischen Fortschritts, wo bekanntlich das Wunder von gestern die Selbstverständlichkeit von heute ist – im literarischen Bezirk die Selbstverständlichkeit von gestern sich heute als staunenswertes Wunder präsentiert.

Zu diesen Wundern gehört der echte Dichter: das ist einer, der seiner unverkennbaren Gottesgabe so voll ist, daß ihm nichts andres übrig bleibt als zu dichten, nur das und sonst nichts. Er könnte gar nichts andres tun selbst wenn er möchte. Er möchte gar nichts andres tun selbst wenn er könnte. Er ist ein Dichter in allem was er tut, ist weder ein literarisch vermummter Pädagoge noch ein belletristisch aufgeputzter Bildungsprotz, ist kein Propagandist, der sich dichterischer Mittel »bedient« (also sie knechtet und entwürdigt), kein angewandter Theoretiker und kein mühseliger Wucherer mit dem Pfunde seiner Begabung. Sondern sie bricht und stürzt aus ihm hervor, sie ergießt sich in reichem, vollem Schwalle, der ihn schier überwältigen will und den er dennoch, Zauberlehrling und Hexenmeister in einem, immer noch mit knapper Not in die rechte Bahn zu lenken weiß, – es ist die einzige Not, die er kennt: die Not des Schöpferischen; und es ist die einzige Bahn, die ihm offensteht: sie führt aufwärts und immer dorthin, von wannen ihm die Gabe ward.

»Heilige Poesie / Himmelan schwebe sie« – es war dieses Goethewort, dem Werfel sich am innigsten verschrieben hatte und in dem ihm alles versammelt schien, was dichterische Sendung und Erfüllung irgend umschließen kann. Er hat seine poetische Begabung zeitlebens als Gottesgeschenk empfunden, nicht anders als das Leben selbst, das es täglich aufs neue zu empfangen und zu begleichen galt: eben durch den Ein-Klang, in den die beiden Geschenke und der Dank für sie zu bringen waren. Lebens- und Schaffensgefühl und -geheiß waren ihm durchaus eins, er lebte, um zu dichten, und er dichtete, um zu leben: »Um im Gesang zu offenbaren / Des Vaters Liebe durch den Sohn« *(Echnatons Sonnengesang)*. Es ist schon bei früherer Gelegenheit von mir darauf verwiesen worden,* daß es wirklich und ursprünglich Gesang war, zu dem er sich hingerissen fühlte, Gesang aus voller Brust, Lied, das aus der Kehle dringt; und daß in den Titeln seines Œuvres Kennzeichnungen wie »Lied« und »Gesang«, »Hymnus« und »Ballade« ständig wiederkehren (und weit häufiger zu finden sind als im Œuvre irgendeines anderen Zeitgenossen): *Abendgesang, Gesang einer Frau, Gesang*

* »Gedenkrede auf Franz Werfel«, gehalten in New York 1945, erschienen in der »Neuen Rundschau«, Stockholm 1946/I, und in »PPP – Pamphlete, Parodien, Post Scripta«, Band III der Gesammelten Werke in Einzelausgaben, Verlag Langen Müller, München/Wien, 1964, S. 373 ff.

von den großen Toten, Morgengesang eines Lumpen, Der Weltfreund singt, Wanderlied, Trinklied, Ein Lebenslied, Herbstlied, Mondlied eines Mädchens, Elternlied, Ein geistliches Lied, Ballade von den Begleitern, Ballade von der Krankheit, Traumballade, Tränenhymnus, Morgenhymnus, und noch auf dem Theater *Bocksgesang*, und noch im Roman *Das Lied von Bernadette*.

Das geschah nicht beiläufig und nicht aus Koketterie. Es geschah aus organischer Notwendigkeit, aus eben jenem Zusammenhang und Zusammenklang von »Dichten« und »Singen«. Wie es denn auch kein Zufall war, daß Werfel über eine Tenorstimme verfügte, die sich hören lassen konnte (und hören ließ); daß in seinen Gedichten und in seiner erzählenden Prosa (»Die Geschwister von Neapel«; »Cella«) die Musik ihm immer wieder zum Thema oder zum Gleichnis wurde; und daß seine Verliebtheit in die Große Oper über den »Verdi«-Roman hinaus auch in der Erneuerung Verdi'scher Textbücher (»Die Macht des Schicksals«, »Simone Boccanegra«) ihre Früchte trug. Er war ein Dichter vom Liede her und zum Liede hin, ein echter Dichter.

Von hier aus, und nur von hier aus, sind die schon angedeuteten »Schwächen« seines Werks zu begreifen und, mehr als das, zu akzeptieren. Sie leugnen zu wollen, wäre albern, sie zu »entschuldigen« wäre ein übles Mißverständnis. Sie gehören zu seinem Werk, wie sie zum Menschen gehören, nicht nur zum Menschen überhaupt, sondern zu diesem Menschen Franz Werfel, der noch im glücklichsten Gelingen demütig seiner gottgewollten Unvollkommenheit inne war, den die eigene Schaffenskraft niemals darüber hinwegtäuschte, wie sehr das also Geschaffene doch Stück-Werk bleiben müsse, und dem selbst auf dem Gipfel eines weltweiten Ruhms nichts ferner lag, als mit steifem Unfehlbarkeits-Anspruch seine Selbstvergottung zu betreiben. Nicht als hätte er's vorsätzlich auf eine fromme Dosis von Mängeln angelegt, nicht als hätte er sich mit selbstgefälliger Naivität über die Gesetze der Kunst hinwegkünsteln wollen. Er gab schon sein Bestes und war schon überzeugt, daß er Besseres nicht zu geben vermochte. Nur lag ihm in der letzten Alternative doch an der inneren Gestaltung mehr als an der äußeren Gestalt, mehr an dem, *was* er zu sagen hatte, als daran, *wie* er es sagte: wenn es nur gesagt war, wenn es nur gehört wurde.

Formale Mängel also? Gewiß, und in erster Linie, und in seiner Prosa vor allem. Nichts aber wäre fahrlässiger, nichts wäre oberflächlicher und werkfremder, als seine Prosa darum in Bausch und Bogen abzutun und nur seine Gedichte gelten zu lassen, wie ihm das bisweilen geschah, mit besonderer Vorliebe von seiten einer hochnäsig konzessionsbereiten Ahnungslosigkeit (die ihm in Wahrheit nichts weiter vorzuwerfen wußte als den Erfolg). Denn es verhält sich keineswegs so, daß neben seinem lyrischen Werk das epische weder Bestand noch Berechtigung hätte und das dramatische nur insoweit, als es dem lyrischen handgreiflich zur Seite steht. Es verhält sich keineswegs so, daß in seinen Gedichten nichts Mangelhaftes zu finden wäre und in seinen Romanen und Novellen und Dramen nichts Meisterhaftes. Sogar in seiner didaktischen Prosa, in seinen Essays und Aphorismen, stehen höchst wesentliche und höchst brillant formulierte Aussagen, ohne die sein Werk nicht annähernd das wäre, was es ist. Und in seiner Lyrik steht manches, worauf man ebenso gut hätte verzichten mögen. Aber es ist alles vom gleichen Stoff, und ist aus solchem Stoff wie der zum Dichten.

Freilich: so wenig man dem Autor der »Vierzig Tage des Musa Dagh« oder des »Stern der Ungeborenen« die epische Legitimation absprechen wollte, dem Autor von »Juarez und

Maximilian« oder von »Jacobowsky und der Oberst« die dramatische, dem Autor der »Kleinen Verhältnisse« oder des »Trauerhauses« die novellistische – freilich blieb es doch immer das Gedicht, wo er sich am tiefsten beheimatet wußte, am nächsten und nacktesten der Gnade seines Schöpfers und dem Geheimnis seiner Schöpfung überstellt: also dem Wort, welches am Anfang war, dem Wort als jenem »ersten Sanktus«, der ihm nächtens durchs Zimmer schwebt (»Während mich die Scham durchschauert / Ob ich seiner heilig bin«), dem Wort, welches mehr ist als die Dinge, und: »In sein Herz hineinzureichen / Heißt der Gottheit näher sein«. Gedichte wie dieses – die »Legende von der Sprache« –, Gedichte wie »Der Reim« oder »Das Gedicht« zeugen von einer so ehrfürchtigen Verantwortung vor dem Handwerk, dem zu obliegen ihm aufgegeben war, und zugleich von einem so erbarmungslosen Wissen um des Handwerks Material und Mühe, daß man beinahe geneigt ist, überall dort, wo diesem Wissen dennoch zuwidergelaufen wird, noch besseres Wissen zu vermuten. Es lag nicht vor. »Das Fremde ist mir wohlgelaunt / Es hat mich erwählt, daß es werde« heißt es im »Gedicht«, und so wird es wohl »das Fremde« gewesen sein, das ihn zu jener fundamentalen Erkenntnis befähigt hat, in die sein Sonett vom »Reim« einmündet: »Im Deutschen müssen sich *die Sachen* reimen« (das heißt die Wurzeln, nicht die Endungen). Und weiß Gott: bei Werfel reimen sie sich. Könnte »der schöne, strahlende Mensch«, dessen Auge »von allzuviel Erhelltsein« bricht, diesem Erhelltsein gültiger entsprechen als mit dem Jubelruf: »Oh Erde, Abend, Glück, oh auf der Welt sein!«? Käme bei der Schlußstrophe des Gedichtes »Vater und Sohn«:

Wie wir einst in grenzenlosem Lieben
Späße der Unendlichkeit getrieben,
Ahnen wir im Traum.

Und die leichte Hand zuckt nach der greisen,
Und in einer wunderbaren, leisen
Rührung stürzt der Raum

– käme da irgendeiner auf den Gedanken, daß ihn das uralte Reimpaar »Liebe – Triebe« in diese Unendlichkeit entführt? Und schwerlich wird ein zu kurzer Gnadenfrist wiedergewonnenes Leben sich in wollüstigere Überfülle hineinreimen können als in diesen Sonettschluß, der vom zweifachen Reim beinahe bersten will (»Eine Stunde nach dem Totentanz«, erst posthum veröffentlicht):

Atemlos horch ich. Da, ein chromatischer Schimmer
Fahl aus des Nachbarn geöffnetem Fenster fließt.
Vielleicht sitzt der Tod am Klavier als prüfender Stimmer.

Und während mein Leben sich regsamer bläht und genießt,
Fühl ich ihn lehnen im hörigen Nebenzimmer,
Wo er unsichtbar raschelnd das Abendblatt liest.

Aber dies alles, wie eigenständig und unbedingt sich's auch darbietet, wäre immer noch im Rahmen einer wild aufgeflackerten Begabung (etwa vom Schlage des tragisch unvollendeten Klabund oder des früh entmannten Bertolt Brecht) denkbar gewesen: hätte es sich nicht eingespannt und hingeweitet in den größeren Rahmen eines Weltbilds, das am lyrischen Ausdruck allein nun wahrlich keine Genüge finden konnte und das sich die andern Ausdrucksformen alle erschließen *mußte*, aus purer, ganz wörtlich zu nehmender Lebens-Nötigung: »O Herr, zerreiße mich … Wort, prassle auf« – »Da brach ich aus in brüllende Erflehung« – »Mit unerträglichen Gewalten / Lohst Du in mir als Liebeslicht« – »Der Himmel barst. Und Gottes Taube wiegte / Begeistert sich im blauen Riesen-Wind« –: es sind vier Gedichte aus vier

Entwicklungsphasen, denen diese Zitate entstammen: und fügen sich dennoch in eins, immer wieder, streben vom gleichen Ursprung zum gleichen Ziel, und der da ausgebrochen ist, prasselnd und brüllend, der da loht und birst und begeistert sich wiegt, braucht keinen Umweg zu scheuen, *weiß* von gar keinem Umweg, weiß nur von Wegen immer wieder, und geht einen jeglichen.

Franz Werfel, vor zehn Jahren zur Unzeit gestorben, wird noch eine kleine Zwischenzeit überleben müssen, ehe seine Zeit kommt. In dieser Zwischenzeit mag ihn eine unsichere Generation von Literaturkonsumenten und -konsumverteilern in ihren Prospekten getrost an falsche Stellen setzen und ihn die Lücken büßen lassen, die ihre eigenen sind. Zu seiner Zeit, wenn sie erst wieder da ist (ein drittes Mal, denn zweimal war sie es schon), wird er erkannt sein als einer der letzten im deutschen Sprachbereich, die sich noch Dichter nennen durften, wird er erkannt sein als ein echter Dichter.

Judentum

Der Nathan des Ernst Deutsch

(1958)

Da ist man also mit einem Schauspieler seit Jahren befreundet, seit Jahrzehnten sogar (um es genauer zu sagen, als man's eigentlich wissen will). Da hat man dieser Freundschaft die Treue gehalten durch dick und dünn und einiges dazwischen (eine ganze Emigration zum Beispiel). Da hat man diesem Schauspieler Gefolgschaft geleistet auch dort, wo andere sie ihm dann und wann versagten, denn ein Schauspieler *kann* ja nicht immer gut sein, auch wenn man noch so gut mit ihm befreundet ist. Und da kommt also dieser Schauspieler, zu dem man seit Jahrzehnten Ja gesagt hat – da kommt er eines Tages und sagt: »Höre«, sagt er, »ich soll den Nathan spielen. Was hältst du davon?«

Daraufhin entsteht eine gewaltige Pause. Eine Pause, wie sie im Verlauf der jahrzehntelangen Freundschaft noch nie entstanden ist. Eine Pause, die kein Ende nehmen will. Wenn auf der Bühne solche Pausen entstehen, fällt der Vorhang. Im Privatleben gibt es diese segensreiche Einrichtung nicht. Im Privatleben gibt es in solchen Fällen bestenfalls ein verlegenes Räuspern. Man räuspert sich also, räuspert sich nochmals, holt Atem, nimmt Anlauf, und sagt: »Höre«, sagt man. »Die Sache ist die. Nämlich. Ich will dir etwas sagen …«

Aber man sagt es nicht. Man kommt gar nicht dazu, es zu sagen. Denn der Schauspieler, mit dem man befreundet ist, besitzt ja auch seinerseits die Feinfühligkeit des wahren Freundes, und sagt: »Ich bin ganz deiner Meinung. Ich glaube nicht, daß ich den Nathan spielen soll. Du mußt mir nicht erst abraten. Ich habe dich verstanden.«

»Als Mensch oder als Schauspieler?«

»Selbstverständlich als Schauspieler. Übrigens: hast du mir als Freund oder als Kritiker abgeraten?«

»Selbstverständlich als Kritiker.«

»Aber der Stroux möchte den Nathan unbedingt mit mir –«

»Der Stroux soll machen was er will. Mit dem bin ich nicht befreundet.«

»Du rätst mir also ab, den Nathan zu spielen?

»Entschieden.«

»Du hast ganz recht.«

Bald darauf spielte Ernst Deutsch den Nathan. Er spielte ihn, obwohl er der Meinung war, daß er ihn nicht spielen sollte, er spielte ihn, obwohl – nein *weil* ich ihm davon abgeraten hatte (denn Schauspieler lassen sich von Kritikern grundsätzlich nicht raten). Er spielte ihn das erstemal bei den Ruhrfestspielen in Recklinghausen im Sommer 1955 und hat ihn seither in vielen deutschen Theaterstädten gespielt, insgesamt mehrere hundert Male. Es wurde ein Erfolg von so ungeheuerlichen Dimensionen, wie ihn Ernst Deutsch noch nie und die deutsche Bühne nur ganz selten erlebt hat. Es war mehr als ein Erfolg, es war eine Erfüllung, und zwar eine zweifache. Ernst Deutsch hat mit dieser Rolle alles erfüllt, was man sich irgend unter dem Schauspieler Ernst Deutsch und irgend unter der Gestalt des Nathan vorgestellt haben mochte.

Man kannte den Schauspieler Ernst Deutsch von Anfang an als einen Unruhestifter auf der deutschen Bühne. Man kannte ihn als dunkle Flamme, die plötzlich ins expressionistische Drama der Zwanzigerjahre gezuckt kam, als die »Damaszenerklinge« (wie ein Kritiker ihn damals nannte), als die federnde Verkörperung modernster und kompliziertester

Charaktere. Man kannte das stilisierte Fieber und den kalten Rausch, der gerade von seinen leidenschaftlichsten Bühnengestaltungen ausging. Man kannte das erzene Pathos, zu dem eine heute allmählich aussterbende Sprach- und Sprechverantwortung ihn befähigte. Man kannte die flackernde Eleganz, die er seinen gesellschaftlichen und seinen klinischen Außenseitern mitgab. Wie läßt sich's erklären, daß dieser Schauspieler Ernst Deutsch seine große Erfüllung nun just in der Gestalt des Nathan fand? Des weisen Nathan, dessen Weisheit – Hand aufs Herz, das da nicht immer ganz wunschgemäß mitklopft – uns doch seit Mittelschultagen ein wenig altmodisch anmutet und dessen Güte im Lauf eines zweihundertjährigen Klassikerdaseins doch schon ein wenig Fibelmoral angesetzt hat? Wo war die Ebene, auf der eine Gestalt wie dieser Nathan und ein Schauspieler wie dieser Ernst Deutsch einander begegnen konnten?

Sie war, ehe die Begegnung stattfand, nicht vorhanden. Sie wurde erst durch diese Begegnung und für sie geschaffen. Nathan der Weise und Deutsch der Schauspieler haben aneinander Eigenheiten und Besitztümer entdeckt, von denen sie vorher beide nichts wußten. Auch die Reihe der großen Nathan-Darsteller, die wir sahen und liebten, die Bassermann und Wegener, die Ponto und Aslan – auch sie wußten nicht alles, was in diesem Nathan war, konnten es gar nicht wissen, und hätten sie's gewußt, so würde es ihnen nichts getaugt haben. Sie konnten aus dem Nathan die leuchtende Menschlichkeit herausspielen und die patriarchalische Größe, die Milde des Alters und die Würde des Verstehens. Zu dem, was der Nathan heute und nur heute ist, blieb ihnen zeit- und naturnotwendig der Zutritt versperrt. Wohl ihnen.

Es läge nahe, dies Eine und Zusätzliche, welches dem Nathan des Ernst Deutsch gegeben ist, nun einfach damit zu erklären, daß da ein jüdischer Schauspieler eine jüdische Gestalt verkörpert. Es läge nahe und es wäre zu einfach. Ernst

Deutsch mag immerhin ein »jüdischer« Schauspieler in tieferem als bloß dem herkunftsmäßigen Sinne sein (und tatsächlich erreichte er sein Bestes und Eigenstes unfehlbar dann, wenn er Juden zu spielen hatte, vom historischen Disraeli bis zum erfundenen Ferdinand de Levis in Galsworthys »Gesellschaft«) – aber der Nathan ist ja gar keine so spezifisch jüdische Gestalt, wie man anzunehmen liebt. Er soll's auch gar nicht sein, schon von der Absicht und den Motiven seines Schöpfers her nicht. Dem Humanisten Gotthold Ephraim Lessing ging's ja gerade um den Erweis, daß zwischen Juden und Nichtjuden kein Unterschied bestehe, daß sie alle Menschen sind und daß die Edlen und die Bösen sich gleichermaßen unter sie alle verteilen. Der Sultan Saladin ist kaum weniger weise als der Nathan, der Klosterbruder kaum weniger gütig und menschlich in all seiner Einfalt. Was den Nathan zum Juden macht, ist nicht die Ringerzählung, sondern die Pogromerzählung im letzten Akt, die Erzählung vom Gemetzel, dem seine Familie zum Opfer fiel. Hier, folgerichtig, steigert sich die Gestaltung des Nathan durch Ernst Deutsch zu einer Höhe, die nur ihm erreichbar ist: weil er das, wovon er erzählt, wirklich und wahrhaftig erlebt hat, an seiner eigenen Sippe erlebt – und weil er dennoch *so* davon erzählen kann.

Es hat noch keinen größeren Nathan gegeben als den des Schauspielers Ernst Deutsch und noch keine größere Leistung des Schauspielers Ernst Deutsch als diesen Nathan. Er ist so eindeutig der Nathan unsrer Zeit, wie Josef Kainz der Hamlet und Alexander Moissi der Fedja seiner Zeit war.

Applaus für Anne Frank

Ein nicht ganz imaginärer Dialog nach der Wiener Premiere des »Tagebuchs der Anne Frank«

(1957)

DER ZUFRIEDENE: Ich bin mit dem Wiener Erfolg des »Tagebuchs der Anne Frank« sehr zufrieden. Es ist ein erschütterndes Stück. Und es führt uns das Grauen einer gottlob vergangenen Epoche um so eindringlicher vor Augen, als es auf jede anklägerische Tendenz verzichtet. Gerade dadurch, daß es immer im rein Menschlichen bleibt, übt es die richtige Wirkung. Der Beifall des Publikums beweist das.

DER UNZUFRIEDENE: Ich bin mit dem Wiener Erfolg des »Tagebuchs der Anne Frank« keineswegs zufrieden. Es ist ein erschütterndes Stück. Und es führt uns nichts andres vor Augen als ein erschütterndes Stück. Gerade dadurch, daß es immer im rein Menschlichen bleibt, übt es die falsche Wirkung. Der Beifall des Publikums beweist das.

DER ZUFRIEDENE: Manche Zuschauer weinten sogar.

DER UNZUFRIEDENE: Manche Zuschauer weinten sogar bei der »Kameliendame«.

DER ZUFRIEDENE: Das kann man doch nicht vergleichen.

DER UNZUFRIEDENE: Warum nicht? Beides sind Theaterstücke.

DER ZUFRIEDENE: Das »Tagebuch der Anne Frank« ist kein Theaterstück im üblichen Sinn.

DER UNZUFRIEDENE: Doch. Und noch dazu – ich gebrauche diesen Ausdruck mit Absicht – ein verdammt gutes. Fast so gut wie die »Kameliendame«.

DER ZUFRIEDENE: Jetzt gehen Sie aber zu weit. Die »Kameliendame«, diese rührselige Kitschgeschichte –

DER UNZUFRIEDENE: – war zur Zeit ihrer Entstehung ein aufrüttelndes gesellschaftskritisches Drama. Daß es an der damaligen Gesellschaft nicht annähernd so viel zu kritisieren gab wie an jener, die den Tod der Anne Frank zugelassen hat, dürfen Sie nicht der »Kameliendame« vorwerfen.

DER ZUFRIEDENE: Sie gehen nicht nur zu weit, Sie gehen völlig in die Irre. Sie lassen den fundamentalen Unterschied zwischen den beiden Stücken außer acht.

DER UNZUFRIEDENE: Nämlich?

DER ZUFRIEDENE: Daß das »Tagebuch der Anne Frank«, zum Unterschied von der »Kameliendame«, keine Erfindung ist, sondern ein Dokument, kein Literaturprodukt, sondern ein Tatsachenbericht.

DER UNZUFRIEDENE: Wir nähern uns der Wurzel unsrer Meinungsverschiedenheit. Was Sie sagen, gilt für das *wirkliche* Tagebuch der Anne Frank. Die Dramatisierung – und darum habe ich vorhin diesen Ausdruck gebraucht – verdammt es dazu, als Theaterstück zu wirken. Ob und wann es auch noch als rührselige Kitschgeschichte wirken wird, hängt eigentlich nur vom Publikum ab. Beim Wiener Publikum war es nahe daran. Verdammt nahe, wenn ich abermals so sagen darf.

DER ZUFRIEDENE: Dann verurteilen Sie eigentlich die Zuschauer, nicht die Dramatisierung.

DER UNZUFRIEDENE: Ich verurteile die Dramatisierung, weil sie es den Zuschauern ermöglicht, einen Tatsachenbericht so aufzunehmen, als ob er eine rührselige Kitschgeschichte wäre. Also die Wahrheit für eine Erfindung zu halten. Und sie tun das nicht einmal ganz mit Unrecht. Denn was ihnen da auf der Bühne gezeigt wird, *ist* in gewissem Sinn eine Erfindung.

DER ZUFRIEDENE: Wollen Sie sagen, daß von den Autoren der Dramatisierung etwas erfunden wurde, was im Original nicht vorkommt?

DER UNZUFRIEDENE: Nein, das will ich nicht sagen. Soviel ich weiß, haben die amerikanischen Bearbeiter – ohne Zweifel zwei tüchtige und routinierte Leute, die ihr Handwerk ausgezeichnet verstehen und die Erfordernisse des Theaters gut genug kennen, um aus dem Tagebuch der Anne Frank die garantiert bühnenwirksamen Szenen herauszuklauben –: soviel ich weiß, haben diese beiden geschmackvollen Unholde nur eine einzige Szene dazugedichtet.

DER ZUFRIEDENE: Welche denn?

DER UNZUFRIEDENE: Das ist doch gleichgültig. Man merkt's ja nicht.

DER ZUFRIEDENE: Es interessiert mich trotzdem. Welche Szene ist es?

DER UNZUFRIEDENE: Die mit dem hungrigen Herrn van Daan, der sich in der Nacht über den kargen Brotvorrat der Versteckten hermacht. Wenn es mir darauf ankäme, könnte ich Ihnen aus dieser einen erfundenen Szene – gerade weil sie sich in ihrem verdammten »rein menschlichen« Grundton von den echten Szenen so gar nicht unterscheidet – die Fragwürdigkeit der ganzen Dramatisierung ableiten. Aber darauf kommt es mir nicht an. Die Dramatisierung ist auch ohnedies fragwürdig genug.

DER ZUFRIEDENE: Obwohl sie sich im übrigen genau an das Original hält?

DER UNZUFRIEDENE: So genau, wie eine farbige Ansichtskarte vom Beethovenhaus in der Eroicagasse sich an das Original des neunzehnten Wiener Gemeindebezirks hält. Geradezu photographisch genau.

DER ZUFRIEDENE: Also?

DER UNZUFRIEDENE: Also ist sie nicht geeignet, dem Beschauer etwas über das mangelhafte Kanalisierungssystem dieses Bezirks zu sagen oder gar etwas über die schäbige Altersversorgung mancher seiner Bewohner.

DER ZUFRIEDENE: Ich verstehe Sie nicht. Wer sich eine Ansichtskarte vom Beethovenhaus kauft, will doch nicht mit den Unzulänglichkeiten eines sozialen Zustands konfrontiert werden. Er will eine schöne Ansicht zu sehen bekommen.

DER UNZUFRIEDENE: Eben. Wer zum »Tagebuch der Anne Frank« ins Theater geht, will doch nicht mit den Scheußlichkeiten des Hitlerregimes konfrontiert werden. Er will –

DER ZUFRIEDENE: Reden Sie nicht weiter! Oder halten Sie das, was uns im »Tagebuch der Anne Frank« gezeigt wird, vielleicht für »schön«?

DER UNZUFRIEDENE: Ich halte die Wahrheit, die ihm zugrunde liegt, für so namenlos häßlich, daß sie gar nicht gezeigt werden kann. Und deshalb halte ich das, was dennoch gezeigt wird, nicht für die Wahrheit. Nicht einmal eine Teilansicht der Wahrheit ist es. Es sind zweckhaft ausgewählte, im Hinblick auf ihre Bühnenwirkung arrangierte und durch eben dieses Arrangement auf das Gebiet der Erfindung hinüberspielende Teile einer Teilansicht. Schon das wirkliche Tagebuch der Anne Frank konnte ja nur einen Teil der ganzen fürchterlichen Wahrheit wiedergeben. Der allerdings war echt. Aber diese Echtheit besteht ausschließlich *in der originalen Form der Wiedergabe*, hängt organisch und unlösbar von ihr ab. Durch die Übertragung in eine andere Form wird sie verfälscht, wird sie verniedlicht oder vergröbert oder beides zugleich. Das ungeheuerliche Drama, für das die fünfzehnjährige Anne Frank in ihrem Tagebuch ja nur ein Millionstel aller denkbaren Zeugenschaft abgelegt hat, kann durch solche Dramatisierung nur noch entdramatisiert werden. Die ungeheuerliche Tatsache, daß dieses Tagebuch geschrieben und *so* geschrieben wurde, läßt sich nicht sinnfälliger machen, als sie es in sich selbst und durch sich selbst schon ist. Hier liegt die »höhere Wahrheit« auf Seiten der Realität. Hier wird die Wahrheit durch ihre vermeintliche künstlerische Umformung nicht überhöht, sondern erniedrigt.

DER ZUFRIEDENE: Mit alledem haben Sie noch nicht meine Frage beantwortet, ob Sie das, was man im »Tagebuch der Anne Frank« zu sehen bekommt, tatsächlich für »schön« halten?

DER UNZUFRIEDENE: Da Sie darauf beharren: ja. Für »schön« im Sinn von »menschlich« und »versöhnlich« – also ganz in dem Sinn, der Sie befriedigt und mich nicht. Für »schön« im Sinn einer im höchsten Grad geglückten Vermittlung durch die Kunst der Darsteller, die der grauenhaften Wahrheit notwendig etwas vom Grauen nimmt und damit notwendig auch etwas von der Wahrheit. Ja, es war eine schöne Aufführung, die das Theater in der Josefstadt herausgebracht hat. Und die Zuschauer haben ja auch ganz so reagiert, wie man auf schöne Aufführungen zu reagieren pflegt: sie klatschten Beifall. Sie distanzierten sich durch die laute Anerkennung einer künstlerischen Leistung nochmals von der Wahrheit, die schon oben auf der Bühne in künstlerische Distanz gerückt worden war. Sie hatten ein Theaterstück gesehen und gingen nach Hause, zutiefst beeindruckt davon, wie beeindruckt sie waren, und damit gut.

DER ZUFRIEDENE: Woher wissen Sie, daß ihr Beifall der künstlerischen Leistung galt und nicht der menschlichen Botschaft des Stücks?

DER UNZUFRIEDENE: Die wäre?

DER ZUFRIEDENE: Sie sagten es ja selbst. Eine Botschaft der Versöhnlichkeit. Ein Mahnruf zur Besinnung, zur Einkehr, zum Gedenken. Und zum stillen Gelöbnis, daß dergleichen nie wieder geschehen dürfe.

DER UNZUFRIEDENE: Sie sagen es ja selbst. Bei stillen Gelöbnissen klatscht man nicht in die Hände.

DER ZUFRIEDENE: Machen Sie sich's da nicht allzu leicht?

DER UNZUFRIEDENE: Nicht so leicht, wie das Publikum sich's gemacht hat, als es zu seiner eigenen Erleichterung applaudierte. Die Schauspieler – Dank und Respekt ihnen allen – waren taktvoll genug, auf die Entgegennahme des Beifalls zu verzichten. Die Zuschauer hätten getrost darauf verzichten dürfen, ihn zu spenden.

DER ZUFRIEDENE: So etwas kann man Zuschauern doch nicht vorschreiben.

DER UNZUFRIEDENE: Wenn es dazu erst einer Vorschrift bedarf, dann freilich nicht. Im vorschriftsgläubigen Deutschland war das anders. Ich habe das »Tagebuch der Anne Frank« in zwei deutschen Städten gesehen, und am Schluß der Vorstellung wagte niemand zu applaudieren. Die Zuschauer gingen stumm und mit gesenkten Köpfen hinaus. Auch in den Garderoben hörte man keinen Laut. Es war eine Stille, wie man sie sonst nur in Gotteshäusern erleben kann. Oder auf Friedhöfen – das kommt der Sache noch etwas näher.

DER ZUFRIEDENE: Nun, schließlich sind auch die deutschen Zuschauer nach Hause gegangen, und tags darauf war zwischen ihnen und den hiesigen kein Unterschied mehr.

DER UNZUFRIEDENE: Wer sagt Ihnen das?

DER ZUFRIEDENE: Wer sagt Ihnen das Gegenteil?

DER UNZUFRIEDENE: Die Schaufenster der deutschen Buchhandlungen. Die Pilgerzüge zahlloser junger Menschen nach Bergen-Belsen. Die Blumen auf dem Massengrab, von dem man vermutet, daß dort die Leiche der Anne Frank liegen könnte. Die durchschnittlich tausend Exemplare des Tagebuchs, die in Deutschland seit der Aufführung des Stücks täglich gekauft werden. Täglich. Seit Monaten täglich eintausend Exemplare. Wissen Sie, wie viele Exemplare seit der Premiere in Wien gekauft wurden? Knappe sechshundert. In ganz Wien. Im ganzen Monat seit der Premiere. Genügt Ihnen das?

DER ZUFRIEDENE: Ihnen aber müßte es genügen, daß die Dramatisierung des Tagebuchs doch auch jene anderen Wirkungen hervorgebracht hat, mit denen Sie zufrieden sind.

DER UNZUFRIEDENE: Diese Wirkungen sollten eben nicht vom Theater hervorgebracht werden, sondern von Kanzeln und Versammlungen her.

DER ZUFRIEDENE: Vielleicht sollten sie. Aber sie werden nicht. Das wissen Sie so gut wie ich.

DER UNZUFRIEDENE: Ich weiß es.

DER ZUFRIEDENE: Dann müssen Sie sich auch klar darüber sein, daß es ohne den Welterfolg der Dramatisierung all diese wünschenswerten Wirkungen niemals gegeben hätte. Und dann dürfen Sie die Dramatisierung des Tagebuchs der Anne Frank nicht verurteilen.

DER UNZUFRIEDENE: Nein, das darf ich wohl nicht. Aber –

DER ZUFRIEDENE: Aber?

DER UNZUFRIEDENE: Aber was ist das für eine Welt, die ihr Grauen erst zur Kenntnis nimmt, wenn es auf dem Theater Erfolg hat!

Fürbitte

Martin Buber gewidmet

(nach 1950)

Der ich Dich in mir trage
und such Dich um und um:
vom Anbeginn der Tage
bestürmt Dich meine Frage –
Du aber, HERR, bleibst stumm.

Der ich Dich weiß als Funken
weltein und weltenhin
in jeglich Ding gesunken,
und der ich Deiner trunken,
der ich Dir Schale bin,

und der ich möchte brennen
und bin Dir heiß entfacht:
ich hab, wollt ich Dich nennen
und denken und erkennen,
doch stets nur mich gedacht.

Im Werk und im Gebete,
in aller Kreatur,
im Stein, darauf ich trete,
in Nacht und Morgenröte
tast ich nach Deiner Spur.

Im Bruder, der mir lächelt,
im Bruder, der mir flucht,
im Engel, der mich fächelt,
im Teufel, der mich hechelt,
hab ich nach Dir gesucht.

Von Trug und Traum entbunden,
hab ich mich ohne Schlich
der Suche unterwunden –
und war, was ich gefunden,
doch immer wieder ich.

Nur manchmal in den jähen
Sekunden sternengroß
wird mich Dein Hauch anwehen
und wirst Du mir geschehen
traumquer und atemlos.

Dann zuckst Du durch die Dünen
und biegst Dich durchs Gewächs
zur Buchtung mondbeschienen
und stäubst empor im grünen
und silbernen Reflex.

Dann über Hügelketten
hast Du dich hingeneigt,
um tief im violetten
Gewölk Dich einzubetten,
wann aller Schatten schweigt,

Dann pochst Du mir entgegen
aus Stern und Melodie –
und rinnst, will ich mich regen,
Dich endlich einzuhegen,
hinweg und warst es nie.

Kein Wort wird Dich erreichen,
kein Weg, der sich mir schuf.
Du gibst nicht Ziel noch Zeichen
der Frage ohnegleichen:
HERR, welches war Dein Ruf?

Von geilem Dunst verhangen,
von eitler Gier verstört:
Dein Ruf, so will mir bangen,
ist längst an mich ergangen –
und hab ihn nicht gehört.

Der ich Dich nie gewinne,
der ich Dich nie verlier:
sei, daß ich neu beginne,
sei mir noch ein Mal inne!
Versuch's noch ein Mal, HERR, mit mir!

Begegnung mit Martin Buber

(1978)

Um meinen persönlichen Kontakt zu Martin Buber war es weit weniger intensiv bestellt als um die Verehrung, die ich schon als sehr junger Mensch für ihn empfand und die mich frühzeitig unter seinen geistigen und erzieherischen Einfluß brachte. Ihm selbst bin ich im Lauf der Jahrzehnte vier- oder fünfmal begegnet, und vielleicht ebenso oft kam es zu einem Briefwechsel. Anlaß des ergiebigsten war die hebräische Ausgabe meiner Novelle »Mein ist die Rache«, Anlaß unserer letzten Begegnung, im Juni 1959, war ein Besuch Bubers in München.

Buber war gekommen, um eine posthume Ausstellung des ihm befreundeten israelischen Malers Mordechai Kaufmann zu eröffnen, und wir hatten vereinbart, daß ich ihn nachher in der Bayerischen Akademie der Schönen Künste, wo er zu Gast war, aufsuchen sollte. Dort saß ich ihm dann also gegenüber, in einem erst noch tastenden und von meiner Seite ziemlich verlegen geführten Gespräch. Buber, wiewohl von eher kleinem Wuchs, wirkte im Sitzen geradezu imposant. Das lag nicht nur an seiner aufrechten Haltung, sondern mindestens ebensosehr an seinem wunderschönen Patriarchenkopf mit dem weißlich wallenden Vollbart. Rascher, als es mir im Grunde lieb war, erkannte er, warum ich die Begegnung mit ihm gesucht hatte; aus der Hellsichtigkeit seiner achtzig Jahre kam ebenso unvermittelt wie unzweideutig die Frage:

»Und was *tun* Sie eigentlich?«

Ohne großen Nachdruck begann ich ihm meine Aktivitäten herzuzählen, deutete auf das mitgebrachte FORVM-Heft und wollte näher darauf eingehen, als er mich unterbrach:

»Das meine ich nicht. Ich meine: was arbeiten Sie *wirklich*? Es gibt doch eine wirkliche Arbeit für Sie? Sie müssen doch Bücher schreiben, oder nicht?«

»Sie halten die Zeitschrift, die mich daran hindert, in der Hand.«

Buber sah zuerst mich und dann das Heft an, hielt es ein wenig seitwärts von sich weg und rieb das Papier ein paarmal zwischen Daumen und Zeigefinger. In seiner Gebärde schien mir eine leise, keineswegs beleidigende, aber dennoch beabsichtigte Geringschätzung zu liegen, die ich auch aus seiner Frage herauszuhören glaubte:

»Das ist Ihnen so wichtig?«

Eben dieses Wörtchen »wichtig« gab mir eine Antwort ein, von der ich hoffte, daß sie seiner Frage gewachsen wäre und die mich überdies als gelehrigen Kenner seiner ›Chassidischen Bücher‹ ausweisen würde:

»So etwas fragen *Sie*, Herr Professor Buber? Und gerade von Ihnen habe ich gelernt, daß Rabbi Susja auf die Frage, was er für wichtig halte, die Antwort gegeben hat: ›Immer das, womit ich mich beschäftige!‹«

Buber wiegte den Kopf, auf eine Art, die nicht sogleich klarwerden ließ, ob sie Anerkennung oder Tadel bedeuten wollte. Wie sich zeigte, war es ein Tadel, wenn auch ein nachsichtig und lächelnd geäußerter:

»Hören Sie. Das hat nicht Rabbi Susja gesagt, sondern der Kobryner, und eigentlich nicht er, sondern seine Schüler haben einem Neugierigen, der wissen wollte, was ihrem Meister das Wichtigste im Leben sei, diese Antwort gegeben.« Buber machte eine kleine Pause, ehe er fortfuhr. »Von Rabbi Susja stammt ein andrer Ausspruch, und zwar der folgende: ›Wenn ich einmal vor das Antlitz des Heiligen treten sollte, wird er mich nicht fragen: Warum bist du nicht Moses geworden? Er wird mich fragen: Warum bist du nicht Susja geworden?‹ Das ist es, was man uns von Rabbi Susja überliefert hat ...«

Die Pause jetzt wurde noch länger und Bubers Lächeln noch inniger, nämlich noch mehr nach innen gekehrt; er schien in dieses Lächeln tatsächlich zu versinken. Dann wandte er sich voll zu mir:

»Aber«, sagte er, »es ist zulässig, die beiden Geschichten miteinander zu verwechseln.«

Wäre es allzu verwegen, wenn ich mir einbilde, daß ich auf diese Weise zum wenn auch passiven Helden einer wenn auch späten chassidischen Geschichte geworden bin?

Ich will nach alter Judenart ...

Schluß des Romans »Süßkind von Trimberg«

(1972)

Ich *bin* ein deutsch-jüdischer Schriftsteller, d. h. ein in deutscher Sprache schreibender Jude, ich habe von Anfang an gewußt, daß ich es bin, und dieses Wissen ist seither höchstens um die Wahrscheinlichkeit vermehrt worden, daß ich der letzte sein werde (manchmal, besonders wenn ich an unser aller Ahnherrn Süßkind von Trimberg denke, habe ich dieses Gefühl geradezu *plastisch*, und Du wirst es mir hoffentlich nicht als egozentrische Maßverschiebung ankreiden). Wenn ich überhaupt noch eine jüdische Funktion habe, dann ausschließlich die, mein öffentliches Wirken so zu gestalten, daß möglichst viele Nichtjuden den Tod des letzten deutsch-jüdischen Schriftstellers als Verlust empfinden; ob trauernd oder aufatmend ist mir gleichgültig, sie sollen nur merken, daß etwas zu Ende gegangen ist, wofür sie keinen Ersatz haben ...

Aus einem Brief Torbergs an Max Brod vom 15. 3. 1955

Es ist dunkel geworden. Das schwere Tor ist zugefallen und er hat's nicht gehört, der Graf Berthold muß längst zurückgekehrt sein und er hat ihn nicht gesehen, vielleicht war er zu tief in seine Nachdenklichkeiten versunken gewesen, vielleicht war er eingenickt, es ist dunkel geworden.

Langsam zieht Süßkind, den Rücken noch angelehnt, Mantel und Brotsack zu sich heran und von der andern Seite den Stecken, langsam erhebt er sich. Es ist eine mond- und sternklare Nacht und eine gute Stunde, nach Unterkunft zu suchen, den Weg ins Dorf hinunter findet er ohne Mühe.

Die Münzen, die ihm der Graf hat zustecken lassen, sollten am nächsten Tag auch noch für einen Bader reichen, der ihm die grauen und weißen Stoppeln von den Wangen schabt, er wird besser auf sein Äußeres achten müssen. So, wie er jetzt daherkommt, im abgerissenen Gewand, das Schnürbündel am Stock über der Schulter, den häßlich verbeulten Spitzhut schief überm Kopf, das schüttere Grauhaar seines Barts wirr von den Wangen herabwuchernd – so läßt man ihn bald nirgends mehr ein. Erst tags zuvor, auf jenem Gehöft schon nahe bei Sponheim, hat ihn der Aufseher unmißverständlich für einen Bettler gehalten, wies ihn von weitem mit grober Gebärde aus dem Hof und entzog sich jedweder Bittstellerei durch wortlosen Abgang ins Innere des Hauses. Süßkind nützte das aus, um sich in die Gesindestube zu schleichen, aber zu seinem Pech saßen sie dort schon zur Vesper um den Tisch, Mägde und Köche und Knechte, trinkend und schmatzend und lärmend. Minutenlang stand er im Eingang, ohne daß jemand Kenntnis von ihm nahm. Endlich winkte ihn ein besonders feister Geselle, offenbar ein Koch, zu sich heran, nahm eine Hühnerkeule vom Teller, hielt sie ihm hin – und führte sie, als Süßkind danach greifen wollte, genießerisch langsam zum Mund, in dem er sie fast zur Gänze verschwinden ließ. Das war kein schlechtes Kunststück und wurde von den Zunächstsitzenden dankbar belacht. Auch als die Heiterkeit abgeklungen war, konnte sich Süßkind mit seiner Frage, ob er »den freundlichen Herren und schönen Damen« etwas vorsingen dürfe, gegen den Lärm nicht durchsetzen, und als er mit aufgehaltenem Hut um den Tisch herumging, lärmten sie ungestört weiter. An der Türe blieb er stehen, wandte sich noch einmal zu den Zechenden um, wartend, ob nicht vielleicht einer von ihnen sich anders besänne, und wartete vergebens, und ging. Schon knapp am Tor kam ihm ein junger Stallbursch nachgelaufen, drückte ihm ein Stück Brot und ein Stück Käse in die Hand und trat ihn im nächsten Augenblick – wahrscheinlich weil er sich beobachtet sah – so derb in den Hintern, daß Süßkind beinahe hingefallen wäre; aber es blieb beim Stolpern.

Gut, daß er das Brot und den Käse noch im Sack hat. Ihn hungert, und unten im Dorf gibt's keine Herberge. Aber ein wenig weiter draußen findet er einen Heuschober, in dem er sich verkriechen kann. Gut, daß die Nacht so lau ist.

Um seine Zähne freilich steht's nicht so gut, er merkt's immer öfter und merkt's auch jetzt, da er den Käse anbeißt. Mit dem Brot hat er keine Mühe.

Er ißt es nur zur Hälfte, nur um den schlimmsten Hunger zu stillen. Die andre Hälfte hebt er sich für den kommenden Morgen auf, für den kommenden Tag, vielleicht für den kommenden Abend.

Der Duft des Brots mischt sich mit dem Duft des Heus, und von den Feldern her duftet die Erde.

Es war schön, sich von all diesem Duft benebeln zu lassen und einzuschlafen. Es war schön, zu leben, und schön, vom Leben Abschied zu nehmen. Süßkind schlief ein. Und jedes Einschlafen war für ihn ein kleines Abschiednehmen, ein kleiner Tod, wer weiß wie lange schon, wer weiß wie lange noch. Er mußte ein Dach überm Kopf finden, irgendwo, ehe die Nächte kalt wurden, ein Dach und eine Kammer. Aber wenigstens den schlimmsten Hunger hatte er gestillt. Und nächstens würden die freundlichen Herren und schönen Damen ihn wieder singen lassen. Wäre es möglich, daß sie sich durch diese Anrede verspottet gefühlt hätten? Wo doch jedweder Spott ihm vergangen war, oweh wie sehr vergangen. Oweh, wohin verschwunden sind alle meine Jahr. Es heißt, daß er in Würzburg begraben liegt, Herr Walther von der Vogelweide. Ob ich Würzburg erreichen kann, solange die Nächte noch lau sind? Ich will mir einen langen Bart … ich will nach alter Judenart … ich will noch nicht sterben.

Er erwachte in einen glitzernden Morgen hinein und der Himmel war über ihm, ein sanfter, hellblauer Spätsommerhimmel. Aber als er Abschied genommen hatte, war doch ein Dach über ihm gewesen, das Dach eines Heuschobers duftend nach Brot und Stoppelfeld? Wieso lag er jetzt im Straßengraben? Und wo war das Brot?

Süßkind verstand das alles nicht. Er versuchte sich aufzurichten und sank zurück. Der Hunger zwang ihn nieder und zog und zerrte an ihm, bohrte sich in seinen Magen, hämmerte gegen seinen Hinterkopf, und nicht nur das Brot war verschwunden, auch vom Bündel war nichts zu sehen, und der Schober im Feld nur von fern.

Er griff nach hinten an seinen Kopf, dort wo es schmerzte. Als er die Hand zurückzog, war sie klebrig und rot von Blut.

Er lächelte. Soviel Mühe hätten sie an ihn nicht verschwenden müssen. Was ihm da zugefügt worden war, während er schlief, und wann, und wie, oder gar warum: das wußte er nicht. Aber daß ihrer zwei es ihm zugefügt hatten: dessen war er ganz sicher.

Warum haben sie ihn nicht gefragt? Er hätte ihnen gesagt, daß er soviel Mühe nicht wert sei. Ein Stückchen Brot, ein Stückchen Käse, ein armes Bündel und ein paar Münzen dazu – sie hätten alles mühelos von ihm haben können.

Und ihn dann auch noch wegschleppen und am Straßenrand liegen lassen – soviel Mühe, soviel Mühe.

Manche schlafen nicht gern neben einer Leiche. Dann hätten sie ihn also hierhergeschleppt und wären in den Heuschober zurückgegangen, um ruhig zu schlafen.

Manchen wiederum ist es gleich, ob ein Toter neben ihnen liegt. Das kann ihren Schlaf nicht stören. Dann hätten sie ihn erst am Morgen mitgenommen und hier an der Böschung hingelegt und wären weitergezogen.

Nein, nicht so. Wenn sie's über sich gebracht hätten, neben einem Toten zu schlafen, dann hätten sie ihn liegenlassen, wo er lag. So hatte es keinen Sinn.

Es hatte keinen Sinn, weil er ja gar nicht tot war. Die Sonne stand hoch im Mittag. Er mußte den Morgen verschlafen haben. Dies war kein Morgenhimmel über ihm, es war ein mittäglicher Himmel sanft und blau, und sanft war auch die schwarze Decke, die auf ihn niedersank.

Als er die Augen abermals öffnete, war der Himmel immer noch blau, aber von wo die schrägen Sonnenstrahlen fielen, kräuselten sich ein paar Schäferwölkchen, und durch den Schlehdorn am Hang zitterte ein leiser Windhauch.

»Ist Euch schon besser?«

Eine gute, freundliche Stimme fragt es von oben her, und auf seiner Stirn liegt ein feuchtes Tuch.

»Ja, viel besser. Ich danke Euch, Herr.«

Auch unter seinen Kopf ist ein feuchtes Tuch geschoben, er spürt es, als er den Kopf ein wenig zurückbiegen und sehen will, wer da so gut und freundlich zu ihm spricht.

»Ihr müßt ganz ruhig liegen, damit die Wunde nicht wieder zu bluten beginnt.«

Die Stimme neigt sich über ihn. Süßkind glaubt sie zu erkennen, aber das Gesicht kann er nicht sehen. Er sieht nur einen großen, schwarzen, breitkrempigen Hut, wie manche Pfaffen ihn tragen oder die frommen Juden zum Gottesdienst.

»Hier, trinkt. Es wird Euch gut tun.«

Die Hand, die ihm den flachen, pelzigen Weinschlauch an die Lippen setzt, kommt aus einem schwarz gebauschten Ärmel hervor, und diesen Ärmel kennt er doch ganz gewiß, mit beiden Händen krallt er sich an ihm fest, so sehr zermartert er sein Hirn nach der Erinnerung.

Behutsam schiebt sich ein Arm unter seinen Nacken und stützt ihn ein wenig hoch:

»Jetzt geht es leichter. Nur kleine Schlucke, und langsam.«

Süßkind gehorcht, und es ist, als hätte im gleichen Zug die Erinnerung ihm gehorcht: mit solchem Ärmel hat der Vater im brennenden Haus die Flamme weggescheucht, die nach seinem Bart züngeln wollte. Gleich wird auch der Dornbusch auf der Böschung brennen.

Aufatmend läßt Süßkind sich zurücksinken. Er weiß jetzt alles. Und solchen Hut hat der Pater Guardian getragen, vor den er damals mit Fra Angelo hingetreten ist. Oder der blinde Obadja, als sie über ihn hinwegtrampelten. Oder Rabbi Meir, als er in Rothenburg ihm gegenübersaß. Alles weiß er jetzt. Und fragt nur noch der Sicherheit halber:

»Wer hat Euch geschickt, Herr?«

»Niemand«, antwortet lächelnd der Fremde, der kein Fremder ist.

»Das kann ich Euch nicht glauben.«

»Und wenn ich sagte: Gott hat mich geschickt – das würdet Ihr glauben?«

»Ja, das würde ich glauben.«

»Und daß Er mich geschickt hat, damit Ihr nicht allein seid in dieser Eurer Stunde – auch das?«

»Auch das. Was meint Ihr mit dieser meiner Stunde?«

»Ich meine die Stunde, die gekommen ist.«

Süßkind will sich aufrichten, um jenem voll in die Augen zu sehen, aber die Hand, die sich gegen seine Schulter drückt, verwehrt es ihm. So bleibt er liegen und spricht es in die Luft hinauf.

»Deß sei bedacht und trag's mit dir im tiefen Herzensgrunde: Woher du kommst, wohin du gehst, und wem du Red und Antwort stehst in deiner letzten Stunde ...« Dann wendet er jenem den Kopf zu, soweit es eben geht, und es geht nicht mehr sehr weit. »Das hätt ich noch gern gesungen. Ihr müßt wissen, daß ich Lieder mache.«

»So bist du's also. Dein Hut, und daß du Lieder machst – so bist du's.«

»Und wer bist du?«

»Ich sagte es ja schon. Ein Bote. Und jenes Lied konntest du nicht mehr fertig machen?«

»Es war nicht das einzige. Ich hätte noch viele Lieder zu singen gewußt.«

»Warum hast du's nicht getan?«

»Du hast mich an meinem Hut erkannt und fragst warum? Weil sie mich von ihren Höfen gejagt haben. Weil sie von einem Juden keine Lieder hören wollten. Umkreise, umkreise den Weinberg, doch komm ihm nicht zu nah. Weißt du, woher das stammt? Aber wie solltest du's wissen.«

»Vielleicht doch?« Der andre wölbt die Brauen und lächelt. »Sag's mir in deiner Sprache.«

Süßkind stützt sich halb hoch, auf beiden Ellenbogen, langsam und mühsam, und es schmerzt ihn durch alle Glieder und bis in die Kehle hinein, so daß er nur flüstern kann:

»Das hab ich doch eben getan.«

»In deiner Väter Sprache. In deines Vaters Sprache. Sag's.«

Süßkind hat die Augen geschlossen und die Zähne zusammengebissen, die armen Zähne, damit sie nicht gegeneinanderschlagen. Denn ihm ist kalt und auch der Schweiß ist kalt, der von überall her aus ihm hervorbricht, und wie er sich schweratmend jetzt hintübergleiten läßt, reißt's ihm vor Angst die Augen auf und seine Zähne klappern, und es dauert lang, es dauert ein Leben lang, ehe er wieder zu reden vermag:

»Vorbei«, sagt er. »Es geht nicht mehr. Ich find die Worte nicht. Ich bin dem Weinberg zu nah gekommen, mußt du wissen. Aber es war ein schönes Pferd. Ein Brauner. Er hieß

Susja. Du mußt wissen, daß ich ein Pferd besessen habe und daß ich reiten kann. Ein Lämmchen, ein Lämmchen, es kaufte sich's mein Vater. Warte – warte – ich hab's: Sechór, sechór lachárma – Sechór weló tikráw.«

Zu stark das Lächeln in seinem Gesicht, es ist, als wollte dieses Lächeln ihn emporziehen und aufrichten – aber da hat ihm jener schon sanft die Hand auf die Schulter gelegt und trocknet ihm mit dem weiten Ärmel der andern Hand den Schweiß von der Stirn:

»Bleib nur, bleib. Du siehst ja, es wird alles wieder gut. Lieg still. Ruh dich aus.«

»Und ich hatte geglaubt –.« Süßkind spricht den Satz nicht zu Ende. Sein Atem keucht und seine Augen umschleiern sich.

Aus den Schäferwölkchen hat sich eine dichte Wolke hervorgesondert und kommt im stärker gewordenen Wind weiß und flaumig über den Himmel gezogen.

»*Was* hast du geglaubt?« fragt der Bote. Seine Stimme klingt streng und tröstend zugleich.

Süßkind schüttelt den Kopf und deutet nach der Wolke, die mitten am Himmel stehengeblieben ist:

»Es steht geschrieben, daß eine weiße Wolke kommen wird, um uns ins gelobte Land zu tragen.«

»Uns?« fragte der Bote. »Uns alle?« Und nochmals: »Was hast du geglaubt?«

»Ich habe geglaubt, daß zwischen uns und uns kein Unterschied ist. Und überall ein gelobtes Land.«

»So wird es auch sein«, sagte der Bote und beugte sich über Süßkind, bis sein breitkrempiger Hut vor der Sonne stand. »Sei dessen gewiß, mein Bruder. Es wird sein.«

»Wann?« fragte Süßkind, und noch nie hatte ein einziges Wort ihn soviel Kraft gekostet.

»Es wird sein«, sagte der Bote und stand mit einemmal riesig aufgerichtet, »es wird sein am Ende der Tage.«

Und seine schwarze Gestalt verdunkelte den Himmel und der Himmel fiel schwarz auf Süßkind herab.

Es wird sein am Ende der Tage, welches noch nicht gekommen ist. Sondern wo wir sind, ist die Hälfte, und was wir tun, ist halb.

Gekommen aber sind – und kommen immer wieder – die Tage des brennenden Todes, der über die Erde geht, und wann er stehenbleibt, um seine Flamme zu nähren an jenem Stoff, aus welchem Gott den Menschen geformt hat, dann nährt er sie an Israel immer wieder, an Gottes widerhaarigem Volk.

Und er hat sie genährt an Süßkind, dem Juden von Trimberg, und an den Juden von Speyer und Mainz, und an den Juden von Frankfurt und Prag und Wien, von Sevilla und Toledo, von Blois und Trient, von Kischinew und Odessa und Lodz, und hat sie genährt in unseren Tagen, daß es hoch emporschlug aus den großen Öfen von Dachau und Buchenwald und Auschwitz und Majdanek und Treblinka.

Und es war immer die gleiche Flamme wieder, und kam herübergezüngelt aus dem brennenden Blute Süßkinds, des Juden von Trimberg, herüber und über die Zeiten hinweg und bis in das Blut, von welchem die schwache Hand durchpulst ist, die dieses schreibt. Und schreibt aber diese Hand in der gleichen Sprache wie jene vor siebenhundert Jahren zum ersten Mal, noch in der gleichen Sprache, noch. Und darum mußte es geschrieben werden von dieser Hand, heute, in unseren Tagen, ich habe es geschrieben, möge es zum Guten sein, Amen.

Anhang

Edwin Hartl

Hammerschlag mit Seitenhieben

Beim Original genommen

(1997)

Kürzlich erschien *Die Wüste ist aus gelbem Mehl*, eine weitere Sammlung grotesker Gedichte aus dem Nachlaß von Peter Hammerschlag (1902 vermutlich bis 1942). Doch stammen die Seitenhiebe natürlich nicht von dem Verewigten, sondern vom Herausgeber Friedrich Achleitner (1930 geboren), im Hauptfach Architekturhistoriker, im Nebenfach frühes Mitglied der *Wiener Gruppe* und Verfechter der *Konkreten Poesie*. Nun zielt er zwischendurch, kühn aber posthum, mit Seitenhieben gegen Friedrich Torberg (1908–1979), welcher jener Gruppe sowie der *Konkreten Poesie*, gelinde gesagt, nicht gerade nahestand, jedoch mit Hammerschlag in den dreißiger Jahren eng befreundet war. Meiner Sprachempfindlichkeit graust bereits – beinahe *konkret* –, wenn ich das Wortmonstrum »unkrausisch« lesen muß, im Nachwort dem Geist jener Gedichte und des KZ-Opfers anscheinend zugute gehalten.

Hammerschlag war, etwas großspurig gesagt, mein Schulkollege im Realgymnasium Wien/Josefstadt, Albertgasse 18–22, allerdings (wie ich erst jetzt dokumentiert finde) um vier Jahre älter, sodaß ich nun begreife, warum ich sein Aussehen nur von den Pausenrundgängen im Schulhof kannte. Aus Anlaß einer der jährlich veranstalteten »Akademien« fiel er mir aber auf (es dürfte im Schuljahr 1920/21 gewesen sein) und blieb als Erscheinung unvergessen. Der Oktavaner trug mit nonchalanter Gekonntheit sarkastische Texte vor, deren

Inhalt dem Quartaner von damals zwar mächtig imponierte, aber mir längst entfallen ist. Zehn und mehr Jahre nachher las ich über ihn und von ihm. Er war inzwischen Publizist und Hausdichter im Kabarett *Der liebe Augustin* geworden. Lange nach dem Krieg erfuhr ich zu meiner Überraschung von Friedrich Torberg, daß er mit Hammerschlag bestens bekannt war und einen Teil seines Nachlasses in Verwahrung habe.

1972 veröffentlichte er (bei Zsolnay) auf gut Glück eine Auswahl, die so erfolgreich wurde, daß Gerhard Bronner 1984 (nach Torbergs Tod) eine weitere folgen lassen konnte. Hammerschlag trat auch als Blitzdichter auf, er strotzte ja von skurrilen Einfällen, doch hatte er meist zu wenig Lust und Geduld, das flüchtig Hingeworfene zu korrigieren. Also ganz im Gegensatz zu Torberg, der zwar ebenfalls rasch konzipierte, dann aber nächtelang an jedem Satz feilte.

Hammerschlag wußte von dieser zeitraubenden Gepflogenheit seines Freundes und bat ihn immer wieder um Mithilfe (»Gedichti schneuzen« nannte er das). Er reiste Torberg sogar nach Prag nach, klammerte sich sozusagen an den hilfsbereiten Helfer – von »einer Umklammerung seines Freundes« Torberg (Achleitner) kann also keine Rede sein, es sei denn als herablassende Nachrede eines vorlauten Nachgeborenen.

Auch die abschätzige Behauptung des Herausgebers, diese »Korrekturen lenkten eher vom Autor ab und führten von ihm weg«, ist nicht erkennbar und bloß feindselig ein gruppenpolitischer Hieb gegen den toten Meisterpolemiker, von dem eine souverän vernichtende Replik nicht mehr zu befürchten ist. (Der noch lebende Gerhard Bronner, der ebenfalls redigiert hat, bleibt stillschweigend außer obligo.) Peter Hammerschlag mit seinem eigenwilligen Witz war ja kein

Dummkopf, der den (weit jüngeren) »Mentor« sicher nicht animierte, »ihn in die Angepaßtheit einer österreichischen Nachkriegsliteratur« zu drängen.

Die Arbeiten der neuen Sammlung werden also »hier erstmals in ihrer originalen Version präsentiert«, sodaß sie sich angeblich als »Vorgriffe« auf jenes Sprachbewußtsein erweisen, das sich später avantgardistisch bei »H. C. Artmann oder beim makabren Humor der Dialektgedichte Gerhard Rühms« manifestiert. Und das komischerweise, obwohl laut Achleitner »Hammerschlag andererseits kein Revolutionär, kein avantgardistischer Dichter« war. Gewiß nicht, sonst hätte er sich kaum an Torberg um Nachhilfe gewandt und hätte dieser ihm auch bestimmt keine gewährt.

»Die distanzierte Lektüre« (distanziert wohl vom vitalen Achleitner zum verstorbenen Torberg) »führt heute zu anderen Ansichten und Bewertungen«, weil »der Torbergsche Zugang zu dieser Literatur weitgehend verschüttet ist« (vom aggressiv kulturkritischen *Schüler Gerber* wortlos abgesehen, der seit bald sieben Jahrzehnten gekauft und gelesen wird), und das »ergibt die Chance, die Gedichte Hammerschlags vorurteilsloser zu lesen.« *Vorurteilsloser* als wer? Vermutlich als Peter Hammerschlag selber, der an dem Vorurteil laborierte, viele seiner grotesken Entwürfe dem Urteil Friedrich Torbergs anzuvertrauen, damit dieser Flüchtigkeitsmängel ausbessere. »Torberg hatte also mit seiner freundschaftlichen Lebenshilfe keine Chance«, posthum dem Tritt eines unerbittlichen Vertreters der *Wiener Gruppe* zu entgehen.

Mag durchaus sein, daß der dem Absurden des Daseins zuneigende Hammerschlag sich selbst an einem *quadratroman* vergnügt und ihn satirisch zum Lachen gefunden hätte, vermutlich im Unterschied zu Friedrich Torberg, so bleibt es doch ethisch wie human ungereimt, *Die Wirklichkeit des Reims* als Nachrede einer Gedichtsammlung zu einer diskriminierenden Nachrede gegen eine gute Freundschaft, sechzig Jahre später, ungut umzufunktionieren.

Seltsam ansonsten, daß ein Verlag (Paul Zsolnay) sein Verdienst, eine riskante, dann jedoch erfolgreiche Wiederentdeckung veröffentlicht zu haben, 25 Jahre nachher durch einen Folgeband als Verfälschung hinstellen läßt. Und das als pure Behauptung, ohne Nachweis. Doch bald darauf erschien – woanders – die einschlägige Philologen-Fleißaufgabe zum gleichen Thema. Infolgedessen:

Ein Post scriptum

> *Es wäre billig, Torbergs Herausgebertätigkeit als persönliches Defizit abzuqualifizieren. Ohne seine Initiative wäre sowohl das Werk Herzmanovsky-Orlandos als auch dasjenige Hammerschlags noch länger aus der österreichischen Literaturgeschichte ausgegrenzt geblieben.*
>
> Bernhard Fetz, 1997

Oder gar für immer.

Das Zitat stammt aus einem Beitrag der weiteren Neuerscheinung *Kringel Schlingel Borgia* (Verlag Turia + Kant, Wien 1997). Auch diese Worttrias fand sich im Hammerschlag-Nachlaß; die Herausgeberin gestand aber in einem Rundfunkgespräch, daß sie den Sinn nicht versteht. Die illustrierte Artikelsammlung enthält einige interessante und viele nichts als langweilige Einzelheiten, mit denen nun die Germanistik den von Torberg der Vergessenheit entrissenen Sonderling vereinnahmen und in Beschlag nehmen möchte. Daher muß der von Wahrheitsbestrebung angekränkelte Fetz aus Fachloyalität hinzufügen: »Die gravierenden Eingriffe belegen jedoch nicht nur mangelnde philologische Redlichkeit«, sondern den seit jeher grassierenden Unmut der Zunft, daß wieder einmal ein bei ihr nicht Approbierter jenen Mut aufbrachte, für den »wissenschaftlicher« Kurzsichtigkeit der Scharfblick gefehlt hat. So war es schon bei Karl Kraus, der 50 Jahre nach dem Tod Nestroys die Fakultät durch den Beweis verärgerte, bis dahin nicht kapiert zu haben, wer der größte Bühnensatiriker des deutschen Sprachbereiches ist. Torberg würde sich, wenn er den pflichtgemäß tadelnden Nachsatz des jungen Experten noch erlebt hätte, dasselbe denken, was sein großes Vorbild Kraus der blamierten Gilde epigrammatisch nachgesagt hat:

Sie hielten nichts von mir?
O nein! Ich hab von ihnen nichts gehalten.

Selbstverständlich war es keineswegs »der Anpassungs- und Verdrängungsdruck«, was den behutsam redigierenden Torberg bewog, zum Beispiel allzu kabarettistisch krasse Judenverspottung bei seinem (jüdischen) Freund lieber wegzulassen und erst recht »alle antisemitischen und rassenideologischen Passagen bei Herzmanovsky-Orlando« zu streichen. Torberg, weder prüde noch »angepaßt«, kannte eben seine Pappenheimer: Die »Ewiggestrigen« hätten genüßlich gegrinst, und den wenig erfahrenen Nachgeborenen – in Unkenntnis jener ambivalenten Atmosphäre der dreißiger Jahre – wäre ein altklug empörter Aufschrei entschlüpft. Torberg wollte den einen wie den anderen publik machen, und das ist ihm – und nur ihm – gelungen. Spätere Aufführungen der Komödien von Herzmanovsky-Orlando in der Originalfassung hatten so gut wie keinen Erfolg. (Nur die famose Daniela Strigl erkennt, das Original Hammerschlags betreffend, »vor einer gewissen Geschmacklosigkeit ist er freilich nicht zurückgeschreckt«.)

Zu alldem kommt die professionelle, kleinlich irrende Buchstabenpedanterie, welche sogar auf die Verschreibung

»Ein Indianerkind *in* Steppengras / Bin ich begegnet« besteht, was Torberg zu »*im* Steppengras« korrigierte, sinngemäß, nicht um einem »Anpassungs- und Verdrängungsdruck« nachzugeben, den er doch in seinem FORVM resolut und wiederholt denunziert hat.

Was aber Fachverblendung anzurichten vermag (und wohl für »philologische Redlichkeit« hält), belegt beispielgebend eine Fußnote in der sogenannten Originalfassung. Die fünfte Strophe des Gedichts *Hör mich, schönes Beduinenmädchen* endet bei Torberg:

Und »Isra« nennt er kurzweg alle jenne,
Die sterben müssen; teils aus Lieb, teils so.

Und weil Heine die lange NS-Zeit hindurch aus allen Literaturgeschichten gestrichen und der Verkauf seiner Schriften in Buchhandlungen verboten war, macht Torberg jüngere Leser in einer Fußnote aufmerksam: »Die ›Isra‹-Stelle bezieht sich auf das Gedicht ›Der Asra‹ von Heinrich Heine: ›Und mein Stamm sind jene Asra, welche sterben, wenn sie lieben.‹«

Für den Neudruck aber wurde eine andere Fassung vorgezogen: *»Und ›Asra‹ nennt er kurzweg alle jenne, / Die sterben müssen. Teils aus Lieb, teils so.«* Doch die Fußnote lautet jetzt: *»ASRA: Kunst- und Grabsteinfabrik nahe des Zentralfriedhofes in Wien.«* Die mag es ja geben: an dieser Stelle dient sie – als Justamentsfund – zur Grablegung Heines und Torbergs.

Es ging eben da wie dort weniger um einen neuen Hammerschlag als vielmehr gegen Friedrich Torberg; das ist schon lange keine Novität mehr, es ist gang und gäbe bei der Avantgarde (zu der Peter Hammerschlag zugegebenermaßen nicht gehörte) und unter geharnischten Germanisten.

Sei's drum.

Günther Nenning

Die Ballade vom armen F. T.

Gesungen zu Friedrich Torbergs 90. und Bertolt Brechts 100.

(1998)

Antikommunist blockiert Dichter

Gewiß, er war ein blitzender Satiriker, gnadenloser Polemiker, Höhner und Spötter, der witzigste Theaterkritiker seiner Zeit, ein Meinungsjournalist hohen Ranges, rasch wurde das von ihm gegründete (1954) Wiener FORVM zum schneidendsten Kultur- und Kampforgan des europäischen Antikommunismus. Ebenso gewiß stand diese Begabungsfülle jener anderen Fülle entgegen: seinem lyrischen und epischen Werk.

Der Antikommunist und Dichter Friedrich Torberg blockierte nicht nur den Kommunisten und Dichter Bertolt Brecht, sondern auch sich selbst.

Er betrieb den erfolgreichsten »Brecht-Boykott« seit den fünfziger Jahren an österreichischen Theatern; zustandekam auch ein »Torberg-Boykott«, gleichfalls von ihm selbst betrieben. Sein Kampf für den demokratischen Westen, bedroht vom totalitären Realkommunismus, überschattete, ungerechterweise, seine Bedeutung und sein Fortleben als Dichter. Das war die Ballade vom armen F. T.: Der Antikommunist Friedrich Torberg stand dem Dichter Friedrich Torberg im Wege.

Das war die Ballade vom armen B. B.: Der Kommunist Bertolt Brecht stand dem Dichter Bertolt Brecht im Wege.

Diese Ballade hat Torberg dem Kollegen Brecht stimmkräftig vorgesungen. Torbergs Seele sang wohl auch die Ballade vom armen F.T. Er wußte wohl, daß er sich selbst blockierte.

Noch auch war das seine einzige Eigen-Blockade. Er war Jude und stolz darauf; und er war ein bedeutender deutscher, ein bedeutender österreichischer Schriftsteller. »Ich bin der letzte deutsch schreibende jüdische Schriftsteller«, nannte er das (und irrte sich; es gibt wieder junge deutsch-jüdische Schriftsteller und Publizisten).

Kein Ende der Eigen-Blockaden: Torberg war Jude; und kehrte zurück nach »Naziland«. Er kehrte zurück aus Amerika; und blieb Amerikaner (auch US-Paßbürger). Er war Jude und für Israel; aber nicht in Israel. Er konnte, schrieb er einem mahnenden Freund (Fritz Thorn), deutsche und österreichische Theater und Zeitungen nicht missen. Desgleichen Wiener Kaffeehäuser, Wiener Küche und den Altausseer See, über den er in der Emigration sein schönstes Gedicht schrieb.

Blockaden, indem man sie überspringt, erzeugen Lebens- und Schreibkraft. In dieser Tonart lassen sich, als gehörten sie eng zusammen, die Balladen von F. T. wie B. B. weitersingen.

Der arme B. B. war Kommunist; aber in seinen besten Werken keiner. Er war Egoist wie die meisten Genies. Im kommunistischen Berlin kriegte er großzügig ein ganzes Theater für sich. Brechts Kommunismus war ein Deckname für Brechts Egoismus. Und doch wollte der Kommunist B. B. einen österreichischen Paß und kriegte ihn auch (1950).

Der Kommunist B. B. wollte weg aus dem kommunistischen Paradies; der Antikommunist F. T. wollte weg aus dem amerikanischen Paradies. Beider Armer Balladen haben parallele Strophen.

Darunter auch die, daß der arme F. T. (mit Hans Weigel und anderen) dem armen B. B. den österreichischen Paß vermieste, indem er mit der bloßen Gewalt der Feder Brecht-Stücke nicht zuließ auf österreichischen Bühnen (mit wenigen Ausnahmen).

Brecht, von den Nazis ausgebürgert und seither staatenlos, will den österreichischen Paß vor allem, um frei reisen zu können. Ein Paß der DDR ist hierfür, im Kalten Krieg, wenig geeignet. Er schreibt aber auch, in seinen Briefen nach Österreich, er habe *»Sehnsucht nach Österreich«*, wolle keine politische Betätigung, nur Dichter sein. Und kaum hat er die Staatsbürgerschaft, vor allem dank der Zähigkeit Gottfried von Einems, so nennt er sich dessen *»Landsmann«*.

»Landsleute« wurden auch Brecht und Torberg, der Kommunist mit österreichischem Paß, der Antikommunist mit amerikanischem Paß. Geschichte ist eine ironische Veranstaltung.

Die Freunde, die für Brecht den österreichischen Paß beschafften, waren Nach- und Vorausdenkende. Hätte man's Brecht in Salzburg und Wien so schön gemacht wie die Kommunisten in Berlin – nein, schöner; das wäre gegangen! –, hätte man Brecht wohl »umdrehen« können.

Was für ein Star wäre er gewesen unter den vielen Sternen und Sternchen des kommunistischen Geisteslebens, die von hilfreichen Händen auf den westlichen Literaturhimmel gesteckt wurden.

Torberg, Kämpfer gegen Kommunismus und folglich gegen Brecht, las im Programmheft des Grazer Theaters, welches – fast allein auf weiter Austro-Flur – ein Brecht-Stück spielte (»Mutter Courage«, 1958), daß ich dort schrieb, man solle Brecht im Westen spielen. Er schlug mir vor, diesen Text im antikommunistischen und antibrechtischen FORVM abzudrucken, diskussionshalber.

Meine Kernsätze: »Die Demokratie ist stark genug. Sie kann den Brocken Kommunismus, den sie mitschlucken muß, wenn sie Brecht schluckt, verdauen. Mehr noch: dieser Verdauungsprozeß vermag vehement antikommunistische Wirkungen zu entbinden. Dieser Mann ist ein Genie sphingischer Vieldeutigkeit; er hat sein Unglück in seine Stücke richtig eingebaut. Sie warten auf die Regie, die aus der fatalen Überspannung seines Kollektivismus und aus der Fortdauer seiner heimlichen humanitären Abweichungen die antikommunistische Moral herausholen.«

Die Konsequenz meiner Meinung wäre gewesen, den Paß-Österreicher Brecht bei uns richtig anzusiedeln und ihn großartig zu fördern. Österreich hat in seiner langen Geschichte für so viel Unvereinbares bequem Platz gehabt, warum nicht auch für die beiden Österreicher Brecht und Torberg.

Ach, ihr habz ja keine Ahnung

Der antikommunistische Journalist Torberg blockierte den ideologiefreien Dichter Torberg. Der Dichter Torberg ließ den Ideologen Torberg allzu sehr ins Kraut schießen. Wer sich am Polemiker Torberg begeisterte, dem waren dessen Gedichte und Romane oft fremd. Und wer den hohen Rang des Literaten Torberg schätzte, dem war dessen rabiates politisches Engagement oft nicht angenehm.

Politisches Engagement ist freilich nicht dazu da, angenehm zu sein, sondern im Gegenteil.

Manches Gedicht Torbergs und unter seinen Romanen der »Süßkind von Trimberg« wird überdauern – das ist meine sehr persönliche Schätzung. Und von seinem politischen Engagement wird bleiben: daß er in einer Zeit, da ziemlich ungewiß war, ob der Westen mit dem Kommunismus fertig wird, sehr parteilich für den Westen stand und sehr unbedenklich gegen den Kommunismus. Er war ein Kämpfer, nehmt alles nur in allem.

Er meinte den Realkommunismus. Aber zur intellektuell gebotenen Unterscheidung zwischen dem realen und dem idealen Kommunismus hatte er keine Lust und Zeit. Dazu bewegte sich ihm der Realkommunismus zu rasch westwärts. So war es doch. Jedenfalls machte es uns nervös. Es waren halt bewegte Zeiten.

Ich selber habe mir als Sozi immer den Luxus geleistet, zwischen Real- und Idealkommunismus fein zu unterscheiden, den Idealkommunismus zu wünschen und den Realkommunismus desto rabiater zu bekämpfen. Das reichte nicht zu einem relevanten Meinungsunterschied zwischen Torberg und mir, als wir das FORVM redigierten (er von 1954 bis 1965, wir gemeinsam ab 1958, ich bis 1985).

Und mit Vergnügen springe ich jedem Schnösel ins G'sicht, der mir was an Torberg herummäkelt, weil er ein »Antikommunist« gewesen sei. Ach, liebste nachgeborene Burlis und Mädis, ihr habz ja keine Ahnung. Damals ging's um die Wurscht.

Im Redaktionszimmer des FORVM in der Museumstraße, Wien 7., mehr als ein Zimmer gab's damals nicht, hing schön gerahmt ein Ausriß aus der »Prawda« des Inhaltes, so etwa: Ohne das Hetzblatt FORVM hätten die österreichischen Intellektuellen sich dem Kommunismus zugewendet.

Worüber die »Prawda« Klage führte, war in der Tat eine Hauptleistung des Torberg'schen FORVM. Und meine Mitwirkung daran als Torberg-Lehrling war sehr schön und hat mich sehr gefreut.

Was Schön- und Linksgeister gegen den guten alten Antikommunismus haben, entspringt einer üblen Unlogik. Gegen Moskau zu sein, war eine nützliche Hauptbeschäftigung der *wirklichen* Linken zur Zeit des Kalten Krieges, und zwar exakt aus dem Grunde, daß sie wirklich Linke waren, das Moskauer Regime aber diktatorisch, also rechts.

»Rotlackierter Faschismus« nannte Ignazio Silone zornig das Moskauer Regime. Der Italiener Silone, Ex-Kommunist, dann Sozialdemokrat, Autor gefühlszarter sozialkritischer Romane, gehörte zu jener großen Zahl authentisch Linker, die sich im Kalten Krieg zur Kollaboration mit den Amerikanern bereitfanden.

Sie begaben sich dabei nicht nur in gute Gesellschaft, sondern in bessere als sie auf Seiten der Diktatoren zu finden war, ob Stalinisten oder Hitleristen.

Es waren Zeiten, in denen dem Linken fünfe grad sein mußten. Ein frühes hervorragendes Beispiel lieferte Herbert Marcuse, später Geisteshaupt der 68er; während des Krieges gegen Hitler werkte er als Analyst für das OSS (Office of Strategic Services), dem Vorgänger der CIA.

Gegen Hitler auf Seiten der USA; gegen Stalin auf Seiten der USA – schön war's nicht, aber nötig.

Friedrich Torbergs FORVM in Wien; Ignazio Silones »Tempo Presente« in Rom; die spanischen »Cuadernos« mit Salvador de Madariaga; die französischen »Preuves« mit François Bondy; das britische »Encounter« unter Irving Kristol; der deutsche »Monat« unter Melvin J. Lasky: Ein ganzes Bündel europäischer Zeitschriften, plus sonstiger kultureller Institutionen – einschließlich eines Symphonie-Orchesters – wurden vom amerikanischen Geheimdienst mitfinanziert. (Die Zeitschriften auf dem Umweg über den »Congress for Cultural Freedom«, »Congrès pour la Liberté de la Culture«, »Kongreß für die Freiheit der Kultur«.)

Der US-Geheimdienst hat schon Blöderes gemacht als den Brückenkopf Europa zu festigen durch Förderung der Intelligenz. Ohnehin war dies nur möglich, solange es in der Führung der CIA ein paar gebildete und nachdenkliche Leute gab. Sodann unterstellte man die CIA der demokratischen

Kontrolle eines Komitees aus beiden Häusern des US-Kongresses. Dort gab's dann genügend Ungebildete und Gedankenlose, die es für absurd hielten, daß ein Geheimdienst ein Symphonie-Orchester usw. finanzierte.

Genehmigt wurde hingegen die Entwicklung einer Zigarre, mit welcher Fidel Castro in die Luft gesprengt werden sollte. Das Symphonie-Orchester war erfolgreich, die Zigarre nicht.

Als das Bündel der CIA-Zeitschriften abstarb, ging's auch dem FORVM an den Kragen, aber nur fast. 1965 übergab's Torberg mir, am Telefon. »Ich hab heute beim Frühstück das FORVM gelesen, es riecht nach Nenning. Machen *Sie* es doch weiter.« Der Zornige hatte ein großes Herz.

Mir gelang eine Finanzierung auf österreichisch, nämlich halb aus Institutionen der roten Reichshälfte, halb aus solchen der schwarzen. Plus Inserate von deutschen Verlagen. Mirakulöserweise blieb diese materielle Basis erhalten, gestützt von steigender Auflage, als das NEUE FORVM unter mir immer linker wurde.

Ich schaute drauf, daß der Redaktionskindergarten den Gründervater Torberg nicht angriff. Er schrieb dann einmal: »Das NEUE FORVM ist die Zeitschrift, gegen die das alte FORVM gegründet wurde.« Wir blieben aber immer gut. Das wärmt mir das Herz.

Torberg war »eigentlich links«

Torberg war nicht der anti-linke Krampus, den politisch beschäftigungslose Alt-Linke aus ihm machten. In der Tiefe seiner Polit-Seele war er gewiß ein Konservativer. Aber der Seiltanz, daß er sich links nannte, weil er gegen Moskau war, und weil nur das ein rechter Linker ist, der gegen Moskau ist – bereitete ihm Vergnügen.

Als Joachim Kaiser, deutscher Großkritiker, 1963 von einem »scharfen Anti-links-Kurs« des Torberg'schen FORVM sprach, zählte ihm Torberg die tatsächlich zahlreichen linken inklusive sozialdemokratischen Beiträger des FORVM auf (Kreisky, Broda, Olah, Gernitz u. a.). An einer »Zeitschrift mit scharfem Anti-links-Kurs würden diese niemals mitarbeiten. Auch ich (Torberg) und mein engster Mitarbeiter Nenning ... täten dies wohl kaum.«

Und jetzt der Rösselsprung: »Was Sie offenbar gemeint haben, war ein scharfer antikommunistischer Kurs, den wir eben darum verfolgen, weil wir *im Grund pro-links* eingestellt sind.«

Und munter weiter: »Anderen wiederum sind wir *zu links*, und denen führen wir durch Beiträge von Bloch und Lukács neue Nahrung zu.«

Und gleich kriegt Kaiser nochmal eins drauf: *»Warum links überhaupt ein Vorwurf sein soll, verstehe ich nicht.«*

Torberg unterschied: Hie eine nach Moskau tendierende, »üble, verlotterte, verräterische ›Linke‹, eine Linke des verkniffenen Ressentiments und hämischen Unverstands« – hie »die ehrliche und saubere Linke, die schon aus humanistischem Affekt notwendig antitotalitär ist«.

Dem verhohlenen Charme des unsittlichen Theatergenies Brecht erliegt sogar Torberg. Er bescheinigt ihm (1973, zum 75. Geburtstag) »hinreißende Theaterwirkung ... zynische Menschenfreundlichkeit, böses Temperament«.

Eine heutige Linke, der es ohnehin allseits nicht so gut geht, soll sich nicht auch noch abplagen mit einem Gespensterkrieg gegen die guten alten Antikommunisten. Auf geistigem Felde waren die Antikommunisten vielleicht wirklich Retter oder Mitretter des Westens vor dem mörderischen Realkommunismus.

Nachwort

Friedrich Torberg: Wien oder Der Unterschied. Ein Lesebuch. Ein Lesebuch? Das will erklärt sein. Wir haben es hier mit einer Premiere zu tun, wie das dem Nachwort folgende Werkverzeichnis zeigt. Weder hatte es Torberg selbst je für notwendig erachtet, ein Lesebuch zu schreiben, noch sahen sich die Verwalter seines literarischen Nachlasses bisher veranlaßt, ein solches herauszugeben. Es ist übrigens nicht auszuschließen, daß dabei (vielleicht von unbewußten Sympathiekräften bestärkt) Rücksicht auf Torbergs Ressentiments gegenüber Lesebuchlehren genommen worden ist. Denn daß er welche hatte – und zwar von Kindheit an –, ist offensichtlich.

Man betrachte zum Beispiel den wohlklingenden Achtzeiler

Volksschul-Lesebuch

Burg Niedeck ist im Elsaß
Zu Breslau in der Stadt
Zu Limburg auf der Feste
Auf steilem Felsengrat.
Vasall und Schenk und Truchsess
Und Treue bis ans Grab –
Hie Kerner, Sim- und Gerok!
Hie Müller, Greif und Schwab!

Ein Stück aus Torbergs »Angewandter Lyrik von Klopstock bis Blubo« (in »PPP«, S. 277), verfaßt im Jahre 1932 –

ein schönes Zeugnis für die Jugendmeisterschaft des Autors in der Sparte Literaturparodie. Und da Friedrich Torberg ein sehr frühreifer Knabe war, ist sein außergewöhnlich intensives Sprachempfinden schon im Volksschulalter erwacht; zu belegen ist das durch die folgende (aus der Korrespondenz mit Justinian Frisch, dem Lektor des Bermann-Fischer Verlags, stammende) Stelle: »Was ist mir Duden und was bin ich ihm, daß er mir sollte gelten? Wollen Sie mich, Arm in Arm mit ihm, in die Schranken fordern und mich z. B. der Beistriche vor ›und‹ entkleiden oder des zweiten ›s‹ in ›indess‹?! In Professores! sei's Panier. Seit der vierten Volksschulklasse, seit in dem vom k. k. Ministerium für Kultus und Unterricht approbierten Lesebuch ein Gedicht über ein Gastmahl enthalten war, welches die Zeilen enthielt:

Der Abend kam. Die Köche wandten
Die Braten und die Diener rannten

– seither verfolgt mich die Vision der rennenden Braten, und ich lege zwischen sie und mich ein wahres Sperrfeuer von Beistrichen vor ›und‹ …« (aus: Kaffeehaus war überall, S. 76)

Als wir uns entschieden, ein Torberg-Lesebuch herauszugeben, wußten wir also, was zu vermeiden war: eine mit wackerem schulmeisterlichen Eifer zusammengestellte Pflichtlektüre nach behördlich reglementierten Lebensrichtlinien. Unser Jubiläumsband mit exemplarischen Torberg-Texten sollte anders geartet sein: geistreich, kunstvoll und sprachbewußt.

Das vorliegende Buch, erschienen zu des Autors 90. Geburtstag, will vor allem jüngere, junge und sehr junge Leser mit Friedrich Torberg bekannt machen; mit einem Schriftsteller, dessen Schicksal und Merkmal es war, von vielem begeistert und zu vielem begabt zu sein. Er selbst wollte am liebsten als »homme de lettres« gelten, weil einem solchen, wie er hoffte, die Vielseitigkeit nicht zum Vorwurf gemacht würde.

Torberg war Lyriker und Romancier, Parodist und Polemiker, Theaterkritiker und Feuilletonschreiber, gleichzeitig führte er eine umfangreiche Korrespondenz, die schlechthin ruinöse Dimensionen annahm, zumal er für seine Briefe einen unverhältnismäßig großen Aufwand an Zeit und Sorgfalt bereithielt. Außerdem war er (zwölf Jahre lang) als Herausgeber der Zeitschrift FORVM tätig, bearbeitete und edierte die Werke Herzmanovsky-Orlandos, übersetzte Satirenbände von Ephraim Kishon, veröffentlichte Schüttelreime von Franz Mittler und Gedichte seines Freundes Peter Hammerschlag. Über all dem vergaß Torberg aber nicht, seine Leidenschaft für den (vor allem Fußball-)Sport zu hegen, noch darauf, seine Liebe zu kulinarischen Köstlichkeiten zu pflegen (»Essen war seine Lieblingsspeise« – diese Grabsteininschrift wünschte er sich in seinem »Nachruf zu Lebzeiten«). Und natürlich fand auch das, Liebe wie Leidenschaft, literarischen Niederschlag im Œuvre des homme de lettres Friedrich Torberg.

»Auf drei Dingen beruht die Welt: auf Wahrheit, auf Gerechtigkeit und auf Liebe.« Dieser Spruch des weisen Rabbi Schimon ben Gamliel steht als Motto vor Torbergs erstem Roman, »Der Schüler Gerber hat absolviert«. Auf drei Dingen beruht das vielfältige literarische Werk Torbergs: auf seiner »österreichischen Sehnsucht«, auf seinem Kampf gegen jedwede totalitäre Macht und auf seinem jüdischen Selbstbewußtsein. Das will unser Sammelband ebenfalls dokumentieren. Und er will zu guter Letzt – aus aktuellem Anlaß –

auch Klarheit schaffen in zwei Streitfällen: einem brandneuen und einem uralten, aber immer wieder aufgewärmten. Edwin Hartl, der vor kurzem verstorbene Doyen der österreichischen Literaturkritik, weist in seinem »Hammerschlag mit Seitenhieben« die nachgeborenen, vorlauten und sich besserwisserisch gebärdenden Torberg-Gegner ebenso souverän in die Schranken, wie es der renommierte Publizist Günther Nenning in Sachen Torberg und Brecht tut.

So entlassen wir nun das erste Torberg-Lesebuch in den freien Literaturmarkt. Wenn es dort draußen das hält, was wir uns von ihm versprechen, dann wird es viele jüngere, junge und sehr junge Menschen dazu anregen, mehr und womöglich alles von Friedrich Torberg lesen zu wollen (und den Verlag Langen Müller vielleicht dazu, die Liste der vergriffenen Torberg-Titel endlich zu verkürzen).

David Axmann

Friedrich Torbergs Werke in Einzelbänden

Der Schüler Gerber hat absolviert. Roman. Paul Zsolnay Verlag, Berlin, Wien, Leipzig 1930. Neuauflage im Paul Zsolnay Verlag, Wien 1954, unter dem Titel »Der Schüler Gerber«.

– *und glauben, es wäre die Liebe.* Roman. Paul Zsolnay Verlag, Berlin, Wien, Leipzig 1932. Neuauflage Verlag Langen Müller, München, Wien 1977 (Gesammelte Werke in Einzelausgaben [= GW], Band X).

Die Mannschaft. Roman eines Sport-Lebens. Verlag Julius Kittls Nachf., Leipzig, Mährisch-Ostrau 1935. Neuauflage Verlag Fritz Molden, Wien, Frankfurt, Zürich 1968.

Abschied. Roman einer ersten Liebe. Humanitas Verlag, Zürich 1937.

Mein ist die Rache. Novelle. Pazifische Presse, Los Angeles 1943. Bermann-Fischer Verlag, Wien 1947.

Hier bin ich, mein Vater. Roman. Bermann-Fischer Verlag, Stockholm 1948. Neuauflage Verlag Langen Müller, München, Wien 1962 (GW, Band I).

Die zweite Begegnung. Roman. S. Fischer Verlag, Frankfurt am Main 1950. Neuauflage Verlag Langen Müller, München, Wien 1963 (GW, Band II).

Lebenslied. Gedichte aus 25 Jahren. Verlag Langen Müller, München, Wien 1958.

PPP. Pamphlete, Parodien, Post Scripta. Verlag Langen Müller, München, Wien 1964 (GW, Band III).

Das fünfte Rad am Thespiskarren. Theaterkritiken. Band 1.

Verlag Langen Müller, München, Wien 1966 (GW, Band IV).

Das fünfte Rad am Thespiskarren. Theaterkritiken. Band 2. Verlag Langen Müller, München, Wien 1967 (GW, Band V).

Golems Wiederkehr und andere Erzählungen. S. Fischer Verlag, Frankfurt am Main 1968. Neuauflage Verlag Langen Müller, München, Wien 1977 (GW, Band VI).

Süßkind von Trimberg. Roman. S. Fischer Verlag, Frankfurt am Main 1972. Neuauflage Verlag Langen Müller, München, Wien 1979 (GW, Band VII).

Die Tante Jolesch oder Der Untergang des Abendlandes in Anekdoten. Verlag Langen Müller, München, Wien 1975 (GW, Band VIII).

Die Erben der Tante Jolesch. Verlag Langen Müller, München, Wien 1978 (GW, Band IX).

Apropos. Nachgelassenes, Kritisches, Bleibendes. Zusammengestellt von Herbert Eisenreich, Marietta Torberg und dem Verlag. Verlag Langen Müller, München, Wien 1981 (GW, Band XI).

In diesem Sinne … Briefe an Freunde und Zeitgenossen. Mit einem Vorwort von Hans Weigel. Herausgegeben von David Axmann, Marietta Torberg und Hans Weigel. Verlag Langen Müller, München, Wien 1981 (GW, Band XII).

Kaffeehaus war überall. Briefwechsel mit Käuzen und Originalen. Mit einem Vorwort von David Axmann. Herausgegeben von David Axmann und Marietta Torberg. Verlag Langen Müller, München, Wien 1982 (GW, Band XIII).

Pegasus im Joch. Briefwechsel mit Verlegern und Redakteuren. Herausgegeben von David Axmann und Marietta Torberg. Verlag Langen Müller, München, Wien 1983 (GW, Band XIV).

Auch das war Wien. Roman. Mit einem Nachwort von Edwin Hartl. Herausgegeben von David Axmann und Marietta Torberg. Verlag Langen Müller, München, Wien 1984 (GW, Band XV).

Der letzte Ritt des Jockeys Matteo. Novelle aus dem Nachlaß. Herausgegeben von David Axmann und Marietta Torberg. Verlag Langen Müller, München, Wien 1985.

Auch Nichtraucher müssen sterben. Essays, Feuilletons, Notizen, Glossen. Herausgegeben von David Axmann und Marietta Torberg. Verlag Langen Müller, München, Wien 1985 (GW, Band XVI).

Liebste Freundin und Alma. Briefwechsel mit Alma Mahler-Werfel nebst einigen Briefen an Franz Werfel, ergänzt durch zwei Aufsätze Friedrich Torbergs im Anhang und ein Vorwort von David Axmann. Herausgegeben von David Axmann und Marietta Torberg. Verlag Langen Müller, München, Wien 1987 (GW, Band XVII).

Eine tolle, tolle Zeit. Briefe und Dokumente aus den Jahren der Flucht 1938–1941. Mit einem Vorwort von David Axmann. Herausgegeben von David Axmann und Marietta Torberg. Verlag Langen Müller, München 1989 (GW, Band XVIII).

Voreingenommen wie ich bin. Von Dichtern, Denkern und Autoren. Mit einem Vorwort von David Axmann. Herausgegeben von David Axmann und Marietta Torberg. Verlag Langen Müller, München 1991 (GW, Band XIX).

Bibliographischer Nachweis

An die Schriftleitung der »Illustrierten Wochen-Zeitung«. *Erstveröffentlichung.*

Warum ich stolz darauf bin. *50 Jahre Hakoah 1909–1959, Tel Aviv 1959, S. 35ff.*

Papperlapapp und Possen! *Kaffeehaus war überall, S. 179ff.*

Auf den Tod eines Fußballspielers. *Lebenslied, S. 47f.*

Die Qual, ein Austria-Anhänger zu sein. *60 Jahre Wiener Austria, Festschrift, Wien 1972.*

Vom Geruch des Schwimmens. *Erstveröffentlichung.*

Reminiszenzen eines abgehalfterten Aktiven. *Erstveröffentlichung.*

Vom Sinn des Mannschaftsspiels. *Erstveröffentlichung.*

Spitz an der Spitze. *Erstveröffentlichung.*

Der letzte Ritt. *Der letzte Ritt des Jockeys Matteo, S. 91ff.*

Wien oder Der Unterschied. *Erstveröffentlichung.*

Wien? Was ist das: Wien? *Auch das war Wien, S. 204ff.*

Im Zeichen des Zeichens. *Auch das war Wien, S. 315ff.*

Sehnsucht nach Alt-Aussee. *Lebenslied, S. 51f.*

Rückkehr? Was ist das: Rückkehr? *Kaffeehaus war überall, S. 108ff.*

More Jews for Austria! sei's Panier. *Kaffeehaus war überall, S. 135f.*

Meine österreichische Sehnsucht. *Kaffeehaus war überall, S. 246ff.*

Die Rückkehr. *Lebenslied, S. 57f.*

Urbis Conditor – der Stadtzuckerbäcker. *Die Tante Jolesch, S. 303ff.*

Sacher und Wider-Sacher. *Die Tante Jolesch, S. 311ff.*

Kaffeehaus ist überall. *Die Tante Jolesch, S. 183 ff.*

Wo Molnár saß, war das Kaffeehaus. *Die Tante Jolesch, S. 226 ff.*

Requiem für einen Oberkellner. *Die Tante Jolesch, S. 331 ff.*

Blumen der Unsterblichkeit. *Frankfurter Anthologie, Band 4, Insel Verlag, Frankfurt/Main 1979, S. 69 ff.*

Dichter zwischen den Zeiten. *Süddeutsche Zeitung, 15. 5. 1962.*

Arthur Schnitzlers »Der grüne Kakadu«. *Das fünfte Rad am Thespiskarren I, S. 221 f.*

Schwierigkeiten beim Verehren Hugo von Hofmannsthals. *Apropos, S. 99 ff.*

Der neue Salzburger Jedermann. *PPP, S. 289 ff.*

Er war genau so und er war ganz anders. *Apropos, S. 111 ff.*

Briefe, die uns leider erreichten. *Voreingenommen wie ich bin, S. 96 ff.*

Der Zerrissene oder Nestroy an der Sahnefront. *Das fünfte Rad am Thespiskarren I, S. 192 ff.*

Offener Brief an einen preußischen Grammatiker. *Apropos, S. 64 ff.*

Plädoyer für den Zwischenraum. *Auch Nichtraucher müssen sterben, S. 225 ff.*

Zwischen Nestroy und Kafka. *Süddeutsche Zeitung, 30. 4./ 1. 5. 1977*

Ballade vom verlorenen Lächeln. *Frankfurter Anthologie, Band 2, Insel Verlag, Frankfurt/Main 1977, S. 103 ff.*

Prokoperl bitte Gedichti schneuzen. *Peter Hammerschlag: Der Mond schlug grad halb acht. Grotesk-Gedichte, eingeleitet und herausgegeben von Friedrich Torberg, Zsolnay Verlag, Wien/Hamburg 1972, S. 7 ff.*

Worauf ich gut und gerne verzichten könnte ... *Voreingenommen wie ich bin, S. 26 f.*

Angewandte Lyrik von Klopstock bis Brecht. *PPP, S. 275 ff.*

Ob er will oder nicht: er ist ein Dichter. *Voreingenommen wie ich bin, S. 51 ff.*

Hineingezogen in des Spieles Strudel. *Apropos, S. 262 ff.*

Ich habe fünfzig Jahre lang »beharrlich« geschrieben. *Auch Nichtraucher müssen sterben, S. 81 ff.*

Also die Feuchtwanger-Geschichte. *In diesem Sinne ..., S. 417 f.*

Was heißt überhaupt »Luft«? *Liebste Freundin und Alma, S. 108 ff.*

Jacobowsky and the Colonel. *Liebste Freundin und Alma, S. 122 ff.*

Treffen sich also zwei Emigranten. *Liebste Freundin und Alma, S. 179 f.*

Zum Tod Franz Werfels. *Liebste Freundin und Alma, S. 237 f.*

Kaisers Geburtstag, Alma. *Liebste Freundin und Alma, S. 270 f.*

Gottes Kind und Gottes Sänger. *Voreingenommen wie ich bin, S. 168 ff.*

Der Nathan des Ernst Deutsch. *Das fünfte Rad am Thespiskarren I, S. 415 ff.*

Applaus für Anne Frank. *Das fünfte Rad am Thespiskarren I, S. 375 ff.*

Fürbitte. *Lebenslied, S. 76 ff.*

Begegnung mit Martin Buber. *Die Erben der Tante Jolesch, S. 276 ff.*

Ich will nach alter Judenart ... *Süßkind von Trimberg, S. 292 ff.*

Edwin Hartl: Hammerschlag mit Seitenhieben. *Wiener Journal Nr. 206, November 1997, S. 19 f.*

Günther Nenning: Die Ballade vom armen F. T. *Die Presse, Wien 31. 1. 1998, Spectrum III.*

Friedrich Torberg

Der letzte Ritt des Jockeys Matteo

Mit dieser im amerikanischen Exil entstandenen und aus dem Nachlaß herausgegebenen Novelle entführt uns Torberg in die Welt eines Schnitzler und Hofmannsthal. Psychologisches Feingefühl und tiefe Menschenkenntnis machen das Buch zu einem anrührenden Dokument der dichterischen Schaffenskraft des Autors.

Voreingenommen wie ich bin

Von Dichtern, Denkern und Autoren
Hrsg. von David Axmann und Marietta Torberg

Eine repräsentative Auswahl aus Torbergs Schriften zur Literatur. Aufsätze zu Werk und Person, Essays und Rezensionen über *Karl Kraus, Joseph Roth, Georg Trakl, Else Lasker-Schüler, Franz Werfel, Rainer Maria Rilke, Thomas Mann, Robert Neumann, Carl Zuckmayer, Bertolt Brecht, Manès Sperber, Peter Handke u.a.*

Eine tolle, tolle Zeit

Briefe und Dokumente aus den Jahren der Flucht 1938–1941
Hrsg. von David Axmann und Marietta Torberg

Dieser sehr persönliche Band aus dem Nachlaß dokumentiert nicht nur eine entscheidende Periode im Leben Friedrich Torbergs, er ist auch ein wichtiger, hochinformativer Beitrag zur Geschichte der deutschsprachigen Exilliteratur.